星海社
FICTIONS

神探偵イエス・キリストの冒険
The Adventures of God Detective Jesus Christ

清涼院流水

星海社

Book Design　円と球
Font Direction　紺野慎一＋阿万愛

神探偵イエス・キリストの冒険

The Adventures of God Detective Jesus Christ

☆星海社FICTIONS

清涼院流水

Ryūsui Seiryōin

目次

イエス時代のユダヤ属州

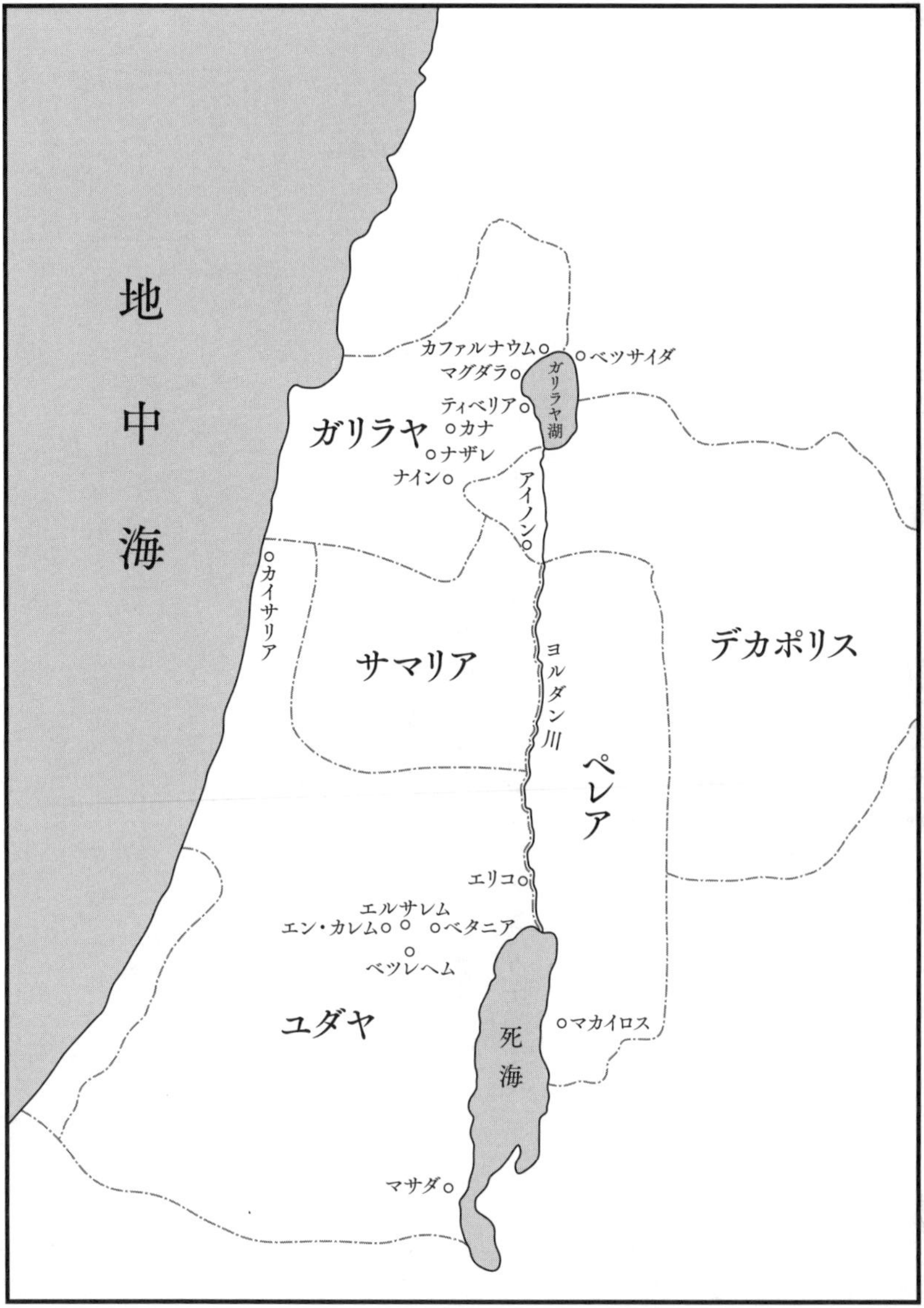

イエス様のなさったことは、ほかにも、たくさんある。
わたしが思うに、もしそれらをひとつひとつ書き記すなら、
この世界におさまりきらないほど多くの書物になるだろう。

（ヨハネの福音書21章25節）

囚《とら》われのキリスト

I

はじめに、ことば《ロゴス》があった。
ことば《ロゴス》は神とともにあり、神と一体、神そのものであった。
ことば《ロゴス》は肉《にく》（人間）となり、人々に現れた。人として生きたことば《ロゴス》は、神であった。

天地の創造主である全能にして無限の神ご自身が、わたしたちに道を示すために、あえて有限の世界の住人となられた。その方《かた》は、あるときはユダヤ教の神について教える先生《ラビ》として、あるときは難病に苦しむ者たちを癒《いや》す奇跡の医師として、また、別のあるときは人々を悩ませる事件を解決する神探偵として、わたしたちを導いてくださったのである。

わたしはイエス様を——主《しゅ》イエス・キリストを、だれよりも強く愛していた。わたし以上に激しくイエス様を愛した者も、わたしほど主から寵愛《ちょうあい》を受けた者もいなかった。同時期に主の弟子となった兄弟姉妹の全員が天に召《め》されたいまなお、わたしだけがこうして地上で生きながらえていることこそ、主の愛のご加護《かご》にほかならない。だから、「主がもっとも愛した弟子」と名乗れるのは、わたしだけにゆるされた資格なのだ。それでも……わたしに優越感はない。殉教《じゅんきょう》し、イエス様のおられる天に帰った兄弟姉妹に羨望《せんぼう》すら抱く。

主よ、あなたはいつも、愛する者に試練をお与えになりました。あなたの愛が大きい相手ほど、その試練は大きくなりました。だとすれば、イエス様、あなたがもっとも愛したこのわたしは、あとどれだけ耐えれば、天に帰ることがゆるされるのでしょうか……。

主イエス・キリストが十字架につけられて死に、葬《ほうむ》られ、3日目に復活し、わたしたち500人以上の弟子と40日を過ごしたのちに昇天されてから、もはや70年ほどの歳月が流れている。当初はイエス様の弟子たちの最年少であったわたしは12使徒《しと》のなかでただひとり殉教せずに長い時間を生きながらえた。反対派から「キリスト者《クリスチャン》」と蔑称《べっしょう》されるようになった主の弟子たちの最長老となったいままでは、「長老ヨハネ」と呼ばれている。

主イエス・キリストの宣教活動と師の教えに関して書き留めておくべきことは「ヨハネの福音書《ふくいんしょ》」と使徒書簡《しとしょかん》「ヨハネの手紙」に記し、わたしが少しまえにパトモス島で主から受けた数々の預言《よげん》については、「ヨハネの黙示録《もくしろく》」にありのまま記した。

キリスト者《クリスチャン》の公的な集まりである「教会」の最長老として、信仰に欠かせないことを書き遺《のこ》す大役は終えた。そして、わたしは、イエス様と過ごしたなつかしい日々を回想し、福音書では割愛《かつあい》した神探偵として多くの事件を解決した主についても書き記したい個人的な衝動にかられて、新たに筆を執《と》った。わたしは福音書や使徒書簡、黙示録のようにこの文書を各地の教会で回覧させるつもりはないし、簡単には見つからない場所に隠しておく。イエス様の「知られざる神探偵としての姿」を伝える文書として、いつかこれが読まれる日が来るのか、わたしは主と違って未来を知りえないが、たとえだれひとり読む者がいなくても構わない。わたしはただ、過ぎ去りしときを回想し、書き遺す過程で、主と出会い、主と過ごしたあの素晴らしき日々を追体験したいだけなのだ。

ユダヤ人の祖先アブラハムが神から与えられた約束の地カナン（地中海とヨルダン川に挟まれた地域とその周辺）は、地中海周辺世界全域を支配する強大なローマ帝国の一部となり、ユダヤ属州と呼ばれるようになっていた。わたしたちユダヤ人は、帝国が地方の自治を認めていたおかげで、かろうじて宗教的な独立を許容されていたものの、ユダヤ人としてエルサレムの神殿におさめる神殿税や収入の十分の一をおさめる税金に加えて、帝国からも住民税、資産税、通行税、商売税を何重にも課されて、苦しんでいた。高すぎる税金を払えない者たちは生きるために裕福な者の奴隷として働くか、野垂《のた》れ死ぬしかなかった。そんな絶望の時代に登場したイエス様は、ユダヤ教において、いつか現れると昔から預言されていた世《よ》の救い主《ぬし》――キリスト――であり、わたしたちをローマ帝国の圧政から解放し、新たな王国を築いてくださる「ユダヤ人の王」だと人々が信じた、希望の光だった。

イエス様がわたしたちユダヤ人の民衆を率《ひき》いて活動されていた頃のことを思い返すと、ローマ帝国からユダヤ属州に派遣されていた総督《そうとく》ポンティオ・ピラトの、エルサレムにある官邸での光景が、いつもわたしの脳裡《のうり》によみがえってくる。

ピラトはふだん、ユダヤ属州の州都カイサリアを拠点としていたが、ユダヤ人がエジプトでの奴隷の境遇から脱出したことを記念する「過越《すぎこし》の祭り」のために聖なる都エルサレムに集結する時期は、暴動が起こらないように監視するため、エルサレムに滞在していた。民衆はイエス様こそがキリストだと信じ、その「ユダヤ人の王」がローマ帝国を打倒してくださることを期待していた。だから、イエス様を支持する熱狂的群衆は、ローマ帝国には危険な存在だった。イエス様が過越の祭りのために集まったユダヤ人を率いて革命を起こせば、帝国によってユダヤ人全体が根絶やしにされる。そのことを恐れたユダヤ教の大祭司たちがイエス様を葬る陰謀を企《くわだ》て、イスカリオテのユダの裏切りで成就《じょうじゅ》した。

ぶどう搾《ゲッセマネ》りの園でイエス様が帝国の兵士たちに捕《と》らえられたとき、わたしたち弟子は全員、自分たちも捕《つか》まり殺されるのを恐れ、拘束《こうそく》された師に背を向け一目散《いちもくさん》に逃げ出した。わたしたちは「主《しゅ》のためなら、いつでも死ねる」と言っていたのに、弱さゆえに、全員が師を裏切ったのだ。あのときのことを思い出すと、わたしは自分の行動が信じられない。どうして師を裏切ってしまったのか……決して消えない後悔の念で、いまも胸が苦しくなる。裏切ったのは、わたしたち弟子だけではない。イエス様を支持した民衆も同様だった。

エルサレムの民衆は当初、イエス様はキリストであり「ユダヤ人の王」だと信じて大歓迎していた。ところが、イエス様が捕まると、彼らは、てのひらを返した。本物のキリストであれば簡単に捕まったはずがないから彼は偽者《にせもの》だったと断定したのである。イエス様への期待が大きかったぶんだけ、失望した民衆の気持ちは、醜悪《しゅうあく》な憎しみに変貌《へんぼう》した。

イエス様が捕まった翌朝、エルサレムじゅうのユダヤ人の男たちが「偽《いつわ》りのキリスト」

の処刑を求めて総督ポンティオ・ピラトの官邸に押しかけていると耳にしたわたしは、何人かの弟子仲間と現地へ向かった。官邸の中庭を埋め尽くすユダヤ人の群衆のただ中、わたしたちは、無数の人のあたま越しに、少し高い場所にあるバルコニーを見上げた。殺人や暴動などの重罪で投獄されていた「悪《あく》の王」バラバとイエス様をバルコニーに並んで立たせると、ピラトは、中庭に密集するわたしたちユダヤ人へ大声で問いかけた。

「おまえたちの過越の祭りがおこなわれるこの時期、帝国の総督がユダヤ人の囚人ひとりに恩赦《おんしゃ》を与えることがならわしだ。おまえたちが釈放してほしいのは『ユダヤ人の王』を僭称《せんしょう》したイエスか、それとも、残忍な犯行で知られた『悪の王』バラバか？」

イエス様を憎んでいた大祭司カイアファ（カヤパ）や律法学者たちが「良いか、皆の者。キリストを騙《かた》ったあの詐欺師《さぎし》をゆるしてはならんぞ！」と群衆を煽動《せんどう》したこともあり、わたしたちの周囲のユダヤ人たちは拳《こぶし》を振り上げ、理性を失って叫び続けた。

「バラバを釈放しろ！　偽《にせ》キリストのイエスは十字架につけろ！」

群衆が自分を選んだことを知ると、「悪の王」バラバは勝ち誇ったように邪悪な憫笑《びんしょう》を浮かべ、イエス様を蔑《さげす》みの目で見た。バラバの蛇のように狡猾《こうかつ》な目が、わたしには忘れられない。イエス様のことを回想したとたん、あの場面がよみがえるのは、キリストとして活動を開始された主と初めて出会ったときの印象的な事件に関係しているからだろう。

忘れもしない、あれは、イエス様が十字架につけられる3年半ほどまえ。当時、30歳だったイエス様が、宣教《せんきょう》活動を開始された直後のことだ。あのころ、わたしはまだ10代後半で、漁師として働いていたが世間知らずの青二才で、生意気な小僧に過ぎなかった。ふしぎなもので、こうして文章を記していると、いまから70年以上もまえの若き日の「ぼく」が、過去のあのときそのままの気持ちで、瑞々《みずみず》しくよみがえってくる……。

II

「おい聞け、ヨハネ！　洗礼者《せんれいしゃ》の前に、ついにキリストが現れたぞ！」

ぼくがカファルナウム（カペナウム）の港でガリラヤ湖へ漁に出る支度をしていたとき、周囲の人がふり返る大声をあげ興奮して駆け寄ってきたのは、ヤコブ兄貴《あにき》だ。兄貴のことばで、ぼくと同じ名を持つあの「洗礼者」の鮮烈な姿が、すぐあたまに浮かんだ。

洗礼者ヨハネは、らくだの毛で織った衣服をまとい、腰に帯をしめている。いなごと野《の》蜜《みつ》だけを食べて彼はいつも荒れ野を放浪して生活しているらしいけれど、ぼくが実際にその光景を見たわけじゃない。ちょっと信じられない気持ちもある。ともかく、そんな彼が突然、ヨルダン川のほとりでユダヤ人にこう呼びかけ始めたのは、数か月まえだった。

「悔《く》い改めよ、神の国は近づいた。世《よ》の救い主《ぬし》――キリスト――は間もなく現れる」

ユダヤ人を救うキリストの登場が近いと断言したことで、彼は大いに注目された。

ガリラヤ湖からほぼ真南の低いほうへ流れ、はるか地底の死海まで注ぐヨルダン川に沿って移動しながら、彼はユダヤ人たちの全身を川の水に浸《つ》からせて罪を洗い流す「洗礼」を授け、そのため人々のあいだで「洗礼者ヨハネ」の通称で知られるようになった。

聖なる巻物《タナハ》(ユダヤ教のヘブライ語聖書、のちのキリスト教の旧約聖書)には、神が定めた律法《トーラー》に違反したり特殊な病《やまい》にかかったりして穢《けが》れてしまった者は、水に浸かって身を清めるように指示されている。だけど、そんな特別な機会をつくるまでもなく、ぼくたち漁師は、子どものころからガリラヤ湖やヨルダン川でよく泳いでいる。いつも水に浸かってきたぼくたちが、いまさら洗礼という1回の儀式でなにかが劇的に変わるとは思えない。おとなたちも、洗礼の効果を本気で信じているわけじゃないはずだ。それでもたくさんの人が洗礼を受ける行列に並び続けているのは、なにかふしぎなちからが働いている気がする。理屈じゃなく、そういう感覚。だから、ヤコブ兄貴とぼくも、洗礼を受けたくなった。

エルサレムやエリコのあるユダヤ地方から、ぼくたちが暮らすカファルナウムのあるガリラヤ地方まで、ヨルダン川の周辺に住むユダヤ人たちが、いっせいに彼のもとを訪れているようだった。ヤコブ兄貴とぼくが行列に加わり洗礼を受けたのが、つい先日のこと。

いっしょに受洗した者たちは「洗礼者の弟子になれた!」と、喜んでいた。

ヤコブ兄貴は全身から水を滴《したた》らせ、彼の次に洗礼を受けたぼくに言った。

「オレたちも有名な洗礼者ヨハネの弟子になれた、ってことなんだよな?」

「みんな、そう言ってるね。つき従うことはできないけど、気持ちは弟子だよ」

洗礼者ヨハネの周囲には、彼の身辺の世話をしている側近《そっきん》らしい弟子たちが何人もいた。高名な先生《ラビ》に側近としてつき従っている彼らが羨《うらや》ましいけれど、ぼくたちには漁師の生活がある。同行はできないけれど、今後は弟子の気持ちで洗礼者ヨハネを尊敬したい。

洗礼者ヨハネは、聖なる巻物《タナハ》で大昔から「ユダヤ人の新たな王国をつくるために現れる」と預言されているキリストなのでは――と、みんなが噂《うわさ》してた。「実は、わたしこそがキリストなのだ」と、いつか彼が告白するんじゃないか、ってね。そんな期待も彼の人気の秘密だ。ユダヤ人なら、だれだって少しでもキリストとつながっていたいさ。

ところで、父ゼベダイや母サロメによると、洗礼者ヨハネは、ぼくたちの祖母の妹の孫にあたる人物なんだって。遠い親戚と呼べる間柄《あいだがら》の人がキリストなら、ぼくたちにとって、そんな名誉はないよ。でも、残念だ。洗礼者ヨハネ自身がそれを何度も否定するのを、ぼくたちは自分の耳で聞いたんだ。彼は、こんなことを言っていた。

「わたしなど、キリストの履《は》き物のひもをほどかせていただくのにも値《あたい》しない。わたしは、キリストのために道を整えるだけの存在に過ぎない。わたしは、あなたたちに水で洗礼を授けているが、キリストは、あなたたちに聖霊で洗礼を授けてくださるだろう」

水の洗礼だって半信半疑なのに、聖霊の洗礼なんて、さらに意味不明だ。そもそも霊なんてものが、ほんとに存在しているのか。迷信という気もする。でも、ぼくたちユダヤ人がみんな崇《あが》めてる洗礼者ヨハネがさらに敬《うやま》うキリストがほんとにどこかにいて、もうすぐ現れるなら、会ってみたい気持ちは強かった。だから、洗礼者ヨハネが登場を予告してたキリストがついに現れたというヤコブ兄貴の話に、ぼくの胸は当然、高鳴ったね。

「ヤコブ兄貴、その話、ほんと？　キリストは、どこから現れたの？」

兄貴はいつもの癖《くせ》で、走って乱れた豊かな髪を両手で後ろへ撫《な》でつけ、首を振った。

「くわしいことは、まだわからねー。まわりの奴らが気づくと、いつの間にか洗礼を受ける行列の中にいたらしいぜ。エリコの町に近いヨルダン川でキリストが洗礼を受けたとき、頭上の天が開け、空から光る鳩みたいなもんが降りてきて、『これは、わたしの愛する子』って神の声が天から確かに聞こえた、なんて話している連中もいるそうだ」

「その光る鳩みたいなのが聖霊？　神の声か……ぼくも聞いてみたいな」

「そのキリストがいま、マグダラで説教しているらしい。見に行かねーか？」

ヤコブ兄貴は右手の親指を立て、片目をつぶり、白い歯を見せた。

「マグダラなら、わりと近くだね！　よしっ。ヤコブ兄貴、きょうは漁を父さんに任せて、見に行こうよ。キリストが現れたのなら、ぼくも会ってみたい！」

III

聖なる巻物《タナハ》によれば、ユダヤ人の祖である族長アブラハムの時代、神が堕落《だらく》したソドムとゴモラの町を天から降らせた火と硫黄《いおう》の雨で滅ぼしたらしい。その名残《なごり》なのか、ガリラヤ湖の周辺からヨルダン川がほぼ真南に下って注ぐ死海まで、周辺の地面より山ひとつぶんほど低い地形になっている。特に死海は、世界でもっとも低い場所だと言う人もいる。

ガリラヤ湖の西端に聳《そび》えるアルベル山の麓《ふもと》に広がるのが、魚の塩漬けで有名なマグダラの町だ。ぼくたちが暮らすガリラヤ湖の北端の町カファルナウムから、湖に沿って55スタディオン（約10キロメートル）ほど南西に進むとマグダラに出られる。ガリラヤ地方の首都ティベリアに近いマグダラには大きな酒場や娼館《しょうかん》があり、ローマ帝国の兵士たちがカファルナウムよりたくさんいる。兵士たちが多いだけで、ちょっと落ち着かない。

マグダラに入ると、集会堂《シナゴーグ》のある町の中心地あたりに、数十人の聴衆に取り囲まれた30歳くらいの男がいた。背は、そんなに高くなく、ぼくと同じくらいだ。髪やヒゲを綺麗《きれい》に整えているせいか、育ちが良さそうに見える。彼は、明るい瞳で聴衆を見回していた。

彼のすぐ近くに集まっているユダヤ人の聴衆も、少し離れて監視している帝国の兵士たちも、全員が彼に注目しているようだった。ヤコブ兄貴が強引に人混みをかき分け、ぼくが後ろに続き、ぼくたち兄弟は彼を取り囲む聴衆の最前列に出た。聴衆の中心に立つその男は右手で天を示し、左手を水平に伸ばし、よく通る声で人々に語りかけていた。

「洗礼者ヨハネがわたしに洗礼を授けてくれたとき、聖霊が降《くだ》り、わたしが神の子だと認める声が天から響きました。そこにいる弟子たちも含め、多くの者が目撃しました」

彼が指差した先にいる弟子らしき複数の男女が、うなずいた。ユダヤ教の先生《ラビ》が女弟子を連れているのは珍しい。ぼくは少しだけ目を奪われたが、すぐ彼に注意を戻す。

聴衆は、みんな真剣な顔で彼を見ている。ひとりの年配の男が尋ねた。

「あんた……イエスという名だったな。ほんとにベツレヘムで生まれたのか？」

ベツレヘムは、エルサレムの近くにある町だ。キリストはベツレヘムで生まれることが聖なる巻物《タナハ》に明記されている、とカファルナウムの先生《ラビ》から聞いたことがある。

「はい。聖なる巻物《タナハ》の預言にあるとおり、わたしはベツレヘムで生まれました」

質問者をまっすぐに見つめて、イエスは、はっきりとした口調で答えた。

洗礼者ヨハネが彼を認めたことに加えて、ベツレヘムで生まれた話がほんとなら、説得力が増す。じゃあ、このイエスって人が、ユダヤ人が待ち望んでいたキリスト？

ヤコブやヨハネと同じく、イエスもユダヤ人には非常に多い名前だ。ぼくの従兄《いとこ》にもイエスという名の者はいる。そう言えば、従兄のイエスお兄ちゃんとは、ぼくが幼いときに会ったきりだけど、元気にしているのかな……。おぼろげになっているイエスお兄ちゃんの淡い記憶も思い出しながら、ぼくは、その「キリストのイエス」を見ていた。

「ベツレヘムの幼児たちは虐殺《ぎゃくさつ》された。あんたは、どうして生きている？」

　別の男がイエスに尋ねた。質問者へ、イエスは穏やかな微笑を返す。

「洗礼者ヨハネも、わたしも、天のみ使いの導きがあり、生き延びられたのです」

　み使いというのは、要するに天使のこと？　聖なる巻物《タナハ》では、少しだけ天使の話も出てくるけれど、ぼくは天使を見たことがない。天使がほんとにいるのか、わからない。

　ただ、ぼくが生まれるまえ、ベツレヘムと周辺の町で起きた信じられないくらい残酷な幼児虐殺の話は、両親から聞いたことがある。当時、ローマ帝国から「ユダヤ人の王」に任命されていたヘロデ大王のもとを東方から3人の学者が訪れ、こう尋ねたらしい。

「『ユダヤ人の王』となるべくお生まれになったキリストは、どこにいらっしゃいますか。わたしたちは、キリスト誕生を示す星を東方で見て、拝みに来たのです」

　いろいろ悪巧《わるだく》みしてローマ皇帝に取り入り、ついに「ユダヤ人の王」となったヘロデ大王は、いずれ自分の地位を奪いそうなキリストの誕生を恐れた。キリストはベツレヘムで生まれた2歳以下の男児のだれかだと知ったヘロデ大王は、ベツレヘムとその近隣地域の2歳以下の男児を全員殺害するように、兵士たちに命じた。洗礼者ヨハネはエルサレムのすぐ西にあるエン・カレムの町出身で、彼もヘロデ大王の兵士に殺されかけたが、それこそ天使のお告げがあって逃げることができた、という噂を、ぼくは聞いたことがある。

　洗礼者ヨハネは自分のことを「キリストのために道を整えるだけの存在」だと語ってい

た。その洗礼者が助かったんだから、彼より偉大なキリストが助かるのもわかる。

目の前にいるこのイエスって人がキリストなら、ローマ帝国の圧政下にあるぼくたちユダヤ人を救い出し、これから新しい王国を打ち立ててくれるんだろうか？

キリストは、イスラエル王国のダビデ王の家系から現れる、とカファルナウムの先生《ラビ》から聞いたことがある。そのせいか、ぼくは伝説で語り継がれるダビデ王のように強く、頼りになるキリストを勝手に想像していた。目のまえにいるイエスは、そんなに強そうに見えないし、ほかの先生《ラビ》とそう大差ない印象だ。彼の特長が、まだわからない。


イエスは、ぼくたち聴衆をぐるりと見回すと、迷いのない口調で言った。

「聖《タ》なる巻《ナ》物《ハ》に預言されているとおりです。わたしは、ユダヤ人の新たな王国を築きます。神のみことばを信じる者は、従いなさい。いますぐ従う者は以後も重く用います」

イエスのことばに群衆は歓声をあげ、彼を取り囲んだ。彼の衣《ころも》に触れただけで感激し涙を流す者さえいた。ユダヤ人の新たな王国を築くと断言するイエスのことばにぼくも感動したけど、正直に言うと話の展開が急すぎて、ぜんぜん心の準備ができてなかった。

「おい、オレたちも弟子になるぞ！　キリストがいりゃあ、ローマ帝国を倒せる！」

ヤコブ兄貴がぼくの肩を強くつかんだけれど、どうも気乗りしなかった。

ユダヤ人の王国をつくってくれるキリストが登場したことに、ぼくも興奮している。同時に、その「キリストのイエス」に、ぼくは自分でもよくわからない違和感があった。なにか違う、という感じ。まだよく知らない彼に、ついて行きたいとまでは思えない。

熱くなっているヤコブ兄貴に少し冷静になってほしくて、ぼくは指摘した。

「だけど兄貴、ぼくたちは受洗したとき、洗礼者の弟子になったじゃないか」

「イエスは、その洗礼者ヨハネが認めたキリストだ。彼だって、ゆるしてくれる！」

兄貴の言うことは、わかる。たぶん、洗礼者ヨハネは、ゆるしてくれる。

でも、ぼくは、まだよくわからない人物に、いますぐ従う気になんてなれない。

「漁師の仕事もある。まずは父さんや母さんにも話したほうがいいって」

カファルナウムへ戻り始めたぼくを、文句を言いながらヤコブ兄貴が追いかけてくる。

ぼくたち兄弟は、活動を始めたばかりのキリストの弟子になる機会を逃したのかもしれない。その思いは当然あった。だけど、ぼくたちには漁師としての仕事と両親との暮らしもある。たとえあの人がキリストでも、すべてを捨てて従うなんて、できるわけない。

Ⅳ

数日後、漁師仲間が伝えてくれた新たな知らせが、ぼくたち兄弟を驚かせた。

「あの『キリストのイエス』が、マグダラでローマ帝国の兵士に捕まった⁉」

ぼくたち兄弟は、カファルナウムの親しい漁師仲間シモンが彼の妻と姑《しゅうとめ》と3人で暮らしている家まで走った。シモンの父ヨナは、カファルナウムの55スタディオン（約10キロメートル）ほど東にあるとなりの港町ベツサイダに住んでいて、ガリラヤ湖北部の漁師を仕切っている存在だ。シモンと彼の兄アンデレが生まれ育ったのもベツサイダで、シモンは少しまえに結婚し、妻が未亡人《やもめ》の母とふたりで暮らしていたカファルナウムの広い家に引っ越してきた。その際、兄アンデレもカファルナウムで小さな空き家を見つけてシモンの家の近所でひとり暮らしを始めたのは、「無鉄砲な弟を放っておけない」と心配したらしい。

そのように、アンデレは面倒見が良くて頼れる男だけど、あまり自己主張せず控えめだ。それに対してシモンは父ヨナに似て周囲を引っ張って行動することが多く、シモンのほうを兄だと誤解している者も多い。ぼくたち2組の兄弟は全員が10代後半から20代前半で年が近く、ともに漁に出ることも多い親しい漁師仲間だ。先日、洗礼者ヨハネを訪れて彼に弟子入りしたときにも、ぼくたち4人は行動をともにした。

シモンの家の戸は開いていて、入ってすぐのところにアンデレが見えた。アンデレは、弟の結婚当初は入り浸《びた》ることを遠慮していた面もあったようだけれど、最近はたいていこの家にいるので、それならいっしょに住めば良いのに、と思うほどだ。

「ヤコブとヨハネ、おまえたちも先日、『キリストのイエス』に会ったそうだな」

ぼくたちは走ってきたので、息を切らしていた。ヤコブ兄貴が聞いた。

「アンデレ、あの『キリストのイエス』が捕まったって話は、ほんとなのか？」

「うむ。わたしとシモンはキリストに会うためにマグダラへ行き、そこで目撃した」

家の中に入ると、シモンが彼の妻と姑や漁師仲間に興奮した口調で話しているところだった。シモンは、入ってきたぼくたちを横目で見ると、軽くうなずいた。

「オレは漁師をやめてキリストの弟子になりたくて、女房と、となり町にいる親父を説得してたんだ。かなり時間かかっちまったが、やっとゆるしてもらえたので、アンデレとオレは、キリストの弟子になるつもりでマグダラへ行ったんだ。それなのによ……」

シモンは苦い表情でことばを切ると、ぼくたち兄弟に手を振り、話を続けた。

「ローマ帝国の兵士がたくさんやってきて、あのイエスという名のキリストを捕まえ、連れ去った。オレたちユダヤ人に呼びかけて帝国への反乱を煽動《せんどう》した罪だろう。いまごろ、キリストはティベリアの町で投獄されてるだろうな。ちょうどアンデレとオレがマグダラに到着したときだったんだ。オレたちは、ただ見ていることしかできなかった……」

悔《くや》しそうに拳を握りしめる弟シモンを見るアンデレの目は、悲しそうだった。ぼくがヤコブ兄貴を見ると、彼は両手で髪を後ろへ撫でつけながら、語気を荒くして言った。

「けどよ、あのイエスは洗礼者ヨハネが認めた、神がオレたちユダヤ人に遣《つか》わしてくれた世《よ》の救い主《ぬし》キリストなんだろ？　オレたちで救い出すべきなんじゃねーか？」

さすがヤコブ兄貴だ。その提案にぼくは驚き、兄貴を誇りに思った。ローマ帝国に囚《とら》われたキリストを自分たちで救い出すなんて発想、ぼくには、まったく浮かばなかった。

「バカなことを言うなよ、ヤコブ。ローマ帝国の兵士たち相手に、少人数で太刀《たち》打ちできるわけがない。そんなことをしたら、オレたちだって捕まって、処刑されるさ」

いつもはヤコブ兄貴同様に行動派のシモンですら、さすがに腰が引けるようだ。シモンの反応を見ると、確かに無謀すぎるか……と、ぼくは急に、また冷静になってしまう。

「そうだな……反乱を試みた者たちは皆、見せしめとして十字架につけられている」

アンデレの指摘で、ぼくは現実に引き戻された。ローマ帝国を打倒するのは大きな夢だけれど、失敗すれば当然、十字架につけられて残酷に処刑される。正直、それは怖い。

せっかく神が遣わしてくれたキリストが、大きな行動を起こす前にローマ帝国の兵士たちに捕らわれてしまったことが悲しかった。どうして神は、ぼくたちユダヤ人に、こんな試練を与えるんだろう？　ぼくたちは、このまま帝国の支配を抜け出せないの？

家の中が、重苦しい沈黙に包まれる。そこで、ぼくは、ふと思い出した。

「そうだ！　ぼくたちの師――洗礼者を頼れないかな？　彼なら、囚われのキリストのために、ぼくたちになにができるか、道を示してくれるかもしれない」

「洗礼者に会いにエリコまで行くなら、急いでも往復1週間はかかるぞ」

すぐさまアンデレが指摘すると、シモンの妻が露骨《ろこつ》に迷惑そうな顔を示した。シモンは妻を見て気まずそうに眉根《まゆね》を寄せ、くちびるを尖《とが》らせると、肩をすくめた。

「シモン、オレとヨハネだけで行ってくるぜ。なーに、話を聞いてくるだけだ」

ヤコブの言葉はシモンの妻を安堵《あんど》させかけたが、彼女の夫は、それを否定した。

「家のことはアンデレに任せるよ。オレだって、洗礼者の話を聞きたい」

確かに、ぼくたち兄弟と同じく行動派であるシモンに留守番は似合わない。

シモンの妻は、あきれたように、わざとらしいため息をついた。

V

ぼくたちが暮らすカファルナウムから、洗礼者ヨハネが拠点としているエリコまで、たぶん800スタディオン（約150キロメートル）はあるだろう。ガリラヤ湖の北端にあるカファルナウムの町から湖の南岸まで、150スタディオンほどは舟で移動し、そこから死海までほぼ真南に流れるヨルダン川沿いをエリコまで歩いた。

カファルナウムのあたりは草木が多く花も綺麗に咲いているけれど、死海に向けて南へ下るにつれて風景は砂と岩が多くなり、空気は乾燥し、砂塵《さじん》で全身が砂まみれになる。でも、ヨルダン川沿いを移動しているので、いつでも水に浸かれるのは良かったし、そのたびに洗礼者のことを思い出した。そんなに暑くない時期だから日中ずっと歩き続けられた。それでも行きに丸4日かかったのは、ユダヤ教の律法《トーラー》で労働が禁じられ、1日に10スタディオンしか歩いてはいけない安息日《あんそくび》（金曜の日没から土曜の日没）を途中に挟んでいたこともある。疲れた肉体《からだ》をだいぶ休められたので、安息日を決めてくれた神に感謝した。

800年前（紀元前1万年）にはすでに存在していた世界最古の町エリコは、かつて、預言者エリヤが神によって生きたまま天に上げられた場所で、ユダヤ民族の祖先がヨルダン川を渡り、約束の地カナンに初めて入った場所でもある。そのときに民族を率いていたのは、モーセの従者から後継者になったヨシュアだ。ヨシュアは「イエス」のヘブライ語名なので、ぼくたちの指導者はその名となるべく大昔から決められているのかもしれない。もっとも、ぼくの従兄にもイエスお兄ちゃんがいるように、イエスはシモン、ヤコブ、ヨハネと同様にありふれた名だ。当然だけど、すべてのイエスが偉大なわけじゃない。

ぼくたちが数か月ぶりに訪れたエリコに近いヨルダン川沿いでは、例によって、洗礼者ヨハネがたくさんのユダヤ人を川の水に浸からせて洗礼を授けていた。洗礼者と話すために、ぼくたちは長い行列に加わった。だいぶ待って、ようやく順番が回ってきた。

「次の者……ん、おまえたちは、わたしの親戚だという、カファルナウムの兄弟か」

「おう！　オレは、カファルナウムのゼベダイの子ヤコブ。こいつは弟で……」

「わたしと同じヨハネだったたな。そして、そっちのきみは前回、兄弟といたたな？」

「オレは、カファルナウムのヨナの子シモン。きょうは、兄アンデレは留守番です」

ぼくたち兄弟の祖母の妹の孫が洗礼者ヨハネという親戚関係もあってか、毎日たくさんのユダヤ人と会っている彼がぼくたちをよくおぼえていてくれたことが、とても嬉しかった。ぼくたちを親戚だと認識してくれているなら、彼を頼りやすい。

「ぼくたちは、あなたがキリストだと認めたイエスがローマ帝国に捕まってしまった件について、あなたのお知恵を拝借《はいしゃく》するべく、カファルナウムからまたやって来ました」

そして、ぼくたちは洗礼者ヨハネに説明した。アンデレとシモンは洗礼者ヨハネがキリストと認めたイエスがマグダラにいると知り、彼に弟子入りすると決めていたが、イエスは捕まってしまった。自分たちは彼を救出すべきなのか、彼の意見を求めた。

洗礼者ヨハネは、両目を閉じ、真剣に耳を傾けてくれていたが、ぼくたちの話が終わると目を開いて、意外なことに笑った。いつもは近寄りがたいほど厳格な雰囲気を全身から発散している彼が笑ったので驚いた。それ以上に驚いたのは、彼のことばだった。

「その男の正体には心あたりがある。確かに、その男もイエスという名だが、わたしがキリストと認めたイエスではない。キリストを騙《かた》る、ただの詐欺師《さぎし》だ」

ぼくたちは意味がわからず、互いに顔を見合わせた。洗礼者ヨハネは続けた。

「わたしは、母の胎内《たいない》にいたときからキリストを知っていた。というのは、わたしが母の胎内にいたとき、キリストを胎内に宿した聖母が、母を訪れてくださったからだ。そして、わたしは再会のときを待ち、それが先日ついに実現し、わたしは彼に洗礼を授けた。本来なら、わたしが彼から洗礼を受けたかった。だが、彼は、キリストであるご自身が洗礼を受けることによって、それが聖なる儀式としてのちに確立されるように、あえてご自分が洗礼を受けられた。そして、わたしは彼――イエスこそがキリストだと認めた」

「ぼくたちがマグダラで聞いたあのイエスの話と、特に矛盾《むじゅん》しないようですが」

同じ名を持つ親近感もあり、ぼくは、偉大な洗礼者にも臆《おく》さず、まっすぐに見た。

「うむ。だが、そのマグダラに現れた男がキリストでないことは容易に証明できる。本物のキリストは、わたしと別れたあと、いまもユダヤの荒れ野にいて独《ひと》りで修行中だ」

ぼくたち3人は「ユダヤの荒れ野⁉」と、声をそろえて問い返した。

ユダヤの荒れ野は、エリコの西に広がる、ほとんど草木のない石灰岩《せっかいがん》の荒涼《こうりょう》たる大地だ。エリコからエルサレムに行く途中に通り抜ける場所ではあるけれど、そこには水も食料もほとんどないし、飢えた狼《おおかみ》や、まむし、さそりなどに襲われていのちを落とす危険もある。ふつうなら何日も滞在できる場所じゃない。もしそこにたった独りで滞在し、修行し続けられる者がいるなら、確かに、その人物がキリストだと言われても信憑性《しんぴょうせい》を感じる。

「わたしが洗礼を授けたあと、キリストのイエス――イエス・キリストは、それから荒れ野で修行をすると告げ、去って行った。そのとき、イエス・キリストのあとを尾《つ》ける男がいたことに、わたしは気づいていた。その男にも、わたしが洗礼を授けた。彼の名もイエス。イエスがイエスを尾行していたこともあり、強く印象に残った。わたしが思うに、尾行者のイエスは、荒れ野でいのち懸《が》けの修行に入ったイエスが生還することはおそらくないと予想し、わたしが認めた彼のキリストの称号を詐取《さしゅ》しようと思いついたのだろう」

「けど、マグダラで会ったイエスは、弟子たちを連れてたぜ。洗礼者ヨハネが彼をキリストと認めたって話を弟子たちも認めてたから、オレたちは、あの男を信じたんだ」

ヤコブ兄貴の説明に、理解できる、というように洗礼者ヨハネは、うなずいた。

「わたしがイエスのひとりをキリストだと認めたとき、多くの群衆がいた。ふたりのイエスはすぐ近くにいたから、遠目には、どちらがキリストのイエスか勘違いした可能性はある。偽《いつわ》りのイエス・キリストは、本物は荒れ野での修行中に死ぬはずだという前提の上に、自分が本物であるかのようにふるまった。われわれユダヤ人は大昔からキリストを待望していたから、彼が偽者だとわからずに熱狂的に迎え入れた者は多かっただろう」

その偽者に弟子入りするつもりだったシモンは、気まずそうに、あたまをかいた。

「きみたちは、以前、わたしに弟子入りしたが、そんなことは気にしなくて良い。間もなくイエス・キリストが活動を始められたあかつきには、きみたちは、彼に従うべきだ。きみたちは、己《おの》が目で彼の修行を見届けたほうが良いかもしれない。特に、ゼベダイの子たち――ヤコブとヨハネは、あのイエスの姿は、きちんと見ておいたほうがいい」

「ヤコブとヨハネは――って、先生《ラビ》、そいつらが親戚だからって、贔屓《ひいき》にしないでくださいよ。せっかくここまで来たんだ。オレだってキリストのイエスを見たいですよ」

ふてくされたようなシモンの抗議に洗礼者ヨハネは、また少し微笑した。

「そうだな。ヨナの子シモン――きみも、キリストと歩むべく神に選ばれたのだろう」

ぼくたちの話が長くなったので、順番を待つ後ろのユダヤ人たちから不満の声が大きくなり始めていた。ぼくたちは洗礼者ヨハネに礼を言うと、本物のイエス・キリストが修行しているはずのユダヤの荒れ野を目ざして、エリコをあとにした。

VI

エリコは死海の近くにあるので周辺地域の地面よりかなり低い場所にあり、そこから山の上のエルサレムへ通じる道はかなり急傾斜の上《のぼ》り坂で、その両側に石灰岩の不毛《ふもう》な荒野が延々と広がっている。洗礼者ヨハネがキリストだと認めたイエスは、ほんとにこんな荒れ野で暮らし独りで修行しているのか。そもそも、岩と砂のほかになにもないこんな場所で、どんな修行ができるのか。ぼくには、まったく想像できない。

「こんなところで修行するなんて、無理だろ……オレなら半日でくたばる……」

砂礫《されき》で歩きにくい坂を上り、息を切らしてシモンが言うと、ヤコブ兄貴は笑った。

「あたりめーだ！　オレたちはキリストでも、洗礼者でもねーんだ」

イエスがどのあたりにいるか、近くにいるのかどうかもわからない。ぼくたちは、見晴らしの良い場所を探して、エリコのすぐ西の高い山に登った。そこから見渡すと、ラクダのこぶのような石灰岩の巨大な隆起が無数に、視界の彼方まで延々と続いている。

「これだけ広いんだ……見つけられっこないぞ」

両膝に両手をあて、シモンは、あきらめたように言った。

「……え、あれ……あそこにいるのは、人じゃない？」

ぼくは、はるか遠くに見える、からし種《だね》ほど小さな人影らしきものを指さした。

ヤコブ兄貴とシモンは、崖《がけ》から身を乗り出すようにして、目を凝《こ》らした。

「ええっ!? よく見えねーが……確かに、人だ。あれがキリストか!?」

ヤコブ兄貴は両手で髪を後ろへ撫でつけながら、驚きの声をあげる。

「だとしても、遠すぎるぜ。陽《ひ》が沈むまえに、あそこまで行くのは無理だ」

洗礼者ヨハネのことば通り、キリストらしき人が本当にユダヤの荒れ野で修行しているとわかったことはエリコまで来た収穫だ。でも、彼がその場でじっと待っていてくれるとは思えない。陽が落ちたら最後、彼を見失ってしまうのは間違いなかった。

「あの人がキリストなら、修行が終わったら、ぼくたちユダヤ人を率いる活動を始めてくれるんだよね？ じゃあ、たぶん、ぼくたちのまえに現れてくれるんじゃない？」

そんな期待を胸に、ぼくたちはカファルナウムへの帰路についた。

そして、そのときは予想より早く、意外な形で訪れた。


カファルナウムに戻ったヤコブ兄貴とぼくは、父ゼベダイやアンデレとシモンの兄弟といっしょにガリラヤ湖で漁を続ける、いつもの日々に戻っていた。マグダラでローマ帝国に捕らえられたイエスや、エリコで再会した洗礼者ヨハネ、ユダヤの荒れ野で目撃したイエス・キリストらしき人影の記憶は、日が経つごとに、少しずつ薄れつつあった。

そんなある日、ヤコブ兄貴とぼくが漁を終えてカファルナウムに戻り、舟から魚の入った網を陸に下ろしていると、「ゼベダイの子たち」と呼びかける声がして、ふり返った。

そこに立っているのは、がっしりとした体格の、30歳くらいの男だった。聖なる巻物《タナハ》で語り継がれるイスラエルのダビデ王がそこに出現したような錯覚を、なぜかぼくは抱いた。たぶん、彼が王のような風格を備えていたからだろう。それと同時に、彼の柔和《にゅうわ》な微笑の中に、ぼくは、ふしぎななつかしさも覚えた。記憶の奥底にある面影《おもかげ》が、彼に重なった。

「あんた……ヨセフの子イエス兄《あん》ちゃん!? よぉ、ずいぶん久しぶりじゃねーか！」

ヤコブ兄貴のことばで、ぼくは確信した。彼は、淡い記憶しか残っていないほどぼくが幼かった頃から長らく会っていなかった、従兄のイエスお兄ちゃんだ。

そのとき、稲光《いなびかり》のように、ぼくのあたまに、ひとつの考えが浮かんだ。

「洗礼者ヨハネがキリストだと認めたのは、イエスお兄ちゃんだったの？」

根拠がなかったわけじゃない。洗礼者ヨハネの「特に、ゼベダイの子たち——ヤコブとヨハネは、あのイエスの姿は、きちんと見ておいたほうがいい」ということばは、ふてくされたシモンだけでなく、ぼくも引っかかっていた。どうして、ヤコブ兄貴とぼくは、ユダヤの荒れ野で修行しているイエスを見ておいたほうが良かったのか？ 彼がぼくたちの従兄のイエスお兄ちゃんだからだ。

山奥の町ナザレで暮らしていたはずのイエスお兄ちゃんは、答える代わりに、ぼくたち兄弟を招き寄せるように両腕を開き、権威《けんい》ある者のような朗々《ろうろう》たる声で、こう言った。

「わたしについて来なさい。あなたたちを人間を漁《すなど》る漁師にしてあげよう」

それは、キリストとしてのイエスお兄ちゃんとぼくが初めて会った瞬間だった。

Ⅶ

そこまで書いて、わたしは、70年前の「ぼく」の回想から我《われ》に返った。

そう……わたしの母方の祖母アンナは、イエス様の母方の祖母でもあった。

祖母アンナは3度結婚しており、最初の夫とのあいだに生まれたのがイエス様を産んだ聖母マリア。祖母が最初の夫との死別後に再婚した夫とのあいだに儲《もう》けたのが、ふたりめのマリアで、ふたりめのマリアの4人の子は全員がのちにイエス様の弟子となり、「主《しゅ》の兄弟」とも呼ばれた。その後、ふたりめの夫とも死別した祖母アンナが、3人めの夫とのあいだに儲けた通算3人めの娘が、兄ヤコブとわたしの母サロメとなる。

子どものころに出会った「従兄のイエスお兄ちゃん」の記憶は、わたし自身が幼すぎたので、ほとんどなにも残っていない。だから、わたしにとってイエス様の記憶は事実上、カファルナウムで再会し、彼の弟子として召し出されたあのときから始まる。

イエス様が昇天されたあと、主《しゅ》のみことばは「語録集」としてまとめられ、その「語録集」をもとにマタイ、マルコ、ルカの3人は、それぞれ福音書を記した。使徒マタイの記録には、彼自身の記憶も多く反映されているが、マルコとルカの記録は伝聞がもとになっているため、どうしても記述が矛盾する箇所がある。そのため、わたしは、それら3巻の福音書を補完するために、みずから「ヨハネの福音書」を記す必要があった。

わたしが福音書に記した通り、最初にイエス様の弟子となったのはアンデレだった。イエス様のなさることに偶然はひとつもなかったので、そこには、わたしには理解できない意図があったのだろう。アンデレに続いて、シモンとヤコブ、わたしも弟子に加わった。イエス様は、会うとすぐに、シモンに「岩」を意味する「ペトロ（ペテロ）」という名を与えた。イエス様は、のちに「わたしは、この『岩《ペトロ》』の上に教会を建てる」と言われたが、シモンと初めて会ったときから、イエス様は、その未来を見通されていたのだ。

肉となり「人の子」となったイエス様は人間としては「神の子」でもあったが、のちにご自身で語られたとおり、主は天地を創造した全能の神と一体であった。そのことを、わたしたちは確信できる。なぜなら、主は、つねに未来のすべてをご存じだった。

神であるイエス様は、ご自身がピラトの官邸のバルコニーで強盗殺人犯バラバと並んで見せしめとなり、ユダヤ人がバラバを選ぶことも、当然、ご存じであったはずだ。

わたしが、あの場面を忘れられないのは、「悪の王」バラバと呼ばれるようになった彼こそ、イエス様との再会のきっかけとなった、あの「囚われのキリスト」だったからだ。

ユダヤ教の大祭司に煽動された愚かな民衆は、イエス様は「キリストを騙った詐欺師」だと罵倒《ばとう》し、憎悪した。だが、真に「キリストを騙った詐欺師」は、彼らがイエス様の代わりに恩赦を与えてしまった、あの「悪の王」バラバのほうだったのだ……！

バラバは「父の子」という意味の通称で、彼は、マグダラで捕らえられたイエスだった。あの「囚われのキリスト」が、いかにして神すらも罠にかけて勝利した「悪の王」バラバとなったのか。それについては、神であるイエス様が「神探偵」としての活動を開始し、神探偵イエス・キリストとして関わられた別の事件で真実を書き記したいと思う。

TIPS

- イエスが、いわゆる「探偵」のような活動をしたという記述は、いかなるキリスト教文書にも記されていません。ただし、イエスは当時の人々のさまざまな悩みを無数に解決し続けていました。だれかの失くした物を見つけ出したり、謎めいた事件の真相を言い当てたり、といった「探偵」のような役割をイエスが果たした事例は、当然あったはずです。
- 「使徒ヨハネ」と「福音記者ヨハネ」と「長老ヨハネ」は、それぞれ別人だと見なす学説もありますが、初期キリスト教文書には同一人物だと記されています。
- 12使徒の大ヤコブとヨハネの父がゼベダイという名であることは、新約聖書に明記されています。彼らの母の名については、イエスが息を引き取る場面で「マタイの福音書」では「ゼベダイの子たちの母」と記されている人物が、「マルコの福音書」ではサロメと記されていることから、サロメという名だと特定できます。
- 新約聖書には記されていませんが、教会の伝承に基づき、聖書と同じようにクリスチャンに連綿と読み継がれてきた聖人伝によれば、洗礼者ヨハネの祖母ヒスメリアは、使徒ヨハネの祖母アンナの妹だとされています。
- ユダヤ教では、旧約聖書「ミカ書」5章1節に記されている「ベツレヘムよ、あなたから私のためにイスラエルを統治する王が出る。彼の出自は古く、永遠の昔にまで遡《さかのぼ》る」という預言から、キリストはベツレヘムで生まれると考えられています。

●カファルナウム北東の丘で1990年代に発掘された遺跡がベツサイダの町だと、当初は考えられていました。ですが、ガリラヤ湖の北岸、カファルナウムの東で2000年代に発掘された遺跡こそがベツサイダだとする見方が、現在では有力です。

●現在、カトリック教会の聖職者は妻帯が認められていませんが、中世までは認められていました。初代ローマ教皇と見なされるシモン・ペトロは、イエスの弟子となった時点で妻がいました。新約聖書の「マタイの福音書」8章14節から15節、「マルコの福音書」1章29節から31節、「ルカの福音書」4章38節から39節には、イエスがペトロの姑の病を癒した話が出てきます。初期キリスト教文書にはペトロの妻がクリスチャンとして処刑された話が記録されていて、ペトロネラという聖人はペトロの娘という説があります。

●新約聖書では、ヤコブとヨハネは、つねにこの順番で表記されることから、ヤコブが兄と考えられています。それに対し、アンデレとシモン・ペトロは、アンデレが先に表記される例もあり、どちらが兄の可能性も存在します。イエスの弟子となったあと、ペトロ、ヤコブ、ヨハネの3人は、つねに師と行動をともにしましたが、アンデレが別行動のことが多いのは、弟子たちのリーダー格となった弟に気を遣って、あえて身を引いていた、とも考えられます。アンデレが弟なら兄の行動に従わないことが多かったのは不自然ですし、弟子たちのリーダー格となったペトロより先に弟の名前が書かれるとは考えにくいです。

●「ゼベダイの子」と呼ばれるヤコブとヨハネの兄弟の母方の祖母アンナは、イエス・キリストの母方の祖母でもあります。ゼベダイの子たちとキリストが従兄弟であることは、聖人伝にくわしく記されています。この関係性を考えると、イエスが十字架で処刑されたのち、使徒ヨハネが聖母マリアを母として迎えることになったのも、自然な流れです。

●共通点が多いことから「共観福音書」と呼ばれる「マタイの福音書」「マルコの福音書」「ルカの福音書」は、それ以前に存在したイエス・キリストの「語録集」を下敷きに執筆されたと考えられています。聖書研究において「Q資料」とも呼ばれるその「語録集」は、いまだ発見されていませんが、正典と認められなかった「トマスの福音書」の「語録集」のようなものだった可能性が高いです。

●強盗殺人犯バラバについては、総督ポンティオ・ピラトから釈放された以外の記録は残っていません。バラバの本名がイエスであることは「マタイの福音書」に記されていますが、強盗殺人犯がキリストと同じ名前である不快感から、翻訳時にイエスの名が省略されることもあります。

消えたぶどう酒

I

イエス様がその公生涯《こうしょうがい》（３年半の宣教《せんきょう》活動）においてキリストとして最初のしるしをお示しになったのは、「カナの婚礼」においてである。それはイエス様がキリストとして最初に奇跡を示された場で、同時に、神探偵イエス・キリスト最初の事件でもあった。だから、神探偵としての主《しゅ》を語る上で、あの事件の話をはずすことは絶対にできない。

わたしは「カナの婚礼」を、細部に至るまで、いまでも鮮明に思い出すことができる。こうして筆を執《と》ると、あのときにわたしが目にした印象的な光景の数々と愛する弟子仲間の喜怒哀楽《きどあいらく》が、すぐ目の前に浮かんでくる。当時、わたしが苦手としていた仲間や、少し見下していた仲間さえも、いまとなっては、すべてがなつかしい。彼らはすでに天のイエス様のもとへ帰り、わたしは独《ひと》り寂しく、こうして地上にとどまっているのだから……。

イエス様が公生涯を始めるまえに暮らされていたナザレの町は、山の上にある。わたしが生まれ育った湖畔の町カファルナウムから山上のナザレまで行くには谷間の坂道を南西に２４０スタディオン（約45キロメートル）ほど上《のぼ》らねばならず、徒歩で丸１日かかる。神探偵イエス・キリスト最初の事件の舞台となったカナの町は、カファルナウムとナザレを結ぶ山道の途中、ナザレの45スタディオン（約8キロメートル）ほど北東にある。

ユダヤの荒れ野での修行を経て、カファルナウムに現れたイエス様は、アンデレとシモンの兄弟、そして、兄ヤコブとわたしを弟子に招いてくださった。イエス様から「岩」を意味する「ペトロ」という特別な名を賜《たまわ》ったシモンが「先生《ラビ》、どうか、わが家にお泊まりください！」と地面にひざまずいて懇願《こんがん》すると、われらの師は彼の強引さに微笑しながら、うなずいた。あのときのわたしは、正直、先を越された気分になったものだった。

イエス様には、ぜひわが家にも泊まっていただきたかった。ただし、わたしたち兄弟は両親と4人で暮らしていて、空き部屋がなかった。シモン・ペトロの両親は、となり町のベツサイダで暮らしていて、彼が妻と姑《しゅうとめ》と3人で暮らしている家はよぶんに部屋があり広いので、イエス様にとっては、そちらのほうが快適に滞在できて良かったと思う。

70年もの歳月が経過したことで、いまではそのように冷静に回想できるが、当時のわたしは、キリストとして現れた「従兄《いとこ》のイエスお兄ちゃん」と過ごし始めた新しい鮮烈な日々にただただ夢中で、少し先のことすら考えられないほどだった。こうして「カナの婚礼」のことを思い返すと、当時の「ぼく」の感覚が、またよみがえってくる……。

ぼくが久しぶりに会ったイエスお兄ちゃんは30歳くらいのはずなんだけれど、若々しいので20代前半に見える。ナザレで大工をしていたせいか、筋肉質で引きしまった体型だ。

意志の強そうな整った顔立ちで、伝説のダビデ王のように、堂々とした風格をまとっている。肩口まで届く綺麗に波打つ髪を左手の細長い指でかき上げる仕ぐさは、思わず見惚《みと》れちゃうほど色気がある。お兄ちゃんは、オリーヴ油に似た良い匂いを漂わせている。

遠い昔、ユダヤ人を率《ひき》いた王や祭司は、就任する際、オリーヴ油をあたまから注がれることで、その地位にふさわしい人物だと認められていたらしい。そこから「油を注がれた者」を意味する「キリスト」が世《よ》の救い主《ぬし》の称号になった、とユダヤ教の先生《ラビ》から教えられたことがある。以前は、どうして「油を注がれた者」が特別なのか、よくわからなかった。でも、イエスお兄ちゃんからオリーヴ油のような匂いがすると、この人こそ、まさに「油を注がれた者」――キリストなんだと納得できた。イエスお兄ちゃんは、香油はつけていない。だから、それは神がぼくたちユダヤ人に遣《つか》わしてくれたキリストだけが持つ、特別な香りであり、ひとつのしるしなのかもしれない。イエスお兄ちゃんがぼくを抱きしめてくれたら、あのオリーヴ油の香りに包まれて、きっと気持ち良いはずだ。でも、ぼくはもうおとなだから、願望のまま従兄のお兄ちゃんに甘えて子ども扱いされたくない。

そんなことをこっそり考えていたぼくだけじゃなく、ヤコブ兄貴も、アンデレとシモン・ペトロの兄弟も、イエスお兄ちゃんに魅了されていた。ガリラヤ湖のほとりで新しい先生《ラビ》を囲んで立つぼくたちは、花の匂いに吸い寄せられた蜜蜂《みつばち》の群れみたいだ。ぼくたちの周囲には、少し離れたところからこちらを見物している町民たちもいた。

「先生《ラビ》、女房と親父は、オレが漁師をやめてキリストの弟子になることを、ゆるしてくれました。新しい王国をつくるために、できることを教えてください！」

シモン・ペトロが両手を開いて師に訴えた。そんな彼を、少し離れたところから彼の妻が腕組みをして恨《うら》めしげに見ていた。夫をゆるしている顔ではなかったので、ぼくたちは気まずかった。あんな顔を妻にされたら、ぼくなら、とても旅立てないだろう……。

ぼくたちの気持ちを察したかのように、イエスお兄ちゃんはシモン・ペトロの妻のほうへ歩み寄り、遠すぎず近すぎない絶妙の距離から、彼女にやさしく声をかけた。

「あなたの大切な夫を借りることを、心からすまないと思う。だが、天の父がこれを望んでいるのだ。わかってほしい。天の父は、あなたたちに必ず報《むく》いてくださる」

シモン・ペトロの妻は驚いた顔になり、腕組みを解いて、意外なことに笑った。

「まあ、先生《ラビ》。もったいないおことばです。いいんです、夫の両親が援助してくれるそうなので、生活は大丈夫です。ろくでなしですが、どこへでも連れてってくださいな」

「おい、おめー！　ろくでなし、ってのは、どういうこった？　聞き捨てならねぇ」

シモン・ペトロが拳《こぶし》を振り上げたが、気の強い妻は、まったく動じない。

「家族や仕事を捨てて旅立つなんて、ろくでなしでしょうよ。違うのかい？」

妻の反論に、近くで聞いていた聴衆が「違《ちげ》ぇねぇや」と大笑いしたので、ぼくたちも笑った。恥ずかしそうにあたまをかくシモン・ペトロは、やはり憎めない男だ。

ぼくたちを遠巻きに見ているカファルナウムの町民たちの中に、父ゼベダイと母サロメの姿もある。ヤコブ兄貴とぼくがイエスお兄ちゃんに弟子入りすることについて、父は漁師の人手が減ることを嫌がっていた。だけど母は賛成し、こんなことさえ言った。

「キリストが王になったとき、彼の左右に控えるくらい偉くなんなさい！」

ぼくたち兄弟も、もちろん、そのつもりさ。同時期に弟子になったアンデレとシモン・ペトロには負けられない。ヤコブ兄貴だって同じ気持ちのはずだ。兄貴は豊かな髪を両手で後ろに撫《な》でつけ、ぼくらの師に向かって右手の親指を立て、片目をつぶった。

「イエス兄《あん》ちゃんのためなら、オレたちは、なんだってするぜ！」

ぼくとアンデレがうなずくと、イエスお兄ちゃんは、上半身をのけぞらせるようにして、声をあげて笑った。ぼくたちの新しい先生《ラビ》の声は、とても心地好い響きだった。

「ありがとう。だが、あなたたちは、いくらなんでも焦りすぎだ。物事には順序がある。ひとつずつ進めていこう。ペトロ、アンデレ、ヤコブ、ヨハネ――頼りにしているぞ」

イエスお兄ちゃんは、ひとりずつ目を合わせ、ぼくたちの右肩に彼の右手を置いて、うなずいてくれた。師の右手を通して、勇気のような活力が全身に満ちるのを、ぼくは感じた。陽光を反射して輝くイエスお兄ちゃんの瞳は、丸い窓から見上げた夜空みたいだ。じっと見つめていたら吸い込まれそうな気がするほど、それは果てしない深さに感じられる。

ぼくたち兄弟や兄のアンデレより先にシモン・ペトロを新しい名前でイエスお兄ちゃんが呼んだことについて、ぼくはシモンに嫉妬《しっと》した。イエスお兄ちゃんは、どうしてシモンのようなお調子者を優遇するんだ？　ぼくは、アンデレが、ちょっとかわいそうになった。ヤコブ兄貴なら、だれかが「ヨハネとヤコブ」という順番でぼくらを呼んだら怒るだろう。

でも、アンデレは人格者なので、そんなことは、まったく気にしていないようだ。

「3日後に、カナの町でわたしの知人の婚礼がある。ともに行《ゆ》こう。あなたたちは、そこで花嫁のためのしるしを見ることができる。だが、まずカナに行くまえに、わたしには、となり町ベツサイダで招きたい人がいる。ペトロとアンデレの幼《おさな》なじみ、フィリポだ」

イエスお兄ちゃんは、またシモンの新しい名を先に呼んだ。師が今後もペトロのことをずっと特別視するつもりだとしたら、嫌だな。アンデレは、やはり名前の順番は気にならないらしく、彼が考えごとをしているときの癖《くせ》で右手の拳にアゴを載《の》せて尋ねた。

「先生《ラビ》、あなたはベツサイダのフィリポを以前からご存じだったのですか？」

「いや、以前のペトロやアンデレと同じく、いままでフィリポに会ったことはない。だが、はっきり言っておく。あなたたち4人も、フィリポも、もうすぐ出会うことになるカナの婚礼の花婿も、人の子を証《あか》しするために選ばれる12人のひとりなのだ」

人の子――そのことばを、ぼくは、ぼんやりとおぼえていた。安息日に集会堂《シナゴーグ》で朗読される聖なる巻物《タナハ》の預言者の巻《ネビーイーム》に出てきたはずだ。それは確か預言者《よげんしゃ》を示すことばで、イエスお兄ちゃんは、わざと自分をそう呼んだみたいだ。人の子というのは、そのまま「人間の子」という意味で良いのかな？　ユダヤ教の先生《ラビ》たちのような知識がないぼくは、それが正確にどういう意味なのかは知らないけれど、自分のことを「人の子」と呼ぶなんて新しいし、なんだか、かっこいい。そんな先生《ラビ》には、いままで一度も会ったことがない。ぼくたち4人
ヤコブ兄貴が「12人!?」と驚きの声を発し、両手で髪を後ろへ撫でつける。

の弟子は互いに顔を見合わせた。イエスお兄ちゃんが弟子に招くのは、ぼくたち2組の兄弟のほかに、まだ8人もいるのか。いや待てよ……新しい王国をつくるキリストの弟子が、たった12人だけなんて、ありえない。たぶん、ぼくたち12人は、イエスお兄ちゃんから新しい王国で特権を与えられる偉い大臣になるんだな。そんな期待が膨《ふく》れ上がる。

ところで、ヤコブ兄貴とぼくも、フィリポに会ったことがある。彼はふだん、となり町のベツサイダで暮らしているので、たまにしか会わない。ベツサイダ出身のアンデレとシモン・ペトロも、いまはカファルナウムの住人だから、しばらくフィリポに会ってないんじゃないかな。アンデレとヤコブ兄貴は背が高く、シモン・ペトロとぼくは兄たちより背が低いけれど、フィリポはさらに小柄で、決して他人と目を合わそうとしない内気な男だ。

イエスお兄ちゃんは、フィリポのことを、だれかに聞いたのかな……。シモン・ペトロについては、彼が先日、ヤコブ兄貴とぼくと3人でエリコまで行ったことを、洗礼者ヨハネから聞いたのかもしれない。アンデレはシモン・ペトロの兄という理由だけで選ばれたから、イエスお兄ちゃんの中で優先度が少し低いのかな？　でも、イエスお兄ちゃんが最初に声をかけたのはアンデレだった。彼を軽んじているわけじゃなさそうだ。

ぼくは、とてもかっこいい姿で急に現れたイエスお兄ちゃんも、幼いころからいつもぼくの味方をしてくれるヤコブ兄貴も大好きだ。そして、どんなときでも落ち着き払って性格が良いアンデレも、兄を慕《した》うのに似た気持ちで、以前から尊敬している。ただし、シモン・ペトロは楽しい友人だけど調子が良すぎて、あきれることも多い。イエスお兄ちゃんが彼を優遇しているように感じ始めてから、彼への対抗意識は強くなるばかりだ。

ヤコブ兄貴とぼくは、キリストとして王になるイエスお兄ちゃんの従弟《いとこ》だ。弟子になったのが少し遅かった、というだけで、もう1組の兄弟に遅れをとりたくない。お兄ちゃんが王になるとき、左右に従うのは、ぼくたち兄弟だ。地味なフィリポは、ぼくたちを脅《おびや》かす存在じゃないけれど、気になるのは、急に話に出てきた、もうひとりの人物――。

「イエスお兄ちゃん、カナでおこなわれる婚礼の花婿も、12人のひとりなの？」

ぼくが質問すると、イエスお兄ちゃんはカナの方角を見つめて、うなずいた。

「カナの花婿は、フィリポの友人だ。彼の名は――ナタナエル」

イエスお兄ちゃんに予告された6人目の弟子は、ぼくたちの知らない名前だった。

II

イエスお兄ちゃんとぼくたち2組の兄弟は、となりの港町ベツサイダを目ざし、カファルナウムからガリラヤ湖畔を東へ55スタディオン（約10キロメートル）ほど歩いた。先頭に立つのは、もちろんイエスお兄ちゃんだ。ナザレでの暮らしでは山の中をよく歩いていたのか、ぼくらの師は健脚《けんきゃく》で歩くのが速く、ぼくとシモン・ペトロは先生《ラビ》に遅れないように早足ですぐ後ろに従い、ヤコブ兄貴とアンデレは、少し後ろからついて来ていた。

ベツサイダへ着くと、顔見知りの町民たちが、ぼくたち——特にアンデレとシモン・ペトロ——に声をかけてきたけれど、それを気にせずイエスお兄ちゃんは一方向に歩き続けていたので、ぼくたちは知り合いに挨拶《あいさつ》するのもそこそこに、師を追いかけた。

小柄で影の薄いフィリポは人混みに紛れていて、すぐに気づかなかった。師の進んで行く先を見て、ぼくは、フィリポが前方からこちらへ歩いてくるのがわかった。イエスお兄ちゃんが「フィリポ！」と呼びかけると、彼はびくっと肉体《からだ》を震わせ、固まってしまった。顔見知りのぼくたちが近くにいると気づいて少し警戒を解いたが、まだ緊張している。そんなフィリポの両肩に両手を置き、ぼくたちの師は、やさしい声で彼に語りかけた。

「フィリポ、恐れることはない。わたしは、ナザレのイエス。ユダヤ人を救うために、天の父から遣《つか》わされた者だ。あなたにしかできない役割がある。さあ、ともに行こう」

ぼくたちの中でいちばん背の低いフィリポは、自分がかけられたことばに感動したように目を潤《うる》ませると、イエスお兄ちゃんを見上げ、何度もうなずいている。そんなにあっさり承諾して良いんだろうか？　他人ごとながら心配になって、ぼくは尋ねた。

「フィリポ、この町を出ることになるけれど、家族の了解は得られそう？」

「ぼくの家は貧しい大家族だから……『長男のあなたは外へ出て自立して』と両親から言われてたんだ。あとで両親に話すけど、反対されることは絶対ないはずだよ」

大家族の長男なのに彼が引っ込み思案なのは、そんな性格になるほど両親から責められていたからなんだろうか。フィリポが急にかわいそうになって、応援したくなる。

シモン・ペトロは幼なじみに駆け寄り、「やったぜ！　これでおまえも偉大な先生《ラビ》の弟子仲間だな！」と喜びの声をあげ、フィリポの肩を抱いて拳を突き上げた。シモン・ペトロのお調子者ぶりにあきれつつ、フィリポが嬉しそうにしているのは良かった。


その後、シモン・ペトロが、例によって強引に彼の両親の家にイエスお兄ちゃんを案内して酒宴が催《もよお》された。シモン・ペトロの父ヨナは、ガリラヤ湖北部の漁師を仕切っている有力者なので、彼の家は大広間で大人数の宴会ができるほど大きかった。

「アンデレとシモンが偉《えれ》ぇ先生《ラビ》の弟子になったなんて、俺《おれ》ぁ嬉しいぜ。でかした！　せっかく息子たちの師が来てくださったんだ。どうか何泊でもしていってくだせぇ」

ヨナもお調子者で、息子のシモン・ペトロの性格は父親ゆずりだとわかる。アンデレが対照的に冷静なのは、夫を立てていつも控えめな母親に似たのだろうか。

「親父、先生《ラビ》はお忙しいんだ。オレたちは明日の早朝には発《た》つよ」

シモン・ペトロが言うとヨナは残念そうに首を振り、それから笑顔になった。

「なんでぇ、久しぶりに帰ってきたと思ったら、ずいぶん忙《せわ》しねぇな。よーし、それじゃあ今夜は、ごちそうと旨《うめ》ぇぶどう酒を、たらふく飲み食いしてもらおうか！」

いなごと野蜜《のみつ》しか食べていないと噂《うわさ》される洗礼者ヨハネは、いかにも預言者といった感じの厳格な雰囲気だけれど、イエスお兄ちゃんは意外にも大食漢の大酒飲みで、ヨナが使用人に命じて用意してくれた小羊や魚などの料理を次々に平らげ、ぶどう酒を呷《あお》っていた。その食べっぷりと飲みっぷりは、ぼくたち弟子もヨナも惚《ほ》れ惚《ぼ》れするほど豪快だった。

「これほど旨《うま》そうに飲み食いする人は初めて見た！　先生《ラビ》は気持ちのいいお人だ」

ヨナが感心したように拍手すると、ぼくらの師は楽しそうに笑った。

「はっきり言っておく。われらがこうして日ごとの糧《かて》であるパンとぶどう酒に感謝して飲み食いすることこそ、天の父の恵みである。ヨナ、あなたは善いことをしている」

「先生《ラビ》にそう言われると、なんだか嬉しいねぇ。またいつでも来てくださいや」

ごちそうとぶどう酒にありつき上機嫌のぼくたちの中で、フィリポだけうつむいて、飲み食いするのを遠慮している様子だった。アンデレが彼の幼なじみを気にかけた。

「どうした、フィリポ？　あまり飲み食いしていないな。体調が悪いのか？」

「いや……家族のことを考えるとね……ぼくだけ良いのかな、って……」

ぼくたちは食事する手を止め、急にしんみりした空気になった。すると、イエスお兄ちゃんが移動してフィリポのとなりに座り、彼の肩をやさしく抱き、微笑みかけた。

「フィリポ、良いのだ。あなたは、これから人の子とともに大きな役割を果たす。それゆえに、あなたの家族にも天の父は必ず報いてくださる。いまは、ただ楽しめば良い」

師のことばで、フィリポはまた目を潤ませ、顔を輝かせて、うなずいた。フィリポが急に勢い良く飲み食いし始めたので、ぼくたちも嬉しくなって笑顔を見合わせた。

そのように、イエスお兄ちゃんは、ただ飲み食いに没頭していたわけではなく、そこにいるひとりひとりに順番に話を振り、相手に応じた話題をそのつど膨《ふく》らませて、巧《たく》みに場を回していた。それは、いままで経験したことのない、ひたすら楽しい時間だった。

酒宴の後半、イエスお兄ちゃんが聖《タ》なる巻《ナ》物《ハ》の詩《し》編《へん》を歌い始めたので、ぼくたちも声を合わせ熱唱した。イエスお兄ちゃんは良い声で、しかも歌がうまい。ぼくたち弟子は音程をはずしまくっていたけれど、こんなにも楽しく詩編を歌えたのは初めてだった。

このしあわせな酒宴がいつまでも続いたら良いのに……ぼくは思わず、そう願ってしまった。だけど、カナでの婚礼も2日後に控えているので、もちろん、そうはいかない。夜中には宴会を切り上げて、ぼくたちはヨナの広い家に全員で泊めてもらった。

みんなが大広間で雑魚寝《ざこね》していたが、ぼくが夜中にふと目を覚ましたとき、窓から射《さ》し込む月光に仄《ほの》かに照らされた薄暗い室内に、イエスお兄ちゃんの姿だけがなかった。少し気になったけれど、すぐにまた寝た。朝になると、イエスお兄ちゃんがちゃんといたので、安心した。夜中にいなかったのは、きっと用を足しにでも行っていたんだろう。

次の朝早く、ぼくたちはヨナに見送られてベツサイダを発って西へ戻り、カファルナウムは素通りし、そのままカナを目ざすことになった。カファルナウムを通り抜ける際、朝の漁に出る支度をしている漁師たちの中に父ゼベダイの姿を探したけれど、見つからなかった。父は昔から、嫌なことがあると、ひとりで夜の漁に出ることがあった。そういうときの父の寂しそうな猫背を思い出すと、ぼくはちょっと悲しい気持ちになる。ヤコブ兄貴とぼくがイエスお兄ちゃんの弟子となることに母サロメは賛成し応援してくれたけれど、父が最後まで反対していたのは残念だった。父のことばが耳元によみがえる。

「甥《おい》っ子のイエスがほんとに王になれるなら、オレは喜んで、おめーらを送り出すぜ。だがな、ガキの頃から知ってるあのイエスが王になるなんて、信じられねーんだ……」

父からそんなことを言われて、不安にならないと言えば嘘になる。でも、母は「イエスなら王になれるよ！」と言ったし、ぼくもイエスお兄ちゃんならなれると信じている。

ぼくは歩きながら両親が暮らす家のほうを見て、いつか父も理解してくれるといいな、と願った。両親とカファルナウムでの想い出に背を向けるのは、妻を残して旅立つシモン・ペトロとあまり変わらないのかもしれない。だけど、これは、王となるイエスお兄ちゃんの下でぼくたちが大臣となるための第一歩だ。引き返すなんて、ありえない。

ガリラヤ湖畔のカファルナウムから山中の町カナまで、延々と上り坂が続く。先頭を行くイエスお兄ちゃんは、ベツサイダまで歩いた昨日より、かなり歩く速度が遅かった。上り坂のせいかと思ったら、そうじゃなかった。背が低いため足の遅いフィリポが遅れないように、イエスお兄ちゃんは速度を落としていたんだ。シモン・ペトロが「フィリポ、あまり遅れるなよ」と言ったときに師がこう言ったから、ぼくは気づけた。

「ペトロ、無理を言ってはいけない。人には、それぞれ自分に合った歩みがある」

先頭のイエスお兄ちゃんが足を止めたので、ぼくたちも、それぞれ立ち止まった。ひとりだけ遅れていたフィリポが追いつくと、イエスお兄ちゃんは彼の両肩に両手を載《の》せた。

「フィリポ、あなたにはカナの花婿ナタナエルを、わたしのもとへ招いてもらう」

「先生《ラビ》……あなたは、どうして……ぼくとナタナエルが友だと……?」

フィリポが息を切らしながら尋ねると、イエスお兄ちゃんは声をあげて笑った。

「天の父は、すべてをご存じである。ならば、人の子にわからないことがあろうか」

イエスお兄ちゃんは「人の子」と名乗り、天地を創造した全能の神を「天の父」と呼んでいる。ぼくたちユダヤ人にとって、神は畏《おそ》れ敬《うやま》う存在だ。神を「父」と呼ぶなんて、ぼくたちには絶対にできない。もし神の子ではない者がそんなことを言えば、神の怒りに触れて死んでしまうだろう。そう言えるのは、神の子キリストだからこそ、なのだ。

イエスお兄ちゃんは神とつながっていて、なんでも知っているんだろうか？　いくらキリストでも、そんなことがありえるのかな？　ローマ帝国を倒す宿命のキリストなら、そうした能力があるのかもしれない。でも……もしかしたらそれは、いつも陽気なイエスお兄ちゃんの壮大な冗談で、ぼくたちは、からかわれているだけなのかもしれない。

イエスお兄ちゃんは、いままで面識のなかったアンデレとシモン・ペトロがフィリポの幼なじみだと知っていた。さらに、「カナの婚礼」の花婿ナタナエルがフィリポの友人だと知っていたことは、ふしぎだ。でも、よく考えると、カナで開かれるのはイエスお兄ちゃんの知人の婚礼のようだから、知人の筋から花婿の人間関係を聞いたのかもしれない。

いや……でも、それだと、フィリポの外見を知っていたことは説明できない。

そして、もうひとつ、ぼくには引っかかることがあった。

「イエスお兄ちゃんは、ぼくたちを直接、弟子に招いてくれたよね？　でも、カナの花婿ナタナエルは、わざわざフィリポに誘わせるというのは、どうしてなの？」

イエスお兄ちゃんは左どなりを歩いていたぼくに近づき、ぼくの右肩を師の左手がつかんだ。触れられたところがあたたかくなり、それだけで気持ち良かった。

「ヨハネ、良い質問だ。ナタナエルは今、悪霊《あくれい》に憑《つ》かれ、心をかたくなにしている。そんな彼に救いの手を差し伸べることが、彼の友であるフィリポの役割なのだ」

イエスお兄ちゃんは、今度はフィリポをふり返らず、カナの方角を見たままそう言った。行先にいる花婿を想像しているようにも見えた。ぼくたちが最後尾のフィリポを見ると、

5人目の弟子はふだんから泣いているような顔なのに、さらに困った顔になっていた。

「よくわかりませんが……先生《ラビ》、ぼくは、なにをすれば良いのでしょう？」

「ナタナエルを、わたしのところへ連れてくるのだ。それが、あなたの役割である」

そう言って足を止めたイエスお兄ちゃんを見て、ぼくは驚き、動揺した。

「……え？　イエスお兄ちゃん……泣いてるの？　急にどうしたの？」

カナへ通じる上り坂の先を見つめる師の両方の頬を、一筋《ひとすじ》の涙が伝っていた。

「人の子は泣いている。救いを必要とする罪《つみ》びとが、人の子を待っている」

罪びとが待っている？　カナの町に罪びとがいる、ということ？

ぼくたちは不穏《ふおん》な予感で曇った顔を互いに見合わせた。


ユダヤ教では、日没から新しい1日が始まると見なす。陽《ひ》が山の向こうに沈んで夜の帷《とばり》が下り、婚礼の前日が始まった時間帯に、ぼくたちはカナの町に着いた。

道中にフィリポから聞いた話では、数年まえ、ナタナエルの家族が知り合いを訪ねてベツサイダまで来た際、ふたりはたまたま出会い、同世代なので親しくなったらしい。フィリポはぼくたちと年が近いから、ナタナエルも20歳前後ということになる。

「ベツサイダの貧しい家庭で育ったぼくが、カナの裕福な家に生まれた彼の友だちというのは、いまでもふしぎなんだ……。彼は、たまに会いに来てくれる善い人だよ」

フィリポは、自分の家庭が貧しいことを気にしているようだ。彼は内気だけれど、卑屈じゃない。アンデレやシモン・ペトロも富裕な家庭で育ち、フィリポの友となった。フィリポは、目立たないけれど、他人を信用させる誠実さを持っている。ぼくは、いままでよく知らなかったフィリポの性格を理解するにつれて、彼への信頼と好意を強めている。いつもお調子者すぎるシモン・ペトロより、フィリポのほうが絶対に信頼できる。

アンデレとシモン・ペトロはフィリポに同行してナタナエルの家を訪ねて泊めてもらうことになり、イエスお兄ちゃんとヤコブ兄貴とぼくは、花嫁側の家へ向かった。遠慮することを知らないシモン・ペトロは、イエスお兄ちゃんといっしょに行動したがった。でも、ふたつに分かれるなら彼は幼なじみのフィリポといっしょに行動すべきだとぼくたち兄弟が主張すると、しぶしぶ従った。やっと彼に一矢報《いっしむく》いられて、ちょっと嬉しい。

夜空には月と星が出ていたし、家々の開け放たれた戸と採光窓からもれる光があるので、いままで歩いてきた山道より視界が利《き》く。ぼくたちがイエスお兄ちゃんに続いて家の1軒に近づくと、それを予知していたかのように、上品な女の人が戸口に現れた。

「あなたが到着した感じがしていました。イエス、お友だちを連れてきたのね」

イエスお兄ちゃんは、うなずいて、後ろに立つヤコブ兄貴とぼくを手で示した。

「はい。あなたもよくご存じの彼らと、これからは、ともに歩みます」

その女性は、ぼくたち兄弟の顔を見ると、驚いた顔になる。

「まあ！　あなたたちは、ヤコブとヨハネ？　よく来てくれました。ふたりとも、立派になりましたね。以前、会ったときには、特にヨハネは、まだ小さな子どもでしたのに」

「あ、マリアおばさん、お久しぶりっす！　ヨセフおじさんのお葬式ぶりっすね」

ヤコブ兄貴は照れたような顔になり、両手で髪を後ろに撫でつけたまま、あたまを下げた。ぼくは幼かったのでおぼえていないけれど、イエスお兄ちゃんのお父さん――ヨセフおじさん――のお葬式で、ぼくもマリアおばさんに会ったことがあるようだった。

ユダヤ人女性は、12歳くらいで結婚して子どもを産む場合が多い。マリアおばさんの実年齢は40代前半なのだろうけれど、イエスお兄ちゃんの数歳だけ年上のお姉さんと言われても納得する、若い外見だ。ぼくにも、こんな素敵なお姉さんがいたらいいのに。

洗礼者ヨハネが敬意を込めて「聖母」と呼んだこのマリアおばさんは、キリストのお母さんなんだ。さすが王の風格を持つイエスお兄ちゃんのお母さんで、マリアおばさんは、目に見えない高貴な衣《ころも》をまとっているかのように、この山中の町にはふつりあいな優雅さを全身から漂わせている。ぼくの母サロメは、漁師の嫁に多い男まさりの性格で、とても気が強い。この清楚《せいそ》なマリアおばさんが母の異父姉だなんて、信じられなかった。

婚礼の花嫁の名もマリアなのだと、カナに来る途中でイエスお兄ちゃんから聞いていた。マリアもとても多い名前だから、花嫁は「カナのマリア」と呼んで区別しないと、紛らわしい。親しい知人にあたるマリアおばさんが、花嫁カナのマリアの世話役らしい。

マリアおばさんから「あなたたち、こちらへ来て」と手招きされ、花嫁の家の裏手、山の斜面にある岩場の窪みに設《もう》けられたぶどう酒の貯蔵所に、ぼくたちは案内された。そこには、ふたつの取っ手がついた大きな素焼き《テラコッタ》の陶器《アンフォラ》が12個、置かれていた。

「先ほどの日没から明日の日没まで安息日で労働できませんが、明日の日没に安息日が明けたら、この陶器《アンフォラ》を運ぶのを若いあなたたちにも手伝っていただけますか？　こちらの色の濃い陶器《アンフォラ》6つは、花婿ナタナエルの父で世話役のタルマイが婚礼のために用意してくれた、特別に上等なぶどう酒です。あとの半分は、わたしが花嫁マリアのために、できるだけ良いものを用意しました。それぞれの陶器《アンフォラ》に1メトレテス（約39リットル）のぶどう酒が入っています。陽が沈むまえに、今夜飲むぶんは家に用意しておきました」

ヤコブ兄貴とぼくは、それぞれ陶器《アンフォラ》の取っ手をつかみ、持ち上げようとしてみた。ひとりでも運べないことはないが、かなり重いので、ふたりで運んだほうが良いかもしれない。そのように重い物を運ぶ労働を、ぼくたちユダヤ人は安息日には禁じられている。

「これだけのぶどう酒があるなら、婚礼が1週間以上続いても大丈夫ですね」

「そうですね。婚礼で、ぶどう酒を切らすわけにはいきませんから……」

ユダヤ教の婚礼では通常、町の人が1週間ほど毎日集まって飲み食いする。食事やぶどう酒を切らさないようにすることは、世話役たちの重要な務《つと》めだ。

ぼくたちは花嫁の家へ引き返そうとしたが、イエスお兄ちゃんは胸のまえで左手の人差し指を真上に立て、12個の陶器《アンフォラ》を見つめ、なにかを考え込むような顔をしている。

「イエス、どうしたの？　ぶどう酒になにか問題がある？」

マリアおばさんが不安そうに尋ねたので、ぼくたちも少し心配になった。

「いえ……このぶ、ぶ、ぶどう酒には、い、い、い、問題ありません。それを確認していました」

イエスお兄ちゃんは微笑し、ぼくたちは安心して花嫁の家に戻った。

III

婚礼前日は安息日（金曜の日没から土曜の日没）だったので、夜が明けると、町中の人たちが集会堂《シナゴーグ》に集まってきた。ぼくたちユダヤ人は、安息日には、いかなる労働も禁じられているけれど、安息日にも10スタディオン（約1・85キロメートル）までは歩いて良いので、町の中心に建てられた集会堂《シナゴーグ》に集まり、聖なる巻物《タナハ》の朗読と先生《ラビ》たちの説教に耳を傾けることが、ならわしになっている。だから、ユダヤ人の町には必ず集会堂《シナゴーグ》がある。

カナの町民たちに交《ま》ざってイエスお兄ちゃん、ヤコブ兄貴といっしょに集会堂《シナゴーグ》のほうへ歩きながら、ぼくは、気になっていたことを尋ねた。

「そう言えば、イエスお兄ちゃん、きょうの花嫁の家でも、昨日のヨナの家でも、ぼくがたまたま夜中に起きたときにいなかったけれど、用を足しに行っていたの？」

かなりぶどう酒を飲んでいたから、きっとそうに違いない。そう思っていたのだけれど、イエスお兄ちゃんは歩きながらおかしそうに笑い、首を左右に振った。

「天の父と話していたのだ。今夜の婚礼が、実り豊かなときとなるように」

ヤコブ兄貴とぼくは意味がわからず、首を傾《かし》げた。ぼくがさらに質問しようとしたところで、花婿ナタナエルの家に泊まったアンデレ、シモン・ペトロ、フィリポの3人が町の反対側から歩いて来るのが見えた。ヤコブ兄貴が「おう！」と彼らに向かって手を振る。

「なんだ。花婿のナタナエルは、いっしょじゃねーのか？　もう中にいるのか？」

フィリポは眉根《まゆね》を寄せて泣きそうな顔になり、イエスお兄ちゃんに報告した。

「先生《ラビ》、ダメでした……。ナザレのイエス様は洗礼者ヨハネが認めたキリストだと話したのですが、ナタナエルは『ナザレからなんの良いものが出るだろう？』と言って、信じませんでした。彼は先生《ラビ》と個人的に話すつもりはないようで、きょうは集会堂《シナゴーグ》に来ません。ナタナエルの父親タルマイも、今夜の大切な婚礼の前に疲れたくないと言って、集会堂《シナゴーグ》に来る義務のない異教徒の使用人たちと家に残っています。先生《ラビ》を避《さ》ける口実だと思います」

ぼくは、その報告に驚いた。カナに来る道中のフィリポの話では、ナタナエルは、友を気にかける「善い人」で、12人の弟子のひとりでもあるはずなのに……。

「フィリポ、ありがとう。要点を押さえた、良い報告だ。いまは、それで良い」

イエス様に叱られることを予想していたのか、フィリポは安堵《あんど》した表情で急に緊張をゆるめ、師のやさしさに感激したように、目を潤ませている。けっこう涙もろい奴だ。

「ナタナエルだけでなくタルマイも、イエス様をあまり歓迎していないようです」

フィリポの説明を補足するようにアンデレが言うと、シモン・ペトロが吠《ほ》えた。

「子が子なら、親も親だ！　タルマイはオレたちを見下してる感じだし、ナタナエルの野郎、ふざけやがって！　弟子入りしないのは奴の勝手だが、花嫁マリアの関係者である先生《ラビ》に対して、いくらなんでも失礼な発言だろ？　あいつがフィリポの友だとしても、オレは気に食わねぇし、ゆるせねぇ。アンデレが止めてなきゃ、オレは殴ってたぜ」

　ナタナエルを殴りたい衝動が戻ってきたように、シモン・ペトロは鼻息を荒げた。それを聞いた血の気の多いヤコブ兄貴は両手で髪を後ろへ撫でつけ、顔つきを険しくした。

「確かに、イエス兄《あん》ちゃんに失礼なことをする野郎は、ゆるせねー。そのナタナエルって奴、兄《あん》ちゃんが言ったように、悪霊に憑かれてるのか？　今夜には婚礼だってのに」

　師への非礼にぼくたちは怒っていたが、イエスお兄ちゃんは微笑していた。

「フィリポ、集会のあとで花婿の家に戻ったら、彼にこう伝えてほしい。ナタナエル、あなたがいちじくの木の下にいるところを、わたしは確かに見ました――と」

　フィリポは、まだ目を潤ませたまま、きょとんとした顔で師を見返す。

「はあ……いちじくの木の下に、ですか？　わかりました。伝えてみます」

意味がわからず、ぼくたちは例によって顔を見合わせ、首を傾げるばかりだった。

集会堂《シナゴーグ》では、きょうの朗読者によって聖なる巻物《タナハ》が朗読され、それに続いてイエスお兄ちゃんが挙手し、花嫁の関係者だと名乗った上で、先生《ラビ》のために設けられた「モーセの座」に着席し、カナの町民たちに説教をした。イエスお兄ちゃんがきょうの朗読箇所から読み解ける神の教えについて話をしているあいだ、ぼくは、周囲の会衆を観察していた。

　説教に感銘を受けている様子の者と、花嫁の関係者とはいえ部外者への拒否感を示す者が半々だと感じられた。イエスお兄ちゃんをキリストだと認めない抗議の意思表示のつもりなのか、花婿ナタナエルも彼の父タルマイも、集会が終わっても姿を見せなかった。

やがて陽が沈んで安息日は終わり、婚礼の当日となった。

花婿ナタナエルを先頭に、たいまつを手にした行列が花嫁マリアを迎えに来た。ふたりはまず花婿の家に移動し、カナの先生《ラビ》が立ち会い、ふたりを夫婦と認める婚礼の儀がおこなわれた。マリアおばさん、イエスお兄ちゃん、ぼくたち弟子も端のほうに列席した。

「花嫁マリアは綺麗だが、花婿ナタナエルの野郎は、なんだか気取った嫌《や》な男だな」

ヤコブ兄貴が小声で囁《ささや》いた。ぼくも同感だったけど、兄貴をたしなめた。

「がまんしなよ、兄貴。わかるけど、きょうは、あいつの婚礼なんだから」

花婿の家で婚礼の儀がおこなわれているあいだ、花嫁の家では、両家の使用人たちによって宴会の準備が進められていた。婚礼の儀のあと、参列者は花嫁の家へ移動した。

ぼくたちユダヤ人はふだん、床に料理を置いて、座るか寝そべって食べる。でも、大人数が参加する宴会では、そうはいかない。大きな宴会がおこなわれるのは屋外だ。

花嫁の家の周囲にいくつもの机が並べられ、料理とぶどう酒がふるまわれた。陽が沈む前は火を使った料理をつくれない安息日だったこともあり、集まった町民たちは、焼き立てのパンや、特別な宴会でしかつくられることのない小牛や小羊の肉料理や焼き魚、羊肉と豆の煮物などのごちそうに舌鼓《したつづみ》を打ち、花婿ナタナエルの父タルマイが用意した特別に上等なぶどう酒を飲んで、上機嫌だった。ヤコブ兄貴も、ぶどう酒には満足していた。

「悔しいけど旨《うめ》ぇな、これ。親父のタルマイは、異教徒の使用人を何人も抱えているほど裕福らしい。金持ちの息子だから、ナタナエルは、あんなに生意気なんだろうな」

ぼくたちは、端のほうでイエスお兄ちゃんを囲み、マリアおばさんたちが運んできてくれる料理やぶどう酒を食べながら、婚礼の様子を見回し、話をしていた。

「朝の集会後に先生《ラビ》のことばをナタナエルに伝えたけど、無視されたよ」

そう報告するフィリポは、また泣きそうな顔になっている。

「フィリポ、案ずるな。あなたは、自分の任務を果たした。それで良いのだ」

イエスお兄ちゃんはフィリポに微笑んでそう言ったけれど、ぼくたちは花婿ナタナエルと彼の父タルマイがこちらの席を露骨《ろこつ》に無視していることに、いら立っていた。

「まったく……あんな奴がオレたちの仲間になるなんて、信じられねぇな！」

シモン・ペトロも、しきりに首を傾げながら、料理や酒は楽しんでいた。

「だが、先生《ラビ》が言うのだから、なにかのきっかけで、そうなるのではないか？」

ぶどう酒を飲みながらそう意見したアンデレも、半信半疑のように見えた。

婚礼が1週間程度続くといっても、もちろん、一日中ずっと飲み食いし続けているわけじゃない。ごちそうとぶどう酒に満足した者たちから順番に家へ帰り、人が少なくなった夜中には自然に解散する。次の日中は昼過ぎから徐々に集まり始め、世話役たちが料理やぶどう酒を用意し、町民たちは、また好きなだけ飲み食いする、という具合だった。

イエスお兄ちゃんとぼくたちは、心を開いてくれた一部の町民たちと賑《にぎ》やかに語らい、時に歌い、楽しく飲み食いした。ぼくたち弟子にとって、イエスお兄ちゃんと飲み食いするのは、時間を忘れるほど楽しい。だけど、花婿と彼の父以外にも、ぼくたちを明らかに避けている者が少なくなかった。得体《えたい》の知れない余所者《よそもの》として警戒されていたのだろう。

異変が生じたのは、婚礼3日めの宴会が終わり、夜が明けて昼になり、イエスお兄ちゃんとヤコブ兄貴とぼくが、花嫁の家の外で話をしていたときのことだった。花嫁の家の裏手のほうから現れたマリアおばさんは初めて見る緊張した顔つきで慌てていて、ぼくたちのほうへ早足で近づいてくると、イエスお兄ちゃんに小声で話しかけた。

「イエス、困ったことになりました。ぶどう酒が消えてしまいました……」

マリアおばさんの報告で、ヤコブ兄貴とぼくは「ええーっ⁉」と思わず叫び、二日酔いが瞬時に覚《さ》めるのを感じた。婚礼は、あと4日前後は続く。ぶどう酒を切らすようなことがあれば、花嫁の世話役であるマリアおばさんの大失態となってしまう……。キリストの母であるマリアおばさんを敬愛するヤコブ兄貴とぼくは、ことばに窮《きゅう》して、イエスお兄ちゃんを見た。先生《ラビ》の返答は、ぼくたちの理解をまったく超えたものだった。

「女の方《かた》――。それが、わたしたちに、なんの関係があるのですか？」

イエスお兄ちゃんがマリアおばさんを「女の方」と呼んだことも驚きだけど、ぶどう酒を切らして途方に暮れている母を突き放す、あまりにも冷たい響きに感じられた。でも、マリアおばさんはなにかに気づいたように、はっとして、後悔した顔になった。そんなマリアおばさんを見ていられず、気まずい沈黙を埋めようと、ぼくは急ぎことばを探した。

「マリアおばさん、でも、陶器《アンフォラ》は12個もありましたよね？」

キリストの母はうなずいて、息子ではなく、ヤコブ兄貴とぼくに説明した。

「ええ……。その陶器12個のぶどう酒が、すべて空になっているのです。婚礼前夜、あなたたちが到着する直前には、12個すべてにぶどう酒が入っていたことは、蓋《ふた》を開けて確認しました。そして、この3日間の酒宴で空になった陶器《アンフォラ》は4個です」

「ってことは、陶器《アンフォラ》8個ぶんもの大量のぶどう酒が消えたんすか……⁉」

ヤコブ兄貴が尋ね、ぼくも「だれかが陶器《アンフォラ》ごと持ち去った？」と質問を重ねた。

「陶器《アンフォラ》は12個ともそのままです。8個ぶんのぶどう酒だけ消えたのです」

マリアおばさんは明らかに、きちんとした性格だ。勘違いではないだろう。

不可解な——そしてマリアおばさんに不都合な謎《なぞ》の出現に、ぼくたちは困惑した。

IV

ヤコブ兄貴とぼくは、先を歩くマリアおばさんとイエスお兄ちゃんに続いて花嫁の家の裏手、岩場の窪みに設けられたぶどう酒の貯蔵所をふたたび訪れた。カナに到着した夜に見た光景と同じで、ふたつの取っ手がついた素焼き《テラコッタ》の陶器《アンフォラ》が12個、そこに置かれていた。ヤコブ兄貴とぼくは陶器《アンフォラ》を順番に揺さぶり、蓋を開けてみたが、いずれも空《から》だった。

ヤコブ兄貴は両手で髪を後ろへ撫でつけながら、12個の陶器《アンフォラ》を見回した。

「陶器《アンフォラ》8個ぶんものぶどう酒（約312リットル）だから、たとえ数人がかりでも、3日で飲んでしまえる量じゃねーな……。貴重なぶどう酒を地面に捨てたとは思えねーし、もし捨てたら匂いが残ってたはずだ。だれかが、わざわざ別の陶器《アンフォラ》に移して持ち去ったのか？　ぶどう酒は婚礼前日には確かにあり、あの日は安息日だった。大量のぶどう酒を運び去るのは労働だから安息日には実行できない。ってことは、ぶどう酒が持ち去られたのは、婚礼が始まってからきょうまでの3日間のどこかだ――！」

ヤコブ兄貴のことばにうなずきながら、ぼくも意見を述べた。

「日中は多くの町民の目もある。ぶどう酒を昼間に大量に持ち去るのは無理だと思うけれど、夜の泥棒は重罪だよね？　聖なる巻物《タナハ》の律法《トーラー》に従うなら、夜の泥棒を見つけたら殺しても罪にならない。そして、盗んだ者は被害者に盗品を返すだけでなく、その倍の補償も必要だよね？　消えたぶどう酒の2倍、陶器《アンフォラ》16個ぶんとなると、かなり高額だ」

「どこかに隠して少しずつ飲んでもバレそうだし、町民の婚礼をぶち壊した者は、バレたら、この町にいられなくなるぞ。なんで、わざわざそんな危険を冒《おか》したんだ……!?」

それぞれの考えを述べてから、ぼくたちはイエスお兄ちゃんのほうを見た。師はまったく動じておらず、穏やかな表情で、ぼくたちを見ていた。そうだ！　カナへ来る途中、イエスお兄ちゃんは「天の父は、すべてをご存じである。ならば、人の子にわからないことがあろうか」と言っていた。あのことばがただの冗談でなく事実なら、だれがなぜこんな盗みを働いたのか、イエスお兄ちゃんはすでに知っている、ということになる……。

視線を向けると、ぼくの心を読んだようにイエスお兄ちゃんは穏やかな顔でうなずき、右手の人差し指と中指を斜め前方へ突き出し、よく通る声で言った。

「すべてを見抜く（all-detective）のは、だれか？　神探偵のわたしである（God Detective, I AM.）」

神探偵……？　そんなことばを耳にしたのは初めてだ。

神は、もちろん、わかる。でも、「探偵（detective）」なんて聞いたことがない。

「イエスお兄ちゃん、『神探偵』の『探偵』というのは、どういう意味？」

ぼくが尋ねると、師は、うなずいて教えてくれた。

「見抜く性質（detective）のことだ。神は、すべてを見抜く」

すべてを見抜く性質を持つ神（All-detective God）――神探偵（God Detective）。


おぼえたばかりのことばだけど、なんだかものすごく頼りになる感じがする。

そして、イエスお兄ちゃんは、マリアおばさんと、ぼくたち兄弟に言った。

「はっきり言っておく。どれだけふしぎに見える事件も、神探偵にとっては謎ではない。神探偵の目に映るのは真実のみ。人の子は、だれが、なぜぶどう酒を持ち去ったのか、当然、知っている。そして、人の子は、すでに事件を解決している」

V

　ヤコブ兄貴とぼくは絶句した。両手で髪を後ろに撫でつけるヤコブ兄貴と顔を見合わせたあと、ぼくは、イエスお兄ちゃんとマリアおばさんを見比べた。キリストの母は、先ほどは少し慌てていたけれど、いまは信頼しきった顔で息子の横顔を見つめていた。ことばで説明しなくても伝わる、そんなふたりの信頼関係が、ぼくはちょっと羨《うらや》ましい。

「イエス兄《あん》ちゃん、だけど……消えたぶどう酒は、どこにあるんだ？　できるだけ早く取り戻さねーと、このあと、兄《あん》ちゃんの知人の婚礼が台無しになっちまうぜ……」

　イエスお兄ちゃんだって、百も承知のはずだ。ヤコブ兄貴もそれはわかっていただろうけれど、自分の気持ちを落ち着かせるために、そう言わずにはいられなかったようだ。

　そこで、花婿ナタナエルの家に泊まっていたアンデレ、シモン・ペトロ、フィリポの3人がぼくたちを探していた様子で、姿を見せた。シモン・ペトロが大きな声で言った。

「先生《ラビ》、マリアお母さん、花嫁の家の人が、ぶどう酒がないと騒いでますぜ！」

　駆け寄ってきた彼らの中で、すぐ冷静に状況を察したのは、アンデレだった。

「あなたたちがここで立ち尽くしているということは、もしや……」

ヤコブ兄貴とぼくがうなずくと、アンデレは顔を曇らせた。シモン・ペトロとフィリポはまだ状況が飲み込めないようだったので、ぼくたち兄弟が彼らに事情を説明した。

「婚礼のぶどう酒が盗まれた⁉　それって事件だぜ！　どうすりゃいいんだ？」

あたりまえのことを言うシモン・ペトロは無視して、ぼくたちは師を見た。

「神探偵がともにいるのになぜ慌てるのだ、信仰の薄い者たちよ。ついて来なさい」

アンデレたちが「神探偵？」と首を傾げているので、あとで説明しておこう。


イエスお兄ちゃんは花嫁の家の戸口のほうへ歩き始め、ぼくたちは先生《ラビ》に続いた。戸口の近くには、宴会の参加者たちが食事のまえに手を洗うために使用する大きな石壺《いしつぼ》が6つ置かれている。それらは2メトレテス（約78リットル）あるいは3メトレテス（約117リットル）が入る壺だった。ぼくたちがそこへ近づいたところで、家の中から花嫁の親戚たちが出てきて、世話役のマリアおばさんに「ぶどう酒はまだですか！」と叫んだ。

マリアおばさんが息子を見たので、ぼくたちの視線も師に集まった。

「見よ。少し水が減っているこちらの3つの石壺に、ほかの石壺の水を移しなさい。そして、3つとも満杯になったら、それを汲《く》んで、世話役タルマイに持って行きなさい」

イエスお兄ちゃんは、ふしぎなことを彼らに命じた。花嫁の親戚たちは怪訝《けげん》そうな顔で先生《ラビ》を見返したが、マリアおばさんが「この人の言うとおりにしてください！」と有無《うむ》を言わせぬ口調で強く訴えたので、彼らは半信半疑の表情ながら指示された3つの石壺を満杯にして、それを小さな器《うつわ》に汲んで、家の中に入っていった。すると、家の中で待機していたらしい花婿の父で世話役のタルマイが、興奮した顔で走り出てきた。

「なんだ、この絶品のぶどう酒は！　マリアさん、あんた、ずるいよ。こんなにも上等のぶどう酒をどこに隠してたんだ？　わしが用意したぶどう酒より、はるかにいい！」

興奮するタルマイの周囲に人だかりができた。彼らはタルマイから小さな器を渡され、試し飲みして、その美味に驚いているようだった。ぼくたちも試しに飲ませてもらって、目を丸くした。こんなにも美味しいぶどう酒を飲んだことは1度もなかった。そこでぼくは気づいた。これはイエスお兄ちゃんが奇跡でつくり出した、神のぶどう酒なのだと。イエスお兄ちゃんを見ると、ぼくの心を読んだように、師は笑顔でうなずいた。

人々の騒ぎが拡大しているところに、ようやく花婿のナタナエルが姿を見せた。警戒する表情を見せるナタナエルに、彼の父タルマイが、そのぶどう酒を飲ませた。ナタナエルの表情が見る間に大きな驚きに染まり、ぼくたちは奇妙な優越感を抱いた。

ヤコブ兄貴は右手の親指を立て、「先生《ラビ》がやってくれたな」と、片目をつぶった。

まだ興奮しているタルマイが、息子ナタナエルと集まった人々に熱っぽく語った。

「ふつうは、宴会の最初に良いぶどう酒を出し、人々の酔いが回ると悪いぶどう酒を出すものだ。ところが、世話役マリアさんは、こんなにも絶品のぶどう酒を、婚礼の途中に飲めるように用意してくださっていた。わたしは感服した。マリアさん、ありがとう！」

　タルマイに感謝されても、マリアおばさんは、少しあたまを下げただけだった。ぶどう酒をつくったのはイエスお兄ちゃんだから、賞賛されるべき人は自分じゃないと思ったのかな？　でも、イエスお兄ちゃんを信じ、解決を委《ゆだ》ねたマリアおばさんにも功績はある。

　ぼくたち弟子の興奮は、タルマイどころではなかった。イエスお兄ちゃんが見せてくれたこの最初のしるしで、ぼくたちは師が本物のキリストだと心から確信できた。

　イエスお兄ちゃんは、神が遣わした世《よ》の救い主《ぬし》——本物のキリストなんだ！

Ⅵ

イエスお兄ちゃんが奇跡で水をぶどう酒に変えた夜、カナの町民たちは神のぶどう酒に大いに酔いしれ、婚礼は、しあわせな空気に包まれた。そんな中、それまでイエスお兄ちゃんを決して正視しようとしなかった花婿ナタナエルが先生《ラビ》をじっと見つめている場面を、ぼくは何度も目撃した。ナタナエルの顔にはもう屈折した感情はなく、花婿は、すっかり吹っ切れているように見えた。父親のタルマイも、それまで他人行儀に接していたマリアおばさんに対して急に低姿勢になり、明らかに最大級の敬意を示すようになった。

「なあ、みんな。あの親子、なんだかずいぶん態度が変わったな。信じられねぇ」

シモン・ペトロがあきれるように言うと、アンデレは誇らしげに応じた。

「われらの先生《ラビ》は、まさにキリストだ。あの方を信じれば間違いない」

「アンデレ、そう言うけど――おまえも、ちょっと疑ってただろ？」

ヤコブ兄貴が指摘すると、アンデレは「そんなことはない！」と首を振り、ぼくたちは笑った。イエスお兄ちゃんは、みんなから少し離れたところで、マリアおばさんとなにかを話している。その姿がとても素敵で、ぼくは、ますますふたりのことが好きになった。

前夜は遅くまで飲んでいた者が多かったので、夜中は町全体が寝静まっていた。イエスお兄ちゃんが夜中にまたどこかへ出かけた気がしたけれど、夢だったかもしれない。

昼にヤコブ兄貴に起こされたときも、前夜の幸福感の余韻《よいん》がまだ残っていた。

「おい、ヨハネ！　起きろ！　イエス兄《あん》ちゃんとマリアおばさんがいないぞ！」

ぼくは慌てて飛び起きると、ヤコブ兄貴に続いて家の外へ出た。あたりを見回すと、師とその母が裏手のぶどう酒の貯蔵所のところに立っていたので、駆け寄った。

「イエスお兄ちゃん、マリアおばさん――またなにかあったんですか？」

ぼくが尋ねると、キリストの母は当惑した顔で、陶器《アンフォラ》のほうを指差した。

「陶器《アンフォラ》8個の中に、消えたぶどう酒が戻っているのです。これは、昨夜イエスがつくってくれたぶどう酒ではなく、タルマイさんとわたしが用意していたぶどう酒です」

ヤコブ兄貴とぼくが陶器《アンフォラ》を確認すると、確かに、12個のうち8個にぶどう酒が入っていた。匂いからすると昨夜のものではなく、最初に用意されたぶどう酒のようだ。

ぼくたちがイエスお兄ちゃんを見ると、師は、すべてを承知していた様子だった。

「なにを驚いている？　昨夜、事件は解決している、と言ったとおりだ。町はずれにある、いちじくの木のところに行こう。ヤコブ、あなたはペトロたちを呼んできなさい」

山中にあるカナの町はずれの斜面を上った少し高くなった場所に大きないちじくの木が

あり、イエスお兄ちゃんとマリアおばさんとぼくが近づくと、木の下にだれかが立っているのが遠目に見えた。そこへ近づくぼくたちの背後から、シモン・ペトロの大声が聞こえた。アンデレ、シモン・ペトロ、フィリポと、彼らを呼びに行っていたヤコブ兄貴がぼくたちにちょうど追いついたところで、木の下に立っている人物が、ふり向いた。

「見よ。彼こそ真《しん》のユダヤ人だ。彼の中には、いっさい偽《いつわ》りがない」

イエスお兄ちゃんが示したその人物は、婚礼の花婿ナタナエルだった。頭上の雲ひとつない晴天のように、ナタナエルは、昨日までとは別人のように清々《すがすが》しい表情だった。

「先生《ラビ》……信じがたいことですが、あなたには本当に、すべてが見えていらっしゃるのですね。先生《ラビ》、あなたは、まことに神の子です。あなたこそ真のユダヤ人の王です」

驚嘆した口調で述べるナタナエルに、イエスお兄ちゃんは、やさしく語りかけた。

「あなたがいちじくの木の下にいるのを見たとわたしが言ったから、信じたのか？　ナタナエル、あなたは今後、さらに大きなしるしを見ることになる」

わけがわからず、ぼくたちは、ただ呆然と立ち尽くすばかりだった。

Ⅶ

イエスお兄ちゃんに心服した様子のナタナエルが、事情を話してくれた。

「心の弱さゆえに、オレと親父は、バカげた噂《うわさ》に惑《まど》わされていたんだ……」

花婿ナタナエルと彼の父タルマイが、花嫁の関係者であるマリアおばさんとイエスお兄ちゃんに心を開いていないのは、最初から明らかだった。その理由を聞かされて、ぼくたちは驚いた。イエスお兄ちゃんはマリアおばさんが夫のヨセフおじさんといっしょになるまえに宿《やど》した「姦淫《かんいん》の子」だという噂があり、タルマイは、その噂を信じていたのだ。

ユダヤ教の律法《トーラー》では、婚前交渉の罪を犯した者は石打ちの刑で殺される。マリアおばさんは、とても清らかな雰囲気で、そんな大罪《たいざい》を犯すような人には、絶対に見えない。なにかの誤解だろうと思ったぼくたちは、マリアおばさんの告白に、さらに驚かされた。

キリストの母は祈るように両手を組み、つらそうな声で打ち明けてくれた。

「弟子のあなたたちでも、すぐには信じられないかもしれません……。実は、イエスは、ヨセフと結婚する前に聖霊によって身ごもった神の子で、神と一体なのです……」

知らない女の人が急にそんなことを言ったら、ぼくたちは笑うか、怒ったかもしれない。

だけど、マリアおばさんの真剣な顔つきと口調は、とても嘘を言っているように見えないし、イエスお兄ちゃんの奇跡を目撃したあとだから、信じられる気がした。すぐにすべて信じるのは無理だけど、神と一体の神の子でなければ、水をぶどう酒にする奇跡なんて起こせないはず。あのぶどう酒が神にしかつくれない味だったことは、信じられる。

　そこで、右手の拳にアゴを載せていたアンデレが、はっとして指摘した。

「そうだ……思い出した。みんなも、おぼえていないか？　キリストは乙女（処女）から生まれるという預言が聖なる巻物《タナハ》に記されていたはずだ。そう聞いたおぼえがある」

　その預言については、ぼくたちはおぼえていなくて首を傾げたけれど、イエスお兄ちゃんが微笑してうなずいたし、アンデレが言うんだから、きっとそうなんだろう。

　イエスお兄ちゃんが神の子どころか「姦淫の子」だという噂があったせいで、タルマイがイエスお兄ちゃんとマリアおばさんに他人行儀だったことが、やっと理解できた。マリアおばさんは、どう見ても婚前交渉をするような人じゃないけれど、男を知らないはずの彼女がイエスお兄ちゃんを産んだら、変な噂が立つのは避けられなかったはずだ。

　ぼくたちはナタナエルとタルマイの失礼な態度に腹を立てていた。でも、もし自分が彼らの立場なら、マリアおばさんの純潔《じゅんけつ》を信じられたかと考えると自信はない。ほかの仲間も同じ気持ちなのか、なにも言わず、神妙な顔でナタナエルを見ていた。

　ナタナエルは、いちじくの幹にそっと手をあてると、大きな木陰をつくっている枝葉の豊かな広がりを見上げながら、ひとりごとのような口調で告白を続けた。

「あの日、町民たちが集会堂《シナゴーグ》に集まっていたころ、オレはひとりで、このいちじくの木の下に来ていた。子どものころから、ひとりになりたいときに、よくこの場所に来ていたんだ。父に歓迎されていない婚礼を夜に控えて、気持ちを整理したかった……」

するとと、体格のいい異教徒の使用人4人にぶどう酒の陶器《アンフォラ》をひとり1個ずつ運ばせているタルマイがやって来たので、ナタナエルは驚いたという。安息日に労働することはユダヤ教徒にとって大罪だけど、裕福なユダヤ人の家庭では何人もの使用人を抱えている。使用人が異教徒なら、安息日にそのような労働を代行させることは律法に違反しない。

ナタナエルは、父の不審な行動について問い詰めた。ナタナエルもそれまで知らなかったが、いちじくの木の近くの岩陰に、ふだんタルマイが大きな岩で塞《ふさ》いである、秘密の隠し場所があった。タルマイは、世話役マリアおばさんを困らせるために、婚礼のためのぶどう酒が入った陶器《アンフォラ》12個のうち8個を空《から》にしておくことを思いつき、町中の人が集会堂《シナゴーグ》に集まっているあいだに、異教徒の使用人4人に陶器《アンフォラ》4個のぶどう酒を2回、花嫁の家の裏から運び出させた。12個すべてを空にするか、元の陶器《アンフォラ》ごと運び出せば盗難騒ぎになる。だが、8個ぶんのぶどう酒を別の陶器《アンフォラ》に移し中身だけ持ち去れば、ぶどう酒が入っている手前の陶器《アンフォラ》4個から使用するマリアおばさんが、宴会開始から2〜3日が経過してぶどう酒がなくなったとついに気づいたとき、残量を把握していなかった彼女の失態を責め、人々のまえで詫びる大きな屈辱《くつじょく》を与えられる。それが、タルマイが息子に白状した計画だった。

花嫁マリアの世話役であるマリアおばさんを困らせても良いことはない、とナタナエルは反対したが、イエスお兄ちゃんは「姦淫の子」でマリアおばさんは婚前交渉の大罪を犯したと信じきっているタルマイは、ユダヤ教徒として、息子の婚礼の世話役をマリアおばさんがつつがなく終えることがゆるせなかったようだ。ナタナエルは、その時点で父親を説得できず、イエスお兄ちゃんがもし本物のキリストだと主張するのならマリアおばさんの窮《きゅう》地《ち》もなんとかすればいいと、いわば神を試す判断をした。ぼくたちの師が評したとおり、彼は「悪霊に憑かれ、心をかたくなにしている」状態だったのかもしれない。

父タルマイからマリアおばさんの良からぬ噂を聞いたナタナエルは、噂については半信半疑だったとしても、少なくともイエスお兄ちゃんを警戒し、まったく心を開いていなかった。だから、友人として話せるフィリポがイエスお兄ちゃんの伝言をナタナエルに伝える必要があった。タルマイの悪巧みを阻《そ》止《し》して婚礼を無事に終えるために、イエスお兄ちゃんは最初にフィリポを呼びに行ったのだと、ぼくたちは納得できた。

イエスお兄ちゃんは、ベツサイダの町にいるフィリポのもとへ向かったとき、すでに事件を解決していたのだ。さらに言えば、ぼくたちを弟子に加えたときから、解決は始まっていたのかもしれない。事件が起きる前に解決してしまうなんて、絶対に人間わざじゃない。イエスお兄ちゃんはキリストであるだけでなく、全能の神と一体で、自身もすべてを見抜く神――師のことばを借りれば、神探偵――なのだと、ぼくはよく理解できた。

フィリポがナタナエルに伝えた「あなたがいちじくの木の下にいるのを見た」というイエスお兄ちゃんのことばは、いちじくの木の下で交わされたあなたと父タルマイの会話を知っている、という意味だった。ナタナエルは当然、驚いた。なぜなら、いちじくの木の下で彼が父親に会っていたとき、イエスお兄ちゃんは集会堂《シナゴーグ》にいた。そして、イエスお兄ちゃんがフィリポにその伝言を託したのは、事件が起きるまえなのだ。

ナタナエルの心は初めてイエスお兄ちゃんに傾き始めたが、父親タルマイから聞いていた良からぬ噂のこともあり、すぐには信じられなかった。だけど、イエスお兄ちゃんが水をぶどう酒に変える奇跡を起こし、神のぶどう酒としか評せない極上の美酒を飲んだ彼は、イエスお兄ちゃんは真のキリストだと、ついに心の底から確信したという。

ぶどう酒を切らした失態を詫びさせたかったタルマイも、マリアおばさんが新たに最高のぶどう酒を調達した以上は、花嫁の世話人としての彼女の働きを認めざるをえなかった。そのぶどう酒は、マリアおばさんへの敵意を失わせるほど絶品で、まさに神の味だった。

ナタナエルは父タルマイのあやまちを責め、持ち去ったぶどう酒をすべて元通りにするように彼自身が使用人たちに命じた。タルマイも、いまでは反省しているという。

ナタナエルはイエスお兄ちゃんに歩み寄ると、地面に両手をつき、ひれ伏した。

「イエス様、オレの父がマリアお母さんにしたのは、ゆるされないことです。それに気づきながら阻止《そし》できなかったオレにも罪があります。こんなオレですが、もしおゆるしいただけるなら、あなたの弟子に加えていただけませんか。妻のマリアには申し訳ないですが、彼女にはオレがイエス様のもとで働きを終えるまで待ってもらうつもりです」

ナタナエルの覚悟に、ぼくたちは息を呑《の》んだ。シモン・ペトロが彼の妻を置き去りにして旅立ったことにも懸念《けねん》はあったけれど、ナタナエルは2日まえに結婚したところだ。結婚したばかりの妻をカナに残して旅立とうとする彼の覚悟の重さは、ぼくたちに伝わった。ぼくは、彼のことを誤解していた。フィリポの言うとおり、ナタナエルは善い男だ。

イエスお兄ちゃんは地面に膝をつくと、ナタナエルの肩に、そっと手を添えた。

「人の子は、そのために、ここへ来たのだ。ナタナエル、わたしについて来なさい。この道を選んだことを、わたしは決して後悔させない。それは、あなたたちも同様だ」

イエスお兄ちゃんは立ち上がり、ぼくたち弟子をひとりずつ見回した。師の瞳と表情には、一点の曇りもなかった。ぼくが師を信じる気持ちは、さらに強化された。

——お兄ちゃんを信じれば、絶対に間違いない！　ぼくは、ついて行く！

ぼくは改めて自分に誓い、決意を新たにすると、右手の拳を握り、うなずいた。

イエスお兄ちゃんがナタナエルを認めた以上、ぼくたちに異論はない。自分の非を素直に認め、誠実に詫びる彼への認識を、ぼくたちは改めた。次は、ぼくたちがナタナエルに心を開く番だ。彼を弟子仲間として喜んで受け入れようと、心から思えた。

……こうして「カナの婚礼」の顚末《てんまつ》を初めて文書に記していたら、思わず涙があふれ、肉体《からだ》を震わせて嗚咽《おえつ》をもらし、わたしは、そこでいったん筆を止めざるをえなかった。

あのころのことは、なにもかもが、なつかしい。わたしたちは、まだなにも喪《うしな》っておらず、これからすべてを手に入れるはずの旅を——冒険を始めたばかりだった。わたしたちのまえにはただ希望しかなく、未来には期待しかなかった。だが、あれからこんにちに至るまでの70年は、わたしにとっては大切な人たちを順番に喪い続ける日々でもあった。

あの「カナの婚礼」のあと、自分の罪を悔い改めたナタナエルは、イエス様の6人目の弟子に加わった。それ以後の彼は、父タルマイが犯した罪を忘れないように、という気持ちを込めて「バルトロマイ（タルマイの子）」と名乗り、以後は、その名で広く知られるようになった。そのため、マタイ、マルコ、ルカの福音書では彼はバルトロマイの名でしか記されていないが、わたしが「ヨハネの福音書」にナタナエルの名を記したのは、イエス様が初めて神探偵として行動された「カナの婚礼」での重要な事件を忘れないためだった。

バルトロマイことナタナエルが、インドでの宣教中に生皮《なまかわ》を剝《は》がれる拷問《ごうもん》を受けた末に殉教《じゅんきょう》してから、すでに数十年が経過した。バルトロマイが花嫁のもとへ帰ることはなかったが、いまにして思えば、イエス様が起こされた「カナの婚礼」は、まさしく「花嫁」のためだった。それは、婚礼の花嫁マリアのことではない。イエス様は、のちに、わたしたち弟子を「キリストの花嫁」と呼ばれた。「カナの婚礼」の忘れがたい奇跡は、わたしたち「花嫁」が「花婿」キリストを信じるために、主《しゅ》が起こされた最初の奇跡だったのだ。

TIPS

- イエス・キリストは痩《や》せている絵で描かれることが多いですが、「マタイの福音書」11章19節と「ルカの福音書」7章34節では「大食漢の大酒飲み」と書かれています。
- 現在、名前に「カナ」のついた町がいくつもあり、イエス・キリストが最初の奇跡をおこなった「カナの婚礼」の場所については、複数の説があります。一般的には、現在のカフル・カンナが有力候補とされ、同地にカナの婚礼教会も建てられています。
- 「ヨハネの福音書」だけが伝えている「カナの婚礼」の花婿と花嫁はだれであったのか、新約聖書だけでなく、いかなるキリスト教文書にも記されていません。ですが、「ヨハネの福音書」では、2章1節から11節で描かれている「カナの婚礼」の直前（1章43節から51節）でナタナエルを紹介し、別の箇所（21章2節）ではナタナエルがカナ出身であることが明記されているため、12使徒のナタナエルがカナの花婿だったとする説があります。ナタナエルがその名前で登場するのは「ヨハネの福音書」だけで、ほかの3つの福音書では、「バルトロマイ」の名で記されています。「タルマイの子」という意味の名前です。
- 「ヨハネの福音書」では、何人も登場する他のマリアと区別する意味から、聖母マリアは「イエスの母」と表記されています。マリアという名の女性はイエスの弟子の中にも何人もいて、とても多い名なので、花嫁が「カナのマリア」であった可能性はあります。

●「マタイの福音書」「マルコの福音書」「ルカの福音書」に登場する12使徒のひとりバルトロマイが「ヨハネの福音書」でのみナタナエルという名で記されている理由について新約聖書は沈黙しており、2000年間、だれにも解けない謎であり続けてきました。

洗礼者殺し

I

わたしたち弟子がイエス様と過ごした70年ほどまえの日々を回想する中で、何度も思い出されるのは洗礼者ヨハネのことだ。兄ヤコブとわたし、そしてアンデレとシモン・ペトロの兄弟のように、イエス様の弟子には、洗礼者ヨハネから洗礼を受けて彼の弟子だと自任していた者が多い（ただし、われわれは洗礼者につき従うほどの側近《そっきん》ではなかった）。

洗礼者ヨハネは、誕生するときに天使のお告げがあったとされ、幼いころから「彼はキリストではないか」と噂《うわさ》されていた。そのため、「ユダヤ人の王」となることが預言《よげん》されているキリストの登場を恐れたヘロデ大王によって、殺されそうになったこともある。

聖なる巻物《タナハ》で語り継がれているユダヤ教の預言者たちの中では、民族の祖先アブラハムや、奴隷状態だったユダヤ人をエジプトから脱出させたモーセが代表格だと言えるが、モーセの起こした奇跡はすべて、神から命じられたことを実行しただけの、受動的なものであった。それに対し、より能動的に多くの奇跡を起こしたエリヤはユダヤ教におけるもっとも偉大な預言者であり、だからこそ彼は、神によって生きたまま天に上げられる栄誉を得たと伝えられている。そんな預言者エリヤの再来とさえ称された洗礼者ヨハネは、イエス様が現れるまで、われわれの時代において間違いなく最大のユダヤ人指導者だった。

洗礼者ヨハネが活動の絶頂期に非業《ひごう》の最期を遂《と》げたことが、マタイ、マルコ、ルカの福音書に記されている。だが、彼らは、あの事件を自分では体験していない。直接知っているのは、わたしだけだ。わたしが自分の福音書にその殺人をあえて記さなかったのは、事件の背後にあったおぞましい真実を、公的な記録に遺《のこ》したくなかったからである。

あの事件のことを思い出すだけで、筆を握るわたしの老いた指は強張《こわば》る。はたして事件の真実を書き遺して良いものだろうか、という葛藤《かっとう》も正直ある。このまま歴史の闇《やみ》に葬《ほうむ》り去るべきなのではないのか……。だが、洗礼者ヨハネの最期になにがあったのかを知る者は、もはや、わたししか生き残っていない。そう考えると、やはり書き留めておかねば、という使命感が湧いてくる。これは巨大な悪をめぐる物語であるため、わたしは、いまを生きるキリスト者《クリスチャン》たちにこの文書を見せる気はない。ローマ帝国の迫害下にある現在の教会にこの話を伝えれば、悪の道へ足を踏みはずしてしまう者が続出しないとも限らないからだ。わたし自身はこの文書を回覧させず秘密の場所に隠したまま天へ帰るつもりだが、いつかこれをだれかが読むことになるとすれば、主《しゅ》のお導きがそうさせるときだろう。

イエス様が公生涯を始められて間もなかったあのころへ、また想《おも》いを馳《は》せよう。ふしぎなもので、年をとればとるほど、昔の記憶のほうが鮮明に思い出される。いま自分がそれを体験しているかのように、当時の「ぼく」の感覚が、よみがえってくる……。

ナタナエルが「バルトロマイ」と名を変えて弟子仲間に加わった日に、「カナの婚礼」は終わった。花嫁マリアは、いつかバルトロマイが故郷に帰る日まで彼の父タルマイが責任を持って保護する、とのことだった。ぼくたちはバルトロマイを仲間として受け入れたけれど、タルマイはまだ信用できなかった。でも、ぼくたちの師は彼に言った。

「タルマイ、あなたの心がけは立派だ。天の父は、あなたをいつも見ている。覚悟して旅立つ息子のためにも、これからは義理の娘マリアをわが子として愛しなさい」

それは説教臭い言い方ではなく、驚くほど愛を感じる、やさしい声だった。

タルマイは責められることを予想していたらしく、まさかの激励に驚いた顔になり、それから感激し、ひざまずくと両手を組み、「はい、先生《ラビ》！　必ずや！」と約束した。

この男タルマイは、イエスお兄ちゃんやマリアおばさんに偏見や悪意を持ち、ひどい嫌がらせをした。ぼくが同じことをされたら、どんなにあやまられても、ゆるせないだろう。息子のバルトロマイは、彼の父がしたことに罪悪感を抱き、父の罪を決して忘れないように、という気持ちで「バルトロマイ（タルマイの子）」と名乗ることにしたほどだ。

それなのに、イエスお兄ちゃんは、まるでなにごともなかったかのようにタルマイをゆるしたどころか、愛を込めた激励さえした。師がそこまで言った以上、ぼくたちが彼を悪く言うことはできなかった。バルトロマイの父への憤《いきどお》りも、だいぶ鎮《しず》まったようだ。バルトロマイを救うために、イエスお兄ちゃんは、タルマイをゆるしたのかもしれない。

これが王の器《うつわ》なのか。イエスお兄ちゃんの度量の大きさには、驚かされる。

イエスお兄ちゃんの横顔を見つめるバルトロマイの瞳は、こう語っていた。

——この先なにがあっても、オレはこの方《かた》を信じ、ついて行くのみ。

彼は真の同志だ。バルトロマイが仲間に加わってくれて、ぼくは嬉しい。


「みなさん、イエスをどうかよろしくお願いします。またお会いしましょうね」

お世話になっているのはぼくたちのほうなのに、マリアおばさんは、そんなことを言って、ナザレの町へ帰って行った。イエスお兄ちゃんの母親というより姉のような若々しい印象のマリアおばさんは、ぼくの憧れの人になった。ぼくたち漁師の周囲には気が強く男まさりの女性が多い。マリアおばさんのように清楚《せいそ》で美しい人に会うのは初めてだ。いっしょにいるだけで胸が高鳴るのを感じていたから、離れてしまうのは寂しいな。

分かれ道でマリアおばさんを見送ったぼくたちは、イエスお兄ちゃんに導かれて、南に広がるイズレエル平原のほうへ山を下り、ナザレから75スタディオン（約14キロメートル）ほど南東にある、ナインの町を訪れることになった。ぼくたちがよく知らないその町を目ざす目的をイエスお兄ちゃんに尋ねると、師は、ふしぎなことを言った。

「人の子に起こされることを待つ者がいる。あなたたちは、そこで神のわざを見る」

例によって意味不明だけれど、「カナの婚礼」での奇跡を目撃したぼくたちは、イエスお兄ちゃんはキリストだと確信を強めていたから、師に導かれるままに従った。

イエスお兄ちゃんを先頭に、ヤコブ兄貴とぼく、アンデレとシモン・ペトロ、バルトロマイとフィリポ――ぼくたち7人はナインの町の門を目ざして歩いた。その道中、葬送の行列に出くわし、ぼくたち弟子は思わず足を止めた。でも、イエスお兄ちゃんは迷いのない足取りで、その行列へ近づいていく。ぼくたちは慌てて後ろから師を追いかけた。

亜麻布《あまぬの》に全身を包まれた遺体を載《の》せた板を担《かつ》ぐふたりの男が、行列の先頭だった。その横に死者の母親らしき女性が泣きながら従い、多くの町民が続いていた。彼らは墓へ遺体を埋葬《まいそう》しに行く途中のようだ。葬送の行列には道を譲らなきゃいけない。だけど、イエスお兄ちゃんは彼らの正面に立ちはだかり、彼らを待ち受けているように見えた。

「おい。イエス兄《あん》ちゃんは、なにをするつもりだ？　まさか葬列を妨害するのか？」

両手で髪を後ろへ撫《な》でつけて慌てるヤコブ兄貴の肩に、バルトロマイが手を置く。

「いや、イエス様のことだ。きっとなにか理由がある。信じて従おう――」

イエスお兄ちゃんが進路を塞《ふさ》いでいることに気づいて、遺体を運ぶ男ふたりが立ち止まる。母親は泣きやんで、顔を上げた。葬列の人々が、ざわつき始めている。

「女の方、ひとり息子を亡くされて気の毒だった。まだ彼が死ぬときではない」

母親や人々が大いに驚いて見返す中、イエスお兄ちゃんは、遺体を載《の》せた板に歩み寄り、細長い指の先で、それに触れた。すぐ後ろにいたぼくたちは息を呑み、硬直した。フィリポが「先生《ラビ》、触っちゃったよ……」と泣きそうな声を出し、ぼくらの師を指差す。

遺体に関するものに触れれば少なくとも7日のあいだ穢《けが》れると律法《トーラー》に記されているから、それらに触れないように、ぼくたちは幼いころからずっと教育されてきた。万が一、触れてしまった者は7日のあいだ隔離され、穢れを祓《はら》うために3日めと7日めに清い水に浸したヒソプの草で穢れていない人から水を振りかけてもらう必要がある。清めてくれた人も、その日の日没まで穢れるから面倒で、ぼくたちは穢れることを避けている。

でも、イエスお兄ちゃんは平然としている。穢れを清められる神と一体だから、平気なのだろうか？　ぼくたちの師は、板の上に横たわる亜麻布で包まれた遺体へ呼びかけた。

「青年よ、起きなさい。あなたは、わたしたちに伝えたいことがあるはずだ」

張りつめた緊張と静寂の中、亜麻布の上半身が少しずつ動き始めると、葬列から悲鳴があがり、あとずさる者たちが続出した。ぼくも変な汗をかいて、弟子仲間と顔を見合わせた。気の小さいフィリポは目をつぶり、友人バルトロマイの後ろに隠れてしまった。

「まさか……！　先生《ラビ》は本当に死者をよみがえらせた、というのか……？」

いつも冷静なアンデレが呆然とした声を発し、目を丸くしていた。

見てはいけない光景を目にしているような罪の意識が、ぼくの中で膨れ上がる。

亜麻布の中から青年の裸の上半身が現れた。青年は目ざめたばかりのような顔をしている。彼はイエスお兄ちゃんと目が合うと、訴えるように、緊迫した声で叫んだ。

「——大変です！　ぼ、ぼくを殺したあの男に、洗礼者ヨハネが殺されます！」

預言者エリヤや、その弟子エリシャが死者を生き返らせる話が聖なる巻物《タナハ》には記されているけれど、それらは伝説だ。事実だなんて思っていなかった。少なくとも、ぼくのそれまでの人生で、死者の蘇生《そせい》を目撃したことなど、当然ながら一度もなかった。

　イエスお兄ちゃんが水をぶどう酒に変えたのにも驚いたけれど、死者をよみがらせてしまうなんて……この人は本当にキリストなんだ。そう確信すると同時に、ぼくはイエスお兄ちゃんを初めて怖いと感じた。水をぶどう酒に変える奇跡を起こしても、彼を「従兄《いとこ》のすごいお兄ちゃん」だと思うことはできた。だけど、もし彼が人間のいのちさえも自在に操れるなら、それは人間が起こす奇跡というより、もはや全能の神のみわざだ。

　マリアおばさんは言っていた。イエスお兄ちゃんは神の子で、神と一体だと。

　イエスお兄ちゃんは、ただの神の子じゃない。神と一体――神そのものなんだ。

　聖なる巻物《タナハ》によると、神の姿を見た者は生きてはいられないという。ユダヤ人の祖先アブラハムや、奴隷状態だったユダヤ人をエジプトから脱出させたモーセでさえ、神の姿は正視していない。だけど、天地を創造した全能の神が、いま、「従兄のお兄ちゃん」として、ぼくのすぐ目の前にいる。この信じられない現実に、ぼくは激しくとまどっていた。

　オリーヴ油の良い匂いがするイエスお兄ちゃんのことが、ぼくは大好きだ。ほかの弟子の目がなければ、その胸の中に飛び込んで、抱きしめられ、あたまを撫でられたい。だけど、そんなぼくの大好きなイエスお兄ちゃんの真の姿が全能の神なら、ぼくは恐ろしい。ぼくたちユダヤ人にとって、神はつねに畏怖《いふ》すべき存在。気安く接して良い相手じゃない。

　死者の蘇生で、ぼくは混乱し、自分がどうすれば良いか、わからなくなった。ただ、青年がよみがえったので、師やぼくたちが穢れる心配がなくなったことには安堵《あんど》した。

イエスお兄ちゃんは、蘇生した青年がその告発をすることを、もちろんあらかじめ承知していたかのように、険しい顔で、うなずいていた。師は、青年の告発をぼくたちに聞かせるために、わざわざナインまで来て彼をよみがえらせたのかもしれない。

「お兄さん、あんたを殺した男ってのは、どこのどいつだ？　オレたちは元々、洗礼者ヨハネの弟子だ。あの方をねらう野郎がいるってんなら、看過《みす》ごすわけにはいかねぇぜ」

青年のまえへ出て問い詰めるシモン・ペトロの口調には、義侠《ぎきょう》心《しん》があふれていた。ヤコブ兄貴も、また両手で髪を後ろへ撫でつけながら、厳しい目つきで青年を見た。

「おう、ペトロの言うとおりだ！　兄《あん》ちゃん、そいつのことをくわしく教えてくれよ。洗礼者ヨハネのいのちをねらおうなんて奴は、オレたちが懲《こ》らしめてやるぜ！」

シモン・ペトロとヤコブ兄貴のことばで、ぼくはイエスお兄ちゃんへの畏怖を意識するのはやめて、ぼくたちのまえに現れた大きな問題のことを考えた。洗礼者ヨハネは、ぼくたちの最初の師だ。その方がいのちをねらわれているなら、もちろん、なんとかしたい。

板の上で上半身を起こした青年は、周囲を見回して自分の置かれている状況を初めて理解したように驚きながら、ぼくたちのほうへ、困惑した口調で言った。

「あの男がだれなのか、ぼくは知りません。あの男は酒場で近くの席に座っていて、娼婦《しょうふ》らしき女に『オレは間もなく、洗礼者ヨハネを殺す』と得意げに語っていました。ぼくは怖くなって逃げ出したのですが、あいつは『待て！　話を聞いたな！』と追いかけてきて、後ろから飛びかかってきてぼくを押し倒し、そのまま首を絞め——ぼ、ぼ、ぼくを殺しました」

「青年。すると、きみは、その男の顔も見ていない、ということか？」

一歩まえへ出て、落ち着いた口調で事実を確認したのはアンデレだった。

「いえ……。酒場の暗がりの中でも、ろうそくに照らされた彼の邪悪な表情は、いまも目に焼きついています。寄り添う女は、あの男をサタンと呼んでいました」

それは本名じゃない。通り名だな。「敵対する者」という意味のヘブライ語「サタン」は、聖なる巻物《タナハ》では神に挑戦する悪魔を示す名として使われている。天地を創造した全能の唯一神を信じるぼくたちユダヤ人にとって、神に挑戦するサタンは忌《い》むべき悪魔で、親が子にその名をつけることはありえないし、みずから名乗ることも、ふつうはありえない。もし公然とそう名乗る者がいるなら、紛れもなく悪魔の化身――サタンだ。

かつての師である洗礼者ヨハネが、サタンと呼ばれる謎《なぞ》の邪悪な人殺しにいのちをねらわれているという驚きの告発に、ぼくたちは戦慄《せんりつ》を禁じえなかった。

II

よみがえった青年と彼の母親、そして町の人たちから熱心に引き止められ、ぼくたちはナインの町で一泊することになった。「カナの婚礼」では、ぼくたちが余所者《よそもの》扱いを受けて敬遠された面もあったけれど、ナインの町民は小牛や小羊やぶどう酒を持ち寄り、青年を生き返らせたイエスお兄ちゃんと弟子のぼくたちを心から歓待してくれた。

「キリストがこの町に現れたことは、今後いつまでも語り継がれるでしょう」

そう言った長老らしき白髪の男性は、彼自身も預言しそうな風貌《ふうぼう》だった。

「オレたち最近、宴会ばかりしてるよな。いやー、楽しいっ。こんな姿を女房に見られたら、なにを言われるかわからねぇ……。でも、先生《ラビ》、これでいいんですよね？」

酔ったシモン・ペトロが陽気な口調で尋ねると、師は笑いながら彼を戒《いまし》めた。

「ペトロ、これが毎日続くと思ってはいけない。天の父はあなたたちに祝福だけでなく試練も与えられる。今後は食事できない日もある。だからこそ、日ごとの糧《かて》を与えてくださる天の父に感謝し、こうして善意でいただいたものは好きなだけ飲み食いすれば良い」

そう言うと、イエスお兄ちゃん自身が率先して肉にかぶりつき、ぶどう酒を呷《あお》っている。

いつもながら豪快な食べっぷりと飲みっぷりに、ナインの人たちも驚嘆していた。

「そっかー。キリストの弟子になっても、食事できない日はあるんだな……」

残念そうに言うヤコブ兄貴に、「当然だろう」と、アンデレが苦笑した。そんな仲間を見て、新顔のバルトロマイとフィリポも楽しそうにしているのが、ぼくは嬉しい。

酒宴のたけなわになると、イエスお兄ちゃんが町の中央広場に立って、両手を大きく広げて詩編を歌い始めた。天まで届きそうな、綺麗な歌声だ。ぼくたち弟子が例によって音程をはずした歌声を重ねると、町の人たちも歌い始め、だれもが笑顔になっていた。

すると、よみがえった青年が感極《かんきわ》まって涙を流し、先生《ラビ》のまえにひれ伏した。

「キリスト様！　ぼくにくださったこのいのち、あなたにお捧げします！」

歌がやみ、ぼくたちも町民も、青年と彼に駆け寄る母親に注目した。

師は肩口まで波打つ髪を左手の長い指でかき上げ、青年をやさしく見下ろした。

「青年よ、あなたの志《こころざし》は立派だ。あなたには今後、大きな恵みがある。天の父から与えられたその新たないのちは、未亡人《やもめ》の母に孝行するために大切に使いなさい」

そのことばに母親が泣き崩れ、息子をきつく両腕で抱きしめた。青年も母の手を握り、閉じた目から涙をあふれさせ、嗚咽《おえつ》をもらす。ぼくたちも町民も、もらい泣きした。

それは、ぼくが人生で初めて目撃する「母が子に注ぐ激しい愛」だった。青年と彼の母親を見ながら、ぼくは自分の母サロメのことを思い出していた。ぼくの気の強い母も、ヤコブ兄貴やぼくが仮に死んで蘇生したら、あんなふうに抱きしめて、泣いて喜んでくれるのだろうか。それを望んでいるわけじゃないけれど、目のまえの母子の美しい愛に、ぼくは胸を打たれた。まず死の絶望があったからこそ、蘇生の感動が強まったのだろう。

「なあ、ヨハネ……。オレたち、兄《あん》ちゃんの弟子になれて良かったな……」

夜空を見上げてそうつぶやくヤコブ兄貴の声は震え、彼の頰を涙が伝っていた。

ぼくも泣きながら、しあわせだから微笑んでいた。こんなに素敵な師の弟子に――しかも特別な12人のひとりになれたそれこそ神の大きな恵みに、心から感謝した。

未来への夢と希望が膨らみ、これからの日々がますます楽しみだった。


夜が明けると、ナインの町民たちに見送られ、ぼくたちは出発した。

イエスお兄ちゃんに導かれるままに、今度は南東へ１４０スタディオン（約26キロメートル）ほど進み、その日の夕刻には、ヨルダン川の西にあるアイノンの町へ着いた。

ユダヤ人の町は、町の中央に集会堂《シナゴーグ》があり、似たようなつくりの家が並んでいる。どの町も同じような雰囲気だけれど、初めて訪れるこの町は賑《にぎ》やかな感じがした。

「ずいぶん人が多いな……。家の数より、明らかに人が多い。行事でもあるのか？」

バルトロマイが首を傾げたところで、町内を見回っていたアンデレが戻ってきた。

「どうやら洗礼者ヨハネが、この町を拠点に人々に洗礼を授けているようだ」

シモン・ペトロは「おおっ、洗礼者が！」と、嬉しそうに顔をほころばせたけれど、ナインの青年の話では、洗礼者ヨハネはサタンという男にいのちをねらわれているはず。もしかしたら、暗殺者が近くにいるのかもしれない……と考えると、ぼくは緊張する。

　ヤコブ兄貴とシモン・ペトロといっしょに、エリコまで洗礼者ヨハネを訪ねたときのことを、ぼくは思い出した。イエスお兄ちゃんとの日々は、あのときから始まったと言っても過言じゃない。きょう、ここへ来たことも、もちろん、未来を知る師の意図だろう。

　アイノンの町は、以前、洗礼者ヨハネが拠点にしていたエリコから480スタディオン（約90キロメートル）ほど北にある。洗礼者ヨハネが北上し、イエスお兄ちゃんが南下し、ぼくたちにとって特別なふたりの先生《ラビ》の活動場所が初めて重なった。

「洗礼者ヨハネも、いま、この町のどこかに宿泊しているのでしょうか？」

　フィリポがそう言ったので、彼は洗礼者をよく知らないことがわかった。イエスお兄ちゃんの6人の弟子のうち、洗礼者ヨハネから受洗したのはヤコブ兄貴とぼく、アンデレとシモン・ペトロの4人で、バルトロマイとフィリポは彼を見たことさえないようだ。

「洗礼者ヨハネは、厳しい人だぜー。いつも荒れ野で暮らしてるらしいからな」

　誇らしげなヤコブ兄貴の口調に、洗礼者ヨハネから受洗し、弟子を自任していたぼくたちは、うなずいた。ぼくたちは彼につき従う側近になったことはないから、実際に見たわけじゃないんだけれど、洗礼者ヨハネは、つねに荒れ野で生活している、という噂だ。

　イエスお兄ちゃんが荒れ野で修行しているところを、ぼくたちは以前、たまたま目撃した。でも、最近のイエスお兄ちゃんは、いつもだれかの家に泊まっている。キリストだし神の子で神と一体だから、もう厳しい修行は必要ないのかな？　以前ぼくたちが目撃した荒れ野での修行も、もしかしたら、修行以外の目的が、なにかあったのかもしれない。

ぼくの心を読んだように、イエスお兄ちゃんは楽しそうな口調で言った。

「洗礼者が近くで野宿《のじゅく》しているのだ。われらも、それに倣《なら》おうではないか」

カナとナインで、ごちそうや上等のぶどう酒を堪能《たんのう》したばかりだから、ぼくたち弟子のあいだに、隠せない不満が広がった。でも、確かに、イエスお兄ちゃんの言うとおりだな。人殺しのサタンにいのちをねらわれているかつての師が野宿しているのに、ぼくたちだけが快適な寝床を求めるというのは、心が甘えていると叱《しか》られても仕方ない。


その夜、ぼくたちは、アイノンの町はずれで野宿した。

ずっと気になっていたせいか、夜中に自然に目が覚めた。予想したとおり、イエスお兄ちゃんの姿がなかった。昨夜は、ぶどう酒は飲んでいないから、用を足しに行ったとは思えない。イエスお兄ちゃんは、夜中に、いつもどこに行っているんだろう？

ぼくは起き出し、月と星の明かりを頼りに、夜の野を少し探索してみた。

遠くで獣《けもの》の吠えている声がする。そのほかは、動物たちも寝静まっているようだ。

ヨルダン川を見ると、河原にひざまずいて、熱心に祈っている人影があった。

忍び足で近づくと、なんと、その人影はイエスお兄ちゃんだ！　師は、河原の砂利にひざまずき、両手を組み、夜空を見上げて一心不乱に祈っているみたいだ。

イエスお兄ちゃんは、いつもひとりで夜中に祈っていたのか……。

以前、「天の父と話していた」と言っていたのは、お祈りのことだったんだ。でも、イエスお兄ちゃんは神と一体なのに、わざわざ神に祈る必要があるんだろうか？

疑問に思いながらも、ぼくは気まずくなって、その場を立ち去ろうとした。

「ヨハネ、慌てて逃げることはない。人の子も、いまから戻るところだ」

急に話しかけられて、飛び上がるほど驚いた。やはり師は、すべてお見通しだ。

「イエスお兄ちゃん……どうして、わざわざ夜中にひとりで祈っているの？」

「天の父との対話は、隠れた場所で、ひとりでするものだ。しかし、あなたがわたしの行動を気にしていたから、今夜は特別に見せた。あなたが、つまずかないように――」

もちろん、イエスお兄ちゃんは、ぼくが来ることを知っていたのだろう。ぼくが師の夜の行動を不審に思っていたから、わざわざその疑念を解消してくれたのだ。

「いつも夜中にお祈りしているようだけど、神の子は寝なくても平気なの？」

ぼくが素朴な疑問を述べると、イエスお兄ちゃんは上半身をのけぞらせて笑った。

「神の子でも人の子だ。心は燃えていても、肉体《からだ》は弱い。人の子も眠くなる。それでも、天の父との語らいは大切だ。あなたと同じ名の洗礼者のために、今夜は祈っていた」

そう言って、イエスお兄ちゃんは、ぼくの髪をくしゃくしゃと撫でてくれた。いつもなら嬉しいはずなのに、ぼくは、洗礼者ヨハネのことが、また心配になってきた。未来を知るお兄ちゃんが祈るということは、やっぱり洗礼者の身に危険が迫っているのか？

洗礼者ヨハネは、どうしているのかな……その夜は目が冴えて、眠れなかった。

夜が明けると、イエスお兄ちゃんと弟子仲間はもう起きていて、目の前を南北に流れるヨルダン川のほうを、みんなで眺めていた。ぼくが近づくと、師は涙を流していた。

「人の子は泣いている。救いを必要とする罪びとが、人の子を待っている」

ぼくたちは顔つきを険しくして、師が見つめているヨルダン川の東に目を凝《こ》らす。

東から罪びとが来るということかな？　もしや暗殺者サタンも、その中に……？

朝の爽《さわ》やかな空気の中、先に立って歩き始めた師に続いて、ぼくたちはヨルダン川の中を歩いて東へ渡った。このあたりは深いところでも腰くらいまでしかない。

「早朝は水が冷てぇな！　でも、肉体《からだ》についた砂を洗い流せるのはありがてぇ！」

ヤコブ兄貴は全身を水に浸けると、両手で髪を後ろに撫でつけ、飛沫《しぶき》を飛ばす。

聖なる巻物《タナハ》は、律法《トーラー》違反や病気などで穢《けが》れてしまった人は、水に浸かって身を清めるように命じている。こうして水に浸かると、単に砂塵を洗い流しただけじゃなく、自分の存在が清められた感じがする。洗礼者に水に浸けてもらったときは、特に強くそう感じた。湖や川で泳いでいてもそんな感じはしないから、そのときの気持ちが重要なのかも。

まだ朝の早い時間なのに、洗礼者ヨハネから受洗するためにアイノンを目ざしているらしい多くの人々が東から集まってきていた。罪びとというのは彼らのこと？

西を目ざす集団のまえに立ち、イエスお兄ちゃんは彼らに大声で語りかけた。

「悔い改めよ、神の国は近づいた。神の国に入るために、悔い改めて洗礼を受けよ」

人々はイエスお兄ちゃんを遠巻きに怪訝《けげん》そうに見て、「この男が洗礼者ヨハネか？」と、つぶやいている。シモン・ペトロが彼らのまえへ出て、得意げに先生《ラビ》を紹介した。

「このお方――イエス様は、洗礼者ヨハネが認めたキリストだ。わが師に従え！」

シモンの奴、いつの間に、そんな立派なことを言えるようになったんだ⁉　ぼくは少しいら立った。ぼくは、イエスお兄ちゃん――いや、キリストであるイ、エ、ス、様の親戚なんだ。ぼくこそが主《しゅ》からもっとも愛される弟子でありたい。その一心で、ぼくも叫んだ。

「キリストを――イエス様を信じるんだ！　信じた者は新しい王国で救われる！」

ぼくが群衆にそんな呼びかけをするのは初めてだったから、ヤコブ兄貴やアンデレは面食らった顔になったけれど、にやりと笑い、彼らも民衆のほうへ呼びかけた。

「おう！　おめーらも、キリストのイエス様といっしょに、王国をつくろーぜ！」

「皆の者、イエス様は信頼に値するお方だ。このお方を信じれば間違いない」

他人に流されないバルトロマイと内気なフィリポは群衆に呼びかけることはしなかったが、彼らもぼくたちのすぐそばで誇らしげな顔をしていた。群衆から歓声が上がり、イエスお兄ちゃんから洗礼を受ける行列ができ、ぼくたち弟子が手分けして列を整理した。

少し離れたところからも歓声が聞こえた。ヨルダン川の西――ぼくたちのいる対岸では、いつの間にか現れた洗礼者ヨハネが、集まった人たちに洗礼を授け始めていた。川を挟んでふたりの偉大な先生《ラビ》が人々に洗礼を授けるという、それは特別な光景だった。イエスお兄ちゃんは時折、対岸に手を振り、洗礼者ヨハネも手を振り返した。このふたりの偉大な先生《ラビ》が協力すれば、ユダヤ人の新たな王国が築かれる未来は実現するはず——そう信じられる。洗礼者ヨハネへの敬愛と、彼を喪《うしな》いたくない気持ちが、ぼくの中で強まった。

順番待ちの人々を整理するぼくたちへ、イエスお兄ちゃんが呼びかけた。

「対岸にいる洗礼者に、人の子からの伝言を届けてもらいたい。だれが行く？」

自分と同じ名を持つ洗礼者への想いから、ぼくは挙手して立候補した。すると、ぼくに対抗意識を燃やしているのか、シモン・ペトロも、すぐさま手を挙げた。

「そんな重要な役割を、ヨハネだけに任せられるかよ。オレも行くぜ！」

III

ぼくがヤコブ兄貴を見ると、「行ってこい」という感じのうなずきが返ってきた。

ヤコブ兄貴とぼくは、いっしょに行動することが多い。兄貴が珍しく名乗りを挙げなかったのは、イエスお兄ちゃんの近くに残る者もいたほうが良いと、彼なりに考えたのかな？

いつもぼくを気にかけてくれるやさしい兄貴だけど、使者の役はぼくに任せて、イエスお兄ちゃんを変な奴らから守るために、護衛として残りたいのかもしれない。

「ヨハネ、おまえとヤコブはイエス様の従弟《いとこ》だからって、調子に乗るなよ。イエス様はオレだけに特別な名『ペトロ』を与えてくださった。一番弟子はオレだ！」

ヨルダン川の中を並んで西へ渡る最中、シモン・ペトロがぼくを挑発した。自分の気持ちをつい正直にしゃべってしまう彼のそういうところが、ぼくは嫌いじゃない。

「一番弟子——って、最初にイエス様から招かれたのはアンデレじゃないか。それと、親戚であることは関係ないよ。イエス様を敬愛する強さにおいて、一番弟子は、ぼくだ」

「バカなことを言うな！　だれよりもイエス様を敬愛してるのは、オレなんだよ」

シモン・ペトロもぼくも、無意識で不安を消したいから、そんな話をしていたのか。最初の師である洗礼者ヨハネがいのちをねらわれているという話を、ぼくは信じたくなかった。だけど、ナインでイエスお兄ちゃんが蘇生させたあの青年を殺した奴は実際にいる。サタンと呼ばれるその男が洗礼者ヨハネを暗殺しようとしているのは、たぶん事実だ。

ヨルダン川を渡り終えたシモン・ペトロとぼくは、洗礼者ヨハネから洗礼を受ける人たちの行列の最後尾に並んだ。たとえぼくたちがキリストの使者だとしても、割り込むわけにはいかない。それより、行列が先ほど見た時より短くなっていることが気になった。

「おい、ヨハネ。なんだか意外に早くオレたちの順番が回ってきそうだぜ」

「ペトロ、あれを見なよ。こっちにいた人たちが、どんどん川を渡ってるよ」

洗礼者ヨハネからすでに洗礼を受けた人や、順番待ちをしていた人たちが途中で行列から抜け出して、ヨルダン川の東へ——イエスお兄ちゃんのほうへ移動しているようだった。最初、ふたつの集団は同じくらいの規模に見えた。でも、いまはイエスお兄ちゃんの集団が大きくなり続け、洗礼者ヨハネの集団は、明らかに人が減り続けていた。

ぼくたちが列のまえのほうへ進むと、洗礼者ヨハネの弟子たちの声が聞こえた。

「ヨハネ様。多くの人々が、あなたが洗礼を授けたあの男のもとへ向かっています。これは、あなたへの裏切り行為ではないですか！　黙認されてよろしいのですか？」

応える洗礼者ヨハネの声は、気のせいか、かつての威厳《いげん》が薄れて感じられた。

「あの方を見よ。あの方は、世の罪を取り除く神の小羊。あの方は栄え、わたしは衰《おとろ》えねばならない。これは、天地創造のときより神に定められていることなのだ」

天地創造のときから決まってた――というのは、さすがに大げさじゃないかな。でも、洗礼者ヨハネが言うと、ほんとっぽい。それは彼の威厳と、ことばのちからだ。

イエスお兄ちゃんは栄え、洗礼者ヨハネが衰えるように定められているのが事実なら、これから栄える方の弟子であるぼくたちは安心できる。でも、自分の時代の終わりを宣言した洗礼者ヨハネの弟子たちは、複雑だろう。もし運命が少し違っていたら、ぼくたちと彼らの立場は逆だったかもしれない。だから、彼らに対して優越感なんてない。なにより、ぼくは洗礼者ヨハネという人が好きだ。本人を目のまえにすると、改めてそう思う。

シモン・ペトロとぼくの番になると、洗礼者ヨハネは、ぼくたちを見て驚き、一瞬だけ安堵のような表情を見せた。だけど、その瞳は、すぐまた悲しそうに曇った。

「きみたちがまたここへ来たということは……キリストからの伝言か？」

瞬時に察するとは、さすが洗礼者ヨハネだ。ぼくはうなずいて、彼に伝えた。

「『故郷《くに》へ帰るか、天へ帰るか――それがあなたの選択だ』というイエス様の伝言です」

周囲の者がそのことばの意味を考えているような間《ま》が空き、洗礼者は苦笑した。

「洗礼者を引退して故郷《くに》へ帰らねば、わたしは死ぬことになる、という警告か……。どうやら洗礼者であるわたしを目ざわりに思い、いのちをねらう者がいるようだな」

師のつぶやきに、洗礼者ヨハネの弟子たちは「なんと不敬な！」と憤《いきどお》った。

「あの男もヨハネ様の弟子ではないか！　恩師を脅迫するとは、あきれた先生《ラビ》だな！　そうまでしてヨハネ様から洗礼者としての地位を奪いたいのか、あの恩知らずは！」

暴言を吐く弟子に、シモン・ペトロが「聞き捨てならねぇ！」と殴りかかりそうになるのを、ぼくは押さえた。洗礼者ヨハネも、穏やかな口調で彼の弟子たちを諭《さと》した。

「勘違いするな。洗礼者は、キリストの先駆者《せんくしゃ》にすぎない。キリストは洗礼者より偉大であり、神と一体であるあの方は未来をご存じだ。警告してくださっているのだ」

「では……あなたは洗礼者を引退し、故郷《くに》へ戻りますか？」

ぼくが尋ねると、洗礼者ヨハネは寂しそうに、首を左右に振った。

「わたしには、これ以外の道はない。そのことも、キリストはご存じのはずだ。カファルナウムのヨハネとシモン、よく来てくれた。わたしの感謝を彼に伝えてほしい」

洗礼者ヨハネは、覚悟を決めたような清々《すがすが》しい顔つきになっていた。


シモン・ペトロとぼくがヨルダン川の東岸へ戻りイエスお兄ちゃんに洗礼者ヨハネの返答を伝えると、師は、もちろんすべてを承知していたように、うなずいた。

「ペトロ、ヨハネ、ご苦労だった。洗礼者の覚悟を、人の子は確かに受け止めた」

そのとき、すべてを見通しているらしいイエスお兄ちゃんのキリストの瞳が、初めてとても悲しく見えて、ぼくは洗礼者ヨハネを待ち受ける未来が、怖くなった。

イエスお兄ちゃんは、いったい、どんな未来を見ているんだろう……？

「イエス様、洗礼者がサタンに暗殺されるなんてことは、ありませんよね？」

周囲にいる人たちを意識して丁寧な口調で、ぼくは師に思わず尋ねた。できるだけ声を落としたけれど、近くにいた者たちが「暗殺？」と反応し、顔つきを険しくしている。

「それは洗礼者次第だ。彼が本気で生《せい》を望むなら、まだ暗殺は回避できる」

フィリポが「まだ、ってことは……」とつぶやいてから、慌ててくちを押さえた。


洗礼者ヨハネが生を本気で願わない限り、彼の暗殺は成就《じょうじゅ》してしまう――？


ぼくたち弟子は、フィリポが言いかけたことばを察し、互いに顔を見合わせた。

イエスお兄ちゃんがヨルダン川の西を見ると、対岸から洗礼者ヨハネがキリストを見つめていた。最初の師の姿はとても寂しそうで、ぼくは泣きたい気持ちになったけれど、イエスお兄ちゃんの弟子であるぼくが、洗礼者を見て涙を見せるわけにはいかない。

ふたりの先生《ラビ》はヨルダン川を挟んで互いに手を振りあうと、イエスお兄ちゃんはぼくたち弟子と従う群衆を引き連れて、川の東岸を北のガリラヤ方面へ歩き始めた。洗礼者ヨハネは西岸を南のエリコ方面へ、彼を慕《した》う弟子たちとまばらになった洗礼志願者を引き連れて移動を開始した。ぼくは、洗礼者の背中が遠ざかるのを何度もふり返った。


それから事件が発生するのに時間はかからなかった。

夜が明けて、イエスお兄ちゃんがまた群衆に洗礼を授け始めていると、ヨルダン川沿いの河原を、血相を変えて南のほうから走ってくる者たちがいた。

ぼくらが昨日会ったばかりの、洗礼者ヨハネの弟子たちだった。

彼らのひとりは、声が届く距離になると、走りながら大声で叫んだ。

「ヨハネ様が……！　ヘロデに捕まり……投獄《とうごく》された……！」

Ⅳ

　ぼくが生まれるまえ、ローマ帝国から「ユダヤ人の王」の称号を与えられ、この地を統治していたのは、ヘロデ大王だった。彼は、聖なる巻物《タナハ》で「ユダヤ人の王」となることが預言されているキリストの誕生を恐れ、ベツレヘムとその近郊の幼児を大虐殺《だいぎゃくさつ》した人物だ。

　ヘロデ大王の死後、その領土は3人の息子たちに分割され、ぼくたちの暮らすガリラヤ地方（ガリラヤ湖とヨルダン川の西）とペレア地方（ヨルダン川の東）はヘロデ・アンティパスが治《おさ》めていた。洗礼者ヨハネは、彼の弟子たちが知らせてくれた話によると、ヘロデ・アンティパスの兵士に逮捕され、マカイロスの砦《とりで》へ連行されてしまったらしい。

　マカイロスの砦は、かつてヘロデ大王が防衛のために築いた3つの大きな砦のひとつで、死海の東にある大きな山そのものが天然の要塞《ようさい》となっている。洗礼者ヨハネがその難攻不落の牢獄に囚われてしまった以上、彼を助け出すのは不可能だった。

「洗礼者がヘロデに処刑される！　キリスト、われらの師を助けてください！」

　洗礼者ヨハネの弟子たちは、河原の砂利に膝をつき、イエスお兄ちゃんの衣《ころも》にすがりついた。洗礼者ヨハネの名を知らないユダヤ人はいないので、周囲は騒然となった。

その洗礼者の弟子たちは昨日、イエスお兄ちゃんを「恩知らず」と罵倒《ばとう》していた連中だ。自分たちの師が窮地に陥《おちい》ると、てのひらを返してイエスお兄ちゃんを頼るのは身勝手だとぼくは思ったけれど、彼らが必死なのはわかるから、なにも言わなかった。

シモン・ペトロは、「こいつは厄介な事件だぜ……」と、あたまを抱えている。

厄介な事件と聞くと、神探偵としての師に期待する気持ちが生じた。でも、いくら神探偵でも、洗礼者をマカイロスの砦から助け出すことなんて、できるんだろうか？

イエスお兄ちゃんは自分も砂利に片膝をつくと、ひざまずいて泣きながら懇願《こんがん》する洗礼者の弟子たちの肩に順番に手を当て、あたたかい声で、やさしく言った。

「あなたたち、よく知らせてくれた。あなたたちの依頼は、確かに引き受けた。事件を解決するのが神探偵の役目だ。洗礼者のためにできることは、させてもらう」

洗礼者の弟子たちは「神探偵？」と聞き返したが、師は特に説明しなかった。

イエスお兄ちゃんの弟子であるぼくたちも周囲の群衆も取り乱し、うろたえる中、アンデレだけはいつもの冷静を保っていて、右手の拳にアゴを載せ、疑問を述べた。

「洗礼者は昨日までいつもどおり活動していた。なぜ突然、逮捕されたのだ？」

「ヘロデがユダヤ教の律法《トーラー》に反し、兄弟の妻へロディアを妃《きさき》に迎えたことを、洗礼者は以前から批判していました。それは不敬罪だとして、彼は逮捕されてしまったのです」

洗礼者の弟子が説明すると、ヤコブ兄貴は両手で髪を後ろへ撫でつけ、憤《いきどお》った。

「なんだよそれ！　洗礼者は、だいぶ前から批判していたよな。なんで急に？」

ことばが見つからないぼくたちが先生《ラビ》に答えを求めると、師は群衆に語りかけた。

「剣だけが人を殺すのではない。ことばも人を殺す。そのことをよく悟《さと》りなさい」

師のひとことで、はっとした。ぼくは、あたまに浮かんだことを述べた。

「イエスおに——ああっ、違う。イエス様……もしかして、例のサタンと呼ばれる男が、洗礼者ヨハネが批判していることをヘロデに、密、告、し、た、の、ですか？」

それは単なる思いつきだったけれど、イエスお兄ちゃんは、うなずいた。サタンという顔も知らない男のずる賢さを、ぼくは強く嫌悪した。いつも側近の弟子たちに囲まれている洗礼者ヨハネを暗殺するのは、簡単じゃない。でも、この地の領主ヘロデ・アンティパスをそそのかせば、洗礼者を捕らえ、彼を守ろうとする弟子たちから切り離せる——。

サタンは、いわば「領主」を彼の武器として使用したんだ。

「そうか……なるほど。父譲りの暴君ヘロデは人気がない。だから、洗礼者の批判をヘロデに密告する者などいなかった。サタンは、ただ密告するだけで良かったのか……」

正義感の強いバルトロマイは、ヘロデを軽蔑《けいべつ》するように眉根《まゆね》を寄せ、腕組みした。

「だれが密告したかなど、どうでも良い！　キリスト——いや、イエス様！　神探偵だかなんだか知らないが、なんとか、われらの師を助けていただきたい……っ！」

弟子たちが砂利にあたまを押しつけて懇願《こんがん》し、イエスお兄ちゃんに注目が集まる。

「大衆から絶大な支持を集める洗礼者を処刑することは、たとえ暴君ヘロデといえども容易ではない。まだ時間はある。ただし、最後の決断を下すのは、洗礼者自身だ――」

そう言って、イエスお兄ちゃんは、シモン・ペトロとぼくのほうを見た。

「ペトロ、ヨハネ。人の子からの最後の伝言を、洗礼者に伝えてきてほしい」

V

ぼくたちがふだん暮らすカファルナウムなどガリラヤ湖周辺は草木の緑が多く花も咲いているけれど、ヨルダン川を南へ進み死海に近づくにつれて、砂と岩だけの砂漠地帯になる。死海周辺で雨が降るのは1年か2年に1度だけなので、とても乾燥している。シモン・ペトロとぼくは、砂塵にまみれながら、ヨルダン川の東岸をひたすら南下していた。

「まさか洗礼者が捕まるなんてな……。このまま処刑されちまうのかな……」

いつも陽気なシモン・ペトロにしては珍しく、弱々しいつぶやきだった。

「イエスお兄ちゃんの話では、まだ助かる可能性もありそうだけど……」

「先生《ラビ》の伝言……。ヘロデにあやまれば、ゆるされる――ってことか？」

「そうかもしれない。でも、洗礼者の性格を考えると、難しそうだね」

ぼくたちは、ため息をついた。気持ちが沈み、足取りは重くなる。でも、洗礼者ヨハネが処刑されるまえに助けられるかもしれない……イエスお兄ちゃんがぼくたちを派遣したということは、助けられるんじゃないだろうか……。その期待を支えに歩き続けた。

2日かけてようやく目的地についたぼくたちは、その場所を見上げた。

「こんな厄介なところに囚《とら》われていたら、出られるわけないよな……」

シモン・ペトロは、引き返したそうな声で弱音を吐いた。ぼくも同じ気持ちだ。

マカイロスの砦は、死海の東に聳《そび》える台形状の大きな山の頂上と斜面に築かれた天然の要塞だ。ヘロデ・アンティパスの兵士たちが厳重に警護しているから、彼らの隙《すき》をついて内部に侵入することはできない。でも、イエスお兄ちゃんから指示されたとおり、洗礼者ヨハネの弟子たちが提供してくれたデナリオン銀貨（1デナリオンは労働者ひとりの1日ぶんの給料）数枚を入口にいた兵士たちに賄賂《わいろ》として見せて交渉すると、意外にあっさり洗礼者ヨハネへの面会がゆるされた。兵士たちに続いて、ぼくたちは砦に足を踏み入れる。

やっぱり、イエスお兄ちゃんの指示に従えば間違いない。ふつうなら、いったんこの砦に囚われたら最後、生きてここを出ることは不可能だけれど、イエスお兄ちゃんは、洗礼者ヨハネが無事にここを出る未来を見ているんじゃないだろうか……そうでないなら、そもそもシモン・ペトロとぼくが、ここへ来た意味がないはずなんだ。

ぼくたちは、死海を見下ろす山道の通路を上り、斜面の洞窟から中の暗がりに入る。砦のいちばん奥深く、いっさい外光の射し込まない暗がりの中に、洗礼者ヨハネが囚われている牢獄はあった。壁に等間隔で並ぶ油灯《ゆとう》の光でぼんやり照らされたカビっぽい廊下を進むと、つきあたりの鉄格子の向こうに、あぐらをかいて座る猫背の洗礼者がいた。

「おまえたちは、カファルナウムのヨハネとシモン……か？　こんなところまで、よくたどりつけたな。むろん、おまえたちの意でなく、キリストに命じられたのだな？」

かつて群衆を魅了した威厳はなく、洗礼者のことばは、いまにも消えそうだった。

ぼくはうなずいて、イエスお兄ちゃんから預かったことばを、丁寧に伝えた。


「『地上の王に屈するか、天の王に殉《じゅん》じるか――』というイエス様の伝言です」


そのことばの意味は、ぼくたちにも明らかだ。ヘロデ・アンティパスへの批判を撤回してゆるされるか、姿勢を変えずに処刑されるか、ということだろう。未来を知るイエスお兄ちゃんがそう言うからには、洗礼者ヨハネがヘロデ批判を撤回してゆるされる未来も現時点では存在していると信じたい。でも、その選択をすれば、洗礼者ヨハネがいままで築いてきた名声や信頼は瓦解《がかい》する。彼の性格を考えれば、もちろん答えは予想できる。

返答を少し待つと、鉄格子の向こうの暗がりから、弱々しい苦笑が聞こえた。

「愚問《ぐもん》だ。『あえて問う、あなたは本当にキリストですか』と彼に伝えてくれ。親戚として、できれば救いたいと思ってくれているのかもしれないが、もはや、その道はない」

その毅然《きぜん》とした回答に、ぼくは絶望した。シモン・ペトロは、ぼくたちと洗礼者を隔《へだ》てている鉄格子を両手でつかむと、少し震える声で、かつての師に語りかけた。

「いや、しかし……ヨハネ様。あなたから洗礼を受けたオレたちは、あなたを師と仰《あお》いで尊敬している。オレたち弟子は、あなたに生きてほしいと願っているんだ……」

「シモン、ありがとう。おまえたちにはキリストを支えてほしい。心からそう願う」

洗礼者ヨハネのことばには死を受け入れた響きがあり、その姿勢はまったく揺らぎそうになかった。シモン・ペトロとぼくは肩を落とし、うつむいて帰路についた。

洗礼者の返答に絶望し、足もとがおぼつかないほど憔悴《しょうすい》しきったぼくたちを砦の出口から送り出す兵士ふたりのうちひとりが、最後に、忠告するように言った。

「気の毒だが、洗礼者の処刑は時間の問題だろう。次は、おまえたちの師であるキリストが洗礼者と同じ道をたどらないように、せいぜい天の父に祈るんだな」

なにか言い返す気力は湧かず、シモン・ペトロとぼくは無言で砦を去った。


ぼくたちは抜け殻《がら》のようになって、弱々しい足取りで、乾燥したヨルダン川沿いを引き返した。マカイロスまで2日で行けたが、帰りに3日かかったのは、安息日を挟んだことだけが原因じゃない。洗礼者の返答をイエスお兄ちゃんたちに伝えるのがつらかったからだ。希望と絶望では、抱える重さがこんなに違うのか……。絶望を運ぶ帰り道は信じられないほど足が重く、イエスお兄ちゃんのもとへ戻るまで、ほとんどなにも話さなかった。流した涙はすぐに乾燥し、砂塵を川で洗い流す気力すら起きなかった。

ヨルダン川の東岸を北上するぼくたちを、遠くから最初に見つけたのは、洗礼者ヨハネの弟子たちだった。彼らは最初、シモン・ペトロとぼくの帰還に喜びの声をあげたが、ぼくたちの様子から結果を察したのか、返答を聞くまえに崩れ落ちてしまった者もいた。

弟子仲間や群衆が見守る中、ぼくたちは洗礼者ヨハネの返答を師に伝えた。

「そうか……わかった。ペトロ、ヨハネ、つらい思いをさせた。すまなかった」

イエスお兄ちゃんは、シモン・ペトロとぼくをいっしょに抱きしめてくれた。いつもなら、抱きしめられて嬉しい気持ちと、シモン・ペトロといっしょなんて嫌だという反発が起きていたかもしれない。でも、このときは、感覚がほとんど麻痺してしまっていた。

師は、ぼくたちではなく洗礼者の弟子たちに、彼らを絶望させたことについて謝ったように も聞こえた。ぼくは移動中ずっと気になっていたことを尋ねた。

「イエス様は、洗礼者の返答を、あらかじめご存じだったのですか?」

未来を知るイエスお兄ちゃんは、洗礼者の返答もわかっていたはず――だとすれば、シモン・ペトロとぼくがマカイロスの砦に行った意味がわからなかった。あなたを気にかけている者がいると彼に伝えることが、師から彼への最後の愛だったのだろうか……?

ほかの者たちも――洗礼者の弟子たちさえ――ぼくの質問に興味を示した。

イエスお兄ちゃんは自分を取り囲む聴衆を見回すと、うなずいて言った。

「神は人間の自由意志を保証している。洗礼者がどちらの返答をする可能性もあった。答えを出したのは、彼自身だ。そして、彼が出した答えを、人の子は知っていた」

ぼくは、その答えに少し混乱した。まず、彼が未来に「出す」答えではなく、過去に「出した」答えを知っていた、という表現に聞こえた。過去のことを知っているのはあたりまえだ。それに、人間が自由意志で自分の望みどおりの答えを出せるのなら、それを事前に知っていたというのは、どういうことだろう？　複数の未来を知っている、ということ？

　ほかの者たちも困惑していたので、イエスお兄ちゃんは、さらに説明した。

「あなたたち自身の過去のできごとを思い出しなさい。あなたたちは、過去に自由意志でさまざまな決断を出してきた。そうして出した答えを、いまのあなたたちはすべて知っている。それと同じように、神は、未来の人が出した結論も、過去と同じように知ることができる。だが、それは、あらかじめそうなることが決まっていた、という意味ではない」

　話が難しくなり、ぼくたちは、ますます混乱した。洗礼者の弟子たちは、話が脱線したことに耐えられなくなったように、「そんな話は、どうでも良い！」と激しく両手を振り、ふたたび砂利に膝をついて、イエスお兄ちゃんの衣にすがりついた。

「キリストであるイエス様。わたしたちの師を救う方法は、もうないのでしょうか？」

「彼が生きたいと願えば生きられる。だが、彼は地上の生《せい》より尊《とうと》いものを選んだ。死は、すでに彼のとなりに立っている。あなたたちは、なにを見てきたのか？　はっきり言っておく。かつて女から生まれた者の中で、洗礼者ヨハネより偉大な者はいなかった」

　イエスお兄ちゃんのことばで、群衆がざわめいた。しかし、先生《ラビ》は、こうも続けた。

「ところが、神の国でいちばん小さな者ですら、洗礼者ヨハネより偉大である」

　イエスお兄ちゃんは洗礼者ヨハネへの敬意を示したいのか、実は批判したいのか。先生《ラビ》の真意がわからず、ぼくたちは視線を泳がせ、ただ曖昧《あいまい》にうなずくしかなかった。

その数日後、洗礼者ヨハネが斬首《ざんしゅ》されたという知らせが届いた。

Ⅵ

洗礼者ヨハネの最期は、ヘロデ・アンティパスの命令を受け、兵士たちがあちこちの町で言いふらしているそうだ。ヘロデとしては、目ざわりな洗礼者を処刑した自分の権力を民衆に示したいのかもしれない。ぼくたちのところにも、その話はすぐに届いた。

洗礼者ヨハネは、ヘロデ・アンティパスが兄弟の妻ヘロディアを妃にしたことを批判した不敬罪で投獄された。でも、ヘロデとしても、民衆に絶大な人気を誇る洗礼者ヨハネをそれだけの理由で処刑することは躊躇《ちゅうちょ》したようだ。暴動が起きるのを恐れたのだ。

そんな中、各地の有力者を招き、ヘロデの誕生日を祝う宴《うたげ》が催《もよお》された。その席で、ヘロディアの美しい娘サロメが見事な舞いを披露すると、ヘロデは義理の娘に言った。

「見事だ、サロメ。おまえのほしいものは、なんでも与えよう。この国の半分でも」

サロメが「それでは、洗礼者ヨハネの首をください」と所望《しょもう》したことで、獄中に囚われていた洗礼者ヨハネは兵士に斬首され、その首は盆に載《の》せられ、見せ物となった。

ぼくたちユダヤ人を導いてくれた偉大な洗礼者が、小娘の戯《たわむ》れで殺されてしまったという、あまりにも残念な幕切れだった。報告を受けたぼくたちは深く絶望した。

「いくらなんでも狂っている！　小娘の思いつきで洗礼者を殺すなど……」

　正義を重んじるバルトロマイは、怒りに震えていた。彼があえて「小娘」と言ったのは、サロメは、ぼくたち兄弟の母の名でもあるので、気を遣《つか》ってくれたのだろう。ヤコブ兄貴とぼくは、母と同じ名の「小娘」に洗礼者が殺されてしまった気まずい衝撃に、打ちひしがれていた。そんなときでも冷静な指摘をしたのは、やはりアンデレだった。

「ヘロデは洗礼者を殺す口実がほしかったのだろう。サロメのわがままを聞いただけだ、という言いわけがあれば、民衆の批判も自分だけに集中せず、分散させられる。実際、わたしも、ヘロデを責めれば良いのかサロメを責めれば良いのか、わからなくなった」

　そこでフィリポが遠慮がちに、「ヘロディアの入れ知恵かも」と、つぶやいた。確かに、サロメの思いつきではなく、彼女の母親ヘロディアがその芝居の筋書を練ったのかもしれない。ヘロデも含めて、彼らは洗礼者を殺すための劇を演じただけかもしれない。

「くそっ！　混乱してきた！　結局、洗礼者を殺したのは……だれなんだ⁉」

　ヤコブ兄貴は両手で髪を後ろに撫でつける途中で動きを止め、困惑して言った。

　イエスお兄ちゃんなら事実を知ってるはずだから、ぼくたちは自然に先生《ラビ》を見た。

　師は右手の人差し指と中指を斜め前方へ突き出し、よく通る声で言った。

「すべてを見抜くのは、だれか？　神探偵のわたしである」

　そうだ。イエスお兄ちゃんは、すべてを見抜く神――神探偵。なにも救いがないように思える状況だからこそ、ぼくたちは希望を求めて、すがるように師を見つめた。

「はっきり言っておく。どれだけふしぎに見える事件も、神探偵にとっては謎《なぞ》ではない。神探偵の目に映るのは真実のみ。人の子は、だれが、なぜ洗礼者ヨハネを殺したのか、当然、知っている。そして、人の子は、すでに事件を解決している」

ぼくたちは「ええっ⁉」と驚きの声をあげ、顔を見合わせた。洗礼者ヨハネは殺されてしまったのに、事件が解決しているというのは、どういうことなんだろう？

イエスお兄ちゃんは胸のまえで左手の人差し指を真上に立てると、言った。

「悪魔などいないと人々が信じることこそ、悪魔の最大の願いだ。悪魔を否定する者は、すべては人の所業だと思い込んでしまう。そして、悪魔の奸計《かんけい》に踊らされる」

イエスお兄ちゃんのことばはまったく予想外で、ぼくたちは、いつものように驚いた。すべては悪魔の所業ということ？　いくらなんでも、そんな説明では納得できない。だけど、そのとき、悪魔ということばから、ぼくは神への「敵対者《サタン》」のことを思い出した。

「もしかして……洗礼者を処刑する劇を仕組んだのも、例のサタンという男なの？」

ぼくの確認をイエスお兄ちゃんは否定しなかった。それが答えだった。

「あなたたちは、なにを見てきたのか？　サタンは、あそこにいたのだ」

まさかの指摘で、ぼくの背筋が凍りつき、鳥肌が立った。

シモン・ペトロは眉根を寄せ、両手を開いて、師に尋ねた。

「先生《ラビ》、あそこにいた――ってのは？　あそこって、どこです？」

あのときの光景が、いま目のまえにあるかのように、鮮明によみがえってきた。マカイロスの砦からぼくたちを送り出したふたりの兵士……そのうち、ぼくたちに声をかけた、あの兵士……。顔の大部分を兜《かぶと》で覆っていたから、気づかなかった。いや、そうじゃない。あの兵士は、そこにいるはずのない男だったから、正体に気づけなかった。

「あの男がサタンだったの⁉　だけど、どうして――あいつが、あそこに……」

「ヨハネ、どういうことだ！　もったいぶらずに説明しろ！」

ヤコブ兄貴が、いら立った口調でぼくの肩をつかみ、揺さぶった。

Ⅶ

「ヨハネ、あの男ってのは、だれのことだよ⁉　あそこ、って……？」

シモン・ペトロは、まだ気づいていないらしい。みんなが、ぼくを見ている。ぼくはイエスお兄ちゃんを見た。師がうなずいたので、ぼくは気づいたことを説明した。

「ぼくたちが会った兵士のひとりは、マグダラで捕らえられたイエスだった」

みんなは絶句し、驚いた顔を見合わせた。バルトロマイとフィリポにも、マグダラでの一件を話したことがあるから、彼らも驚いている。いつも冷静なアンデレが思わず腕組みを解いたほどだったが、彼は右手の拳にアゴを載せると、すぐさま指摘する。

「あの男がサタンの正体だとすれば、脱獄したということか？　いや……脱獄したなら、兵士になれるとは思えない。すると――なんらかの取り引きがあったのか……」

腑《ふ》に落ちたように、「ありうるな」とバルトロマイがうなずき、意見を述べる。

「ローマ帝国や、地方領主ヘロデ・アンティパスから見れば、洗礼者ヨハネは、暴動を起こす恐れのある危険人物だろう。オレは会ったことはないが、そのマグダラで逮捕されたイエスが『洗礼者ヨハネを殺す秘策がある』と言えば、聞き入れられた可能性は高い」

そこでペトロが、彼にしては珍しく顔を蒼《あお》くして、震える声で言った。

「おい、待てよ……。賄賂《わいろ》を受け取り、オレたちを案内したあの兵士は、洗礼者の牢獄を担当してたよな？　ってことは、もしかして、洗礼者の首を斬ったのも……」

イエスお兄ちゃんが「死は、すでに彼のとなりに立っている」と言ったのは、牢獄を担当していた兵士のこと？　ぼくは確認するために、イエスお兄ちゃんを見た。師は、厳しい表情で、うなずいた。ぼくは、その事実に耐えられなくて、あたまをかきむしった。

「そんな……まさか！　あんなすぐ近くに、殺人犯がいたなんて――！」

自分たちがマカイロスの砦に派遣された意味が、やっとわかった。洗礼者ヨハネに慰めを与えるだけじゃなく、真の殺人犯がだれか、ぼくたちに目撃させるためだったのだ。

真の殺人犯を特定する――という形で、ひとまず事件を解決させるために。

ぼくは両手であたまを抱え、首を激しく振りながら、その場に崩れ落ちた。

「――ああっ、なんてことだ……！　殺人犯が目のまえにいたのに、ぼくたちは恩師が殺されるのを防げなかった……！　気づいていたら、救えたかもしれないのに！」

悔しくて、涙があふれた。地面を何度も強打したら、砂利で皮膚が切れた。でも、そんな傷など、真の痛みじゃない。自分の心が剣で貫《つらぬ》かれたように、胸が痛んでいた。

そのとき、とてもあたたかい大きなちからに、ぼくは包まれた。

はっとして顔を上げると、イエスお兄ちゃんが、ぼくの肩を抱き、泣いていた。

「ヨハネ、人の子はいま、あなたの痛みを感じている……。あなたには、いちばんつらい想いをさせてしまった。それは、ひとりでは、とても耐えられないほどの傷だ。だから、人の子も、あなたの傷をともに受ける。この傷を抱えて、ともに歩んで行こう」

ぼくは、周囲の目も気にせず、師の胸の中で子どものように泣きじゃくった。そんなぼくに言い聞かせるように師が言ったことばが、ぼくの記憶に楔《くさび》として打ち込まれた。

「ときが来れば、あなたは、きょうのことを思い出す。ヨハネ、おぼえておくのだ」

……そこまで書いたところで、わたしは筆を止めた。恐ろしい悪夢を見ていることに夢の中で気づいて、そこから逃げるために目を覚ますときのように、70年ほど前に受けた巨大な精神的衝撃を直視したくない気持ちが、わたしをいまの現実に引き戻した。

洗礼者ヨハネを殺したのは、ヘロデ・アンティパスでもヘロディアでもサロメでもない。彼を斬首した死刑執行人こそが真の殺人犯。しかも、彼は殺人の立案者だった。

まさに悪魔の所業を成した男が、イエス様と同じ名だというのは、洗礼者の死のきっかけをつくった小娘が兄ヤコブとわたしの母と同名という事実以上に苦痛だった。もうひとりのイエス——あの男こそは、まさに悪魔の化身《けしん》であり、神への「敵対者《サタン》」だ。

あの男をマグダラで初めて見たときのことを、わたしは、いまでも鮮明におぼえている。キリストを演じていた彼は明るい瞳をしていて、邪気は感じられなかった。それも人々が彼をキリストだと信じた理由のひとつだろう。あの彼は、まだ巨悪ではなかった。

だが、マカイロスで会った兵士が彼だと気づけなかったのは、兜で顔の大部分が隠れていたことと、そこにいるはずのない男だから、ということだけが理由ではない。兵士になった彼は、もはや明るい瞳ではなかった。あの兵士の瞳は、底なしの闇《やみ》だった。

わたしたちは後日、次に語る別の事件で、サタン誕生の背景を知る機会があった。

マグダラで逮捕されたあと、あの男は変わった。彼は洗礼者ヨハネとイエス・キリストのせいで自分は逮捕されたと思い込み、逆恨みした。聖者たちへの憎悪が、悪魔サタンを召喚したのだろう。牢獄の暗闇の中、彼は悪魔サタンに憑《つ》かれ、サタンの化身となり、みずからそう名乗るようになった。そして、彼に与えられた悪魔の知恵と話術が、彼を牢獄から救い出した。彼は「洗礼者ヨハネを確実に殺害できる計画がある」と看守に話し、ローマ帝国と地方領主に取り入ることに、まんまと成功した。それだけ順調に事が運んだのは、あの男に悪の才能があったからだけではなく、悪魔サタンの加護ゆえだ。

マカイロスの砦でわたしたちを送り出すとき、あの兵士は、こう言った。

「気の毒だが、洗礼者の処刑は時間の問題だろう。次は、おまえたちの師であるキリストが洗礼者と同じ道をたどらないように、せいぜい天の父に祈るんだな」

天地を創造した唯一神を「天の父」と呼ぶのはイエス様独自の用語であり、それをヘロデ配下の一介の兵士が知っているほうがおかしい。あの男――サタンは、イエス様の動向も熟知しており、いずれおまえたちの師を殺す、と遠回しに予告したのだ。

むろん、イエス様であれば、そうしたサタンの計略さえもご存じのはずだった。しかし、すべてを承知していながら、イエス様は、洗礼者ヨハネの死を防がなかった。本人の希望を曲げていのちを救うのは、洗礼者の気高き魂《たましい》を殺すことになるからだ。

当時のわたしは、どうしても知りたかったことをイエス様に質問した。

「イエスお兄ちゃんでも、洗礼者ヨハネをよみがえらせることは無理なの？」

ほかの弟子たちも期待を込めて師を見つめていたが、イエス様は首を振った。

「神に不可能はない。決して神を侮《あなど》ってはならない。神は、小石のひとつからでも民族をつくれる。わたしが洗礼者ヨハネをよみがえらせることは、たやすい。だが、斬首された者がよみがえれば、あなたがたのつまずきの原因となる。だから、わたしは、それをしない。案ずるな。洗礼者ヨハネの肉は死んだが、魂は陰府《よみ》で生きている。彼は、わたしが天の国に上げ、審判の日には、すべての善き死者とともに、栄光の霊体《からだ》でよみがえる」

要するに、イエス様はすべてをご存じで、なんでもできるが、わたしたちのためにあえて実行しないことがある――ということなのだ。サタンによる「洗礼者殺し」を防がなかったのもそのひとつならば、わたしたちは当然、イエス様の身を案じた。

そして、すでに述べたとおり、その恐れは現実になったのだ。

イエス様はキリストであると同時に、民衆に洗礼を授ける、もうひとりの洗礼者でもあった。悪魔サタンが憑依《ひょうい》したあの男の「洗礼者殺し」は、ふたつとも成就した。のちに「バラバ」と名乗るようになったサタンこそ、イエス様を殺した犯人なのだから。

洗礼者ヨハネの死後、イエス様は、ご自身の最期にも言及されていた。

「すべての人が背負う罪のために、やがて人の子が死なねばならないときが来る」

イエス様はご自分の未来をご存じだったからこそ、わたしに念を押したのだ。

「ときが来れば、あなたは、きょうのことを思い出す。ヨハネ、おぼえておくのだ」

あのことばがなければ、わたしはサタンの最後の企《たくら》みに気づけなかっただろう。

イエス様はすべてご存じで、ときが来ればわたしが気づけるように、あのように言ってくださったのだ。わたしが師の伝言の意味を知るのは、3年以上が経過してからだった。

TIPS

- 洗礼者ヨハネの誕生時に「この子はキリストの先駆者として道を整える者となる」という天使のお告げがあったことは、新約聖書の「ルカの福音書」に記されています（1章5節から80節）。また、ユダヤ教のヘブライ語聖書（キリスト教の旧約聖書）で「ユダヤ人の王」となることが預言されていたキリストの誕生を恐れたヘロデ大王は、ベツレヘムとその近郊の2歳以下の男児をすべて虐殺しました。その中に洗礼者ヨハネがいたという記録は新約聖書には載っていませんが、正典に含まれなかった「ヤコブの原福音書」には、洗礼者ヨハネも殺されそうになったが天使のお告げで逃げた話が記されています。
- ナインの町で亡くなった青年がイエスの奇跡でよみがえる話は、「ルカの福音書」にのみ記されています（7章11節から17節）。4つの福音書に記されている主要な事件は共通していますが、細部は異なっていますし、ひとつの福音書だけが伝えている事件も多くあります。ナインでよみがえった青年がなにを語ったかは、新約聖書には記されていません。
- 「ヨハネの福音書」3章23節によると、洗礼者ヨハネが「サリムに近いアイノン」でユダヤ人たちに洗礼を授けていたとき、その対岸でイエスも人々に同じように洗礼を授けていました。サリムとアイノンの場所は特定されていませんが、初期キリスト教文書には、アイノンはスキトポリス（現在のベト・シェアン）の南にあったと記されています。

●ヘロデ大王は、外敵からの攻撃や内乱に備えて、マカイロス、マサダ、ヘロディウムという、大きな山を要塞化した3つの堅固な砦を築きました。そのうち、マカイロスの砦に洗礼者ヨハネが監禁され、処刑されたことはユダヤ人歴史家のヨセフスが自著に記しています。また、マサダとヘロディウムは、ユダヤ人がローマ帝国に反乱を起こした際に立てこもった砦で、ヘロディウムはヘロデ大王の墓が21世紀になって発見されています。

●新約聖書の「マタイの福音書」11章2節から3節と「ルカの福音書」7章18節から19節で、獄中の洗礼者ヨハネが弟子たちをイエスのもとへ遣わし、「あなたはキリストですか」と確認する話が記されています。イエスがキリストだとよく知っているはずの洗礼者ヨハネがそのような質問をしたのは、獄中生活で正気を失っていたとする説もあります。

ガリラヤ湖の女幽霊

I

若いころ、美しい女の幽霊に恋したことがある。

そんな告白を「長老ヨハネ」と呼ばれるわたしがすれば、純真なキリスト者《クリスチャン》たちを失望させてしまうだろうか。ローマ帝国の迫害に苦しむ現在の教会で、「最後の使徒」であるわたしを理想の指導者だと仰ぎ、心のよりどころにしている彼らは驚くだろう。あるいは、天に帰る日が近い老人の世《よ》迷言《まいごと》だと見なされ、正気を疑われるかもしれない。

だが、イエス様の神探偵としての活動を回想するこの極めて私的な文書は、福音書、使徒書簡、黙示録と違って各地の教会で回覧されることは目的にしていない。イエス様の預《よ》言《げん》通りにいつかこの世界が消え去るときまで、永遠にだれの目にも触れない可能性すらある。少なくとも、わたしがこの世《よ》にいるあいだは、だれにも見つからないように隠し通す。そして、わたしが天に帰ったあとなら、これを見つけた者がどう思ってくれても構わない。

わたしはあの女幽霊に、いっときの淡い恋心を抱いた。それは異性への不純な肉の欲望ではなく、美しい存在に魂《たましい》が惹《ひ》かれる清らかな好意だった。わたしがそれを告白するのは、年寄りが若き日をなつかしむ単なる郷愁《きょうしゅう》では決してない。神探偵としてイエス様が活動された日々をふり返る上で、彼女の事件について語らないわけにはいかないからなのだ。

あれは、わたしが弟子になってまだ日の浅いころに起きた事件のひとつだった。わたしはまた当時の「ぼく」の気持ちを思い返し、あの事件を追体験する……。


聖なる巻物《タナハ》によると、預言者モーセは神に導かれ、エジプトで奴隷状態にあったユダヤ人を救い出した。洗礼者ヨハネは、モーセのように、ぼくたちユダヤ人をローマ帝国の圧政から救い出してくれることが期待された預言者だった。そんな彼が斬首《ざんしゅ》され、ぼくたちは絶望した。だけど、それすら神の計画だったのかと思えるのは、洗礼者ヨハネが処刑されたことで、イエスお兄ちゃんが、すべてのユダヤ人の新たな希望となったからだ。

　洗礼者ヨハネの死後、イエスお兄ちゃんはカファルナウムに戻り、シモン・ペトロの家を拠点とする生活を始めた。アンデレの家も近所で、ヤコブ兄貴とぼくが両親と暮らす家も、すぐ近くだった。安息日になると、イエスお兄ちゃんは先生《ラビ》として、集会堂《シナゴーグ》でユダヤ教の神や聖なる巻物《タナハ》について教えてくれた。いままで何度も聞いている話のはずなのに、師の新しい解釈は、初めて聞く話のように新鮮だった。イエスお兄ちゃんは、いつもとても簡単なことばで話してくれるけれど、その内容には謎《なぞ》めいたところが多い。ぼくたち弟子も他のユダヤ人も、きちんと理解できていたわけじゃない。それでも、ぼくたちの先生《ラビ》はキリストなんだと確信できる事件が、何度も起きていた。

　イエスお兄ちゃんが集会堂《シナゴーグ》で説教していたあるとき、入口にひとりの男が現れ、話が中断した。人々の視線を集めたその男は先生《ラビ》を指差し、顔を醜《みにく》く歪《ゆが》め、大声で叫んだ。

「ナザレの人、イエス！　なぜここへ来たのだ？　オレたちを滅ぼすつもりか？　オレたちは貴様の正体を知っている。おまえは神の聖者——キリストだ！」

だれかが喧嘩《けんか》している相手を「おまえは悪魔のような奴だ！」と罵倒《ばとう》することは、ぼくたちの日常生活で、たまに起きる。だけど、「おまえは聖者だ！」ということばが、それほど憎しみに満ちた響きに聞こえたのは初めてで、ぼくたちは騒然となった。神の聖者をそこまで心底から憎む者は、神への「敵対者《サタン》」——悪魔の側の存在だろう。

イエスお兄ちゃんは動じず、ぞっとするほど厳しい口調で、その男に告げた。

「黙れ悪霊！　おまえに命じる——。いますぐ、その人から出て行け！」

すると男は絶叫し、その場に崩れ落ちた。ぼくたちは恐《おそ》る恐る彼に近づき、彼が上半身を起こすと、あとずさった。男は呆然とした顔で、ふしぎそうに周囲を見回した。

「ここは、どこです……？　わたしは、いままで、なにをしていたのですか？」

それが演技でないことは明らかだった。彼は本当に、悪霊に憑《つ》かれていたんだ。

聖なる巻物《タナハ》の律法《トーラー》では、「幽霊を呼び出してはいけない」と定められている。幽霊を信じてはいけないではなく、呼び出してはいけないと命じるからには、聖なる巻物《タナハ》も幽霊の存在を認めていることになる。だけど、ぼくは幽霊も悪霊も見たことは一度もなかったから、悪霊の存在は正直、半信半疑だった。それでも、イエスお兄ちゃんが悪霊を祓《はら》った男の激変ぶりを目《ま》の当たりにして、その存在を初めて信じた。悪霊は実在するんだ。

彼に憑いていた悪霊は、どこかへ去ったらしい。それでも、ぼくは、死者の穢《けが》れを恐れるのに似た気持ちで、彼に触れることも声をかけることもできずにいた。うかつに彼に触れることで、まだ近くにいる悪霊に自分が憑かれてしまいそうな恐れがあったんだ。

ところが、イエスお兄ちゃんは膝をついて、彼を両手で抱き起こした。

「あなたは悪霊に憑かれていた。だが、恐れなくて良い。人の子がそれを祓った」

男は呆然とした状態から我《われ》に返り、イエスお兄ちゃんのまえに、ひれ伏した。

「先生《ラビ》、ありがとうございます……。わたしは……夢を見ていたようです……」

イエスお兄ちゃんは立ち上がると、自分を見つめている会衆に呼びかけた。

「悪霊に憑かれた者がいたら、連れてきなさい。人の子は、いつでもそれを祓おう」

集会堂《シナゴーグ》に集まっていた人々は、イエスお兄ちゃんに驚嘆し、歓声をあげた。

「人に憑《つ》いた悪霊をお叱《しか》りになり、去らせるとは……なんたる権威《けんい》！」

「このお方こそ、まさしく世の救い主《ぬし》――神が遣《つか》わされたキリストだ！」

人々は次々にひれ伏し、先生《ラビ》を拝礼した。ぼくたち弟子も、自然にひざまずいた。

それ以前にも、急に乱暴になった人たちが「悪霊に憑かれた」と言われ、隔離されたり監禁されたりしている噂《うわさ》を聞いたことはあった。悪霊に憑かれる――というのは、正気を失った人を示す比喩《ひゆ》だとぼくは思っていたんだけれど、そうじゃなかったらしい。

悪霊は本当に人間に憑いて、操ることができるみたいだ。そして、悪霊は自分たちを祓う神の権威を持つキリストを――イエスお兄ちゃんを恐れているんだ……。

II

悪霊を祓うキリストの噂を聞いて、家族が悪霊に憑かれて困っている人たちが相談に来るようになった。そうした悪霊憑きたちだけでなく、イエスお兄ちゃんは、カファルナウムやその周辺の町で伏せっている重病人たちをみずから訪問し、癒《いや》し始めた。寝ていれば治《なお》る程度の流行《はや》り病《やまい》じゃない。生まれつき障害を持つ人たちや、病で重い障害を負い、快復は不可能だと思われていた人たちさえも、イエスお兄ちゃんは次々に癒していた。

ぼくたちユダヤ人は、キリストが登場するまえ、障害や病は、その人や先祖のなにかの罪の結果ではないかと思い込んでいた。特に感染する病の患者は、人里離れた場所に隔離されることが多かった。そうした患者たちは穢れていると、みんなが信じていた。

「生まれつき穢れている者はいない。そう思うことこそ、清めるべき穢れだ」

イエスお兄ちゃんは、隔離されている患者たちをも、まったく恐れずに訪れた。

「あなたたちが恐れるなら、ついて来なくても良い。だが、近くで見ていなさい」

ぼくたちにそう言うと、師は隔離場所に単身で入って行き、全快した患者の手を引いて出て来ることが何度もあった。そうした患者たちの全員が、感謝して泣いていた。

「わたしたちは人生をあきらめていました……もうだれとも会えないと思い、絶望していました。でも、キリスト様が救ってくださった……！　ありがとうございます！」

師に抱きしめられ、泣き崩れる彼らの姿に胸を打たれ、ぼくも何度も泣いた。

病を癒すキリストの評判は広がり、重病人を抱えてイエスお兄ちゃんのもとを訪れる人は、あとを絶たなかった。イエスお兄ちゃんの衣《ころも》に触れただけで病が癒《い》えることも多かったので、キリストに少しでも触れようとして多くの人々が殺到した。そんな状況でも嫌な顔ひとつしなかったイエスお兄ちゃんは、まさにキリストの称号にふさわしい。

ぼくたちの師は、数えきれない群衆をまえにして、こんなことさえ言っていた。

「だれでも重荷を背負う者は、わたしのところへ来なさい。休ませてあげよう」

集まった空腹の群衆のためにイエスお兄ちゃんがパンや魚を増やす奇跡を起こすと、ローマ帝国の重税に苦しんでいたぼくたちユダヤ人は、新たな王の登場を歓迎した。

「ナザレのイエスこそ、われらを救うキリストだ！　パンや魚を増やし、病を癒すキリストがいれば、ローマ帝国も恐れることはない！　ユダヤ人の新しい王国が始まる！」

ユダヤ人はそう快哉《かいさい》を叫んで、イエスお兄ちゃんのもとへ群がった。ぼくたち弟子も、師が新しい王国をつくることは、もはや現実的に感じられた。近い将来、その王国で自分たちが主要な大臣になる想像をして、沸《わ》き起こる興奮を抑えられないほどだった。

イエスお兄ちゃんに多くの人が殺到しすぎて、ほとんど身動きが取れなくなった。ぼくたちは、イエスお兄ちゃんといっしょに舟に乗り、いったんガリラヤ湖へ逃れた。


湖上に出て群衆が遠ざかると、少し安堵《あんど》した。なかなか興奮が冷めないぼくたちとは対照的に、師は艫《とも》（船尾）で昼寝していて、のどかな時間だった。イエスお兄ちゃんは夜中にこっそりお祈りしているから、やっぱり日中は眠いのかな？　彼がキリストであることを忘れそうになるほど穏やかなお兄ちゃんの寝顔で、ぼくは、そのとなりで仲良く添い寝したくなったけれど、ほかの弟子たちの手前、その衝動は必死でがまんした。

ガリラヤ湖の東には、異邦人（ユダヤ教徒でない人たち）の暮らす町がいくつもあり「10の都市」を意味する「デカポリス」と呼ばれている。そのデカポリスへ避難すべく、ぼくたちは湖面を進んでいた。今後への期待を楽しく語っていたら、いつの間にか空に分厚い雲が広がっていて、冷たい風が吹き始めた。しかも、風は少しずつ強さを増している。

「おい、まずいぜ……。このままだと高波になるぞ。対岸までたどりつけるか⁉」

両手で髪を後ろに撫《な》でつけながら、そう言ったのはヤコブ兄貴だ。言われるまでもない。ぼくたち漁師は、経験上、湖が荒れる前兆《ぜんちょう》を察する。こういう風は、どんどん強くなる。突風がガリラヤ湖の水面を大きく波打たせて、高波で舟が転覆《てんぷく》する危険がある。

「ずいぶん陸から離れちまった……もう戻れねぇ。行くしかねぇだろう」

いつも楽天家のシモン・ペトロの声にも、強い焦りがにじんでいた。

「考えるより行動だ。休まず漕《こ》げば、荒れる前に対岸に着けるかもしれない」

アンデレが右手の拳《こぶし》にアゴを載《の》せて冷静に言うと、ぼくたちの方針は決まった。

ぼくたちが漁に使う舟は十数人乗りで、数人で櫂《かい》を漕ぐ。経験のないバルトロマイと体力のないフィリポは頼れないが、ヤコブ兄貴とぼく、アンデレとシモン・ペトロは慣れているので、呼吸を合わせて櫂を漕ぎ、対岸に見える異邦人の地を目ざして舟を進めた。

ところが、ちからいっぱい漕いでいても、強い逆風で、なかなか前進しない。引き返すには遠くまで来すぎた。ぼくたちの舟を揺らす波は次第に高く、大きくなっている。このままでは舟が転覆するという危機感で、ぼくたちは、ことばを発する余裕もなかった。

巨大な魔物に弄《もてあそ》ばれているように舟が波間を上下し、波が何度も入ってきて、ぼくたちは悲鳴をあげた。バルトロマイとフィリポが両手で水をすくい、外へ出そうとする。そうしているあいだにも新たな波が舟の中へ入ってくるので、追いつかない。ぼくたちは波で全身がずぶ濡れだが、イエスお兄ちゃんだけは奇跡的に波の直撃を受けていなくて、ほとんど濡れていない。上下左右に激しく揺れる舟の中でも、ぼくたちの師は熟睡していた。

「先生《ラビ》……起きてください！　このままでは、オレたちみんな、溺《おぼ》れてしまいます！」

シモン・ペトロが櫂から手を離して、イエスお兄ちゃんを揺り動かした。イエスお兄ちゃんは、肉体《からだ》を何度か揺さぶられて目をさますと、ぼくたちを見て状況を察したようだった。師は波間を揺れる舟の上でまっすぐ立つと、突風に向かって怒鳴った。

「なにを騒いでいるのだ！　騒がしい！　ただちに鎮《しず》まれ！」

次の瞬間、ぼくは櫂を漕いでいた手を止め、わが目を疑った。

悪魔のように暴れ狂っていた突風が急に弱まり始め、それに合わせて、波の動きは少しずつ穏やかになる。頭上の分厚い雲には切れ間が生じ、どんどん天候が回復し、すぐに雲ひとつない晴天になった。ガリラヤ湖も対岸も、夕焼けで綺麗な赤に染まっている。

「あなたたちは、なにを恐れているのだ？　信仰の薄い者たちよ」

イエスお兄ちゃんは、ぼくたちを叱ると、また眠り始めた。

ぼくたちは、しばらく呆然として、だれもなにも言わなかった。イエスお兄ちゃんがキリストであることは、いくつかの奇跡で確信していたけれど、人間のいのちだけじゃなく、自然さえ自由に操ってしまうなんて……。以前、マリアおばさんが言っていたように、イエスお兄ちゃんは、ほんとうに神と一体なんだと痛感し、ぼくは師を畏怖《いふ》した。

イエスお兄ちゃんは、天地を創造した全能の唯一神と一体だ。人となった神がぼくたちの師である以上、畏《おそ》れることなどなにもないはずなのに……ぼくは、なぜか安心できなかった。イエスお兄ちゃんのことは大好きだけれど、この従兄《いとこ》のお兄ちゃんは、あまりにも理解を超えた存在すぎて、ぼくは自分でもよくわからない不安を抱えていた。

III

イエスお兄ちゃんのおかげで嵐の遭難を逃れたぼくたちは、異邦人の土地であるデカポリスに渡った。そこでもイエスお兄ちゃんが人に憑いている悪霊を祓《はら》うと、異邦人たちは「あの男こそが悪霊の親玉なのではないか」と言って、ぼくたちの師を警戒した。

デカポリスにしばらく滞在したのち、カファルナウムに戻ると、イエスお兄ちゃんに殺到していた群衆の大半はどこかへ去っていたが、それでも近くに住む者たちがまた癒しを求めてやってきて、ぼくたち弟子が彼らを整理しなくてはならなかった。イエスお兄ちゃんに相談する者たちを整列させていると、漁師仲間の数人が話しかけてきた。

「おい、ヤコブとヨハネ。おまえたちの先生《ラビ》は、神探偵とか言って、病人だけじゃなく困ってる者をだれでも助けてくれるんだろう？　オレたちの相談を先生《ラビ》に伝えてくれよ」

彼の言うとおりで、なにかの困った事件に巻き込まれた人が、師を頼る機会がよくあった。そうした事件を解決する活動をイエスお兄ちゃん自身が「神探偵」と呼んでいて、神探偵イエス・キリストへの事件解決をぼくたちに依頼する者が増えつつある。ただし、依頼の中には「失くしたものがどこにあるか教えて」という他愛のないものも多い。

「見てのとおり、先生《ラビ》は忙しい。悪《わり》いが、おめーらに構っている時間はねーよ」

ヤコブ兄貴はそう言ったが、ぼくは、なぜか引っかかるものを感じた。

「相談、って……？　漁師のきみたちが先生《ラビ》に、どんな相談があるの？　もっと魚が獲《と》れるようにしてください、なんて言わないでよ。仕事でラクをしちゃいけない」

ぼくは相手を茶化して言ったけど、相手の真剣な顔は変わらなかった。

「おまえたちはデカポリスに行ってたからまだ知らないようだが、最近、夜明けまえのガリラヤ湖に女の幽霊が出るんだ。漁師仲間は、みんな、そいつに悩まされてる」

ヤコブ兄貴は「女の幽霊？」と眉根《まゆね》を寄せ、両手で髪を後ろへ撫でつけた。

「昔、だれかが湖で入水《じゅすい》自殺した女の幽霊を見た、って話は聞いたことあるぜ……」

「ヤコブ、そんな昔の話じゃねーよ。その女幽霊は、毎晩のように湖上に現れると、オレたちの舟のほうへ、両手を前に突き出して、空を飛んでくるんだ！　そいつに追いつかれたら、たぶん殺されちまうんだ……みんな、夜明けまえに漁に出ることを怖がってる」

その漁師は両手を何度も振り、目を見開いて必死で訴えた。ぼくは、湖の上を飛んでくる女幽霊を想像してぞっとしたけれど、その恐怖を打ち消したくて、無理に笑った。

「鳥かなにかを見て、錯覚したんじゃないの？　幽霊なんて、見たことないよ」

「ヨハネ、バカなこと言うんじゃねーよ！　何人もの漁師が、鳥と幽霊を見間違えるわけねーだろ。そこそこ大きな鳥が飛んできたって、だれも怖くねーよ！」

ヤコブ兄貴は「――だな」と同意して苦笑し、ぼくのほうに、うなずいた。

「このままじゃ漁にならねーんだ。先生《ラビ》は事件を解決する神探偵で、悪霊を祓えるんだろ？　頼む！　夜明けまえのガリラヤ湖に出る女幽霊を、先生《ラビ》に退治してもらってくれ！」

漁師仲間からの予期せぬ依頼に、ヤコブ兄貴とぼくは、顔を見合わせた。

イエスお兄ちゃんは、確かに、人に憑いた悪霊を次々に祓っている。でも、ぼくたちは悪霊の姿を一度も見ていない。憑かれた人の変化で、悪霊の存在を信じているだけだ。

ぼくは霊を自分の目で見たことはないから、漁師仲間の話は信じがたかった。

ともかく、それが、ガリラヤ湖の女幽霊の存在を知った最初の瞬間だった。


イエスお兄ちゃんの常宿《じょうやど》であるシモン・ペトロの家は、ぼくたち弟子の溜まり場にもなっていた。いつでもイエスお兄ちゃんのそばにいたい、という気持ちだけが理由じゃない。キリストの癒しを求めて次々にやって来る多くの人たちを整理するために、ぼくたち弟子は、だれかがずっと師の近くに待機している必要があったのだ。

漁師仲間の相談を受けた夜遅く、癒しを求める順番待ちをしている人たちには翌朝また来ることを同意させて、ぼくたちは先生《ラビ》を囲んで座った。ヤコブ兄貴とぼくは、漁師仲間から託された、ガリラヤ湖の女幽霊についての相談を師に切り出した。

「新しい事件だな。実はオレも別の奴から依頼されて、もう先生《ラビ》にお伝えしたぜ」

シモン・ペトロの口調には優越感があり、先を越されたことが、ぼくは悔しかった。だけど、それを彼に悟られるのは屈辱《くつじょく》なので、平静を装《よそお》ってアンデレを見た。

アンデレは右手の拳にアゴを載せ、ぼくたちのために説明を加えた。

「そのような幽霊譚《たん》は、昔から、なかったわけではない。だが、先生《ラビ》にその女幽霊を退治していただくにも、いつどこに出現するかわからないのだから話にならない……」

「いや――イエス様は、すべてをご存じだから、わかるんじゃないか？」

期待を込めて言ったのは、バルトロマイだった。フィリポも「そうだよね」と同意したので、ぼくたち弟子は、柔和《にゅうわ》に微笑しているイエスお兄ちゃんのほうを見た。

「バルトロマイ、あなたの信仰は立派だ。もちろん、人の子は、すべてを承知している。あなたたちが、きょうの第4の見張りの時刻（午前3時から6時）にカファルナウムから舟を南に出せば、その女幽霊に会えるだろう。そして、あなたたちに信仰があれば、彼女を救える。その時刻になったら、行きなさい。真実を自分の目で見届けるために――」

イエスお兄ちゃんのことばに、ぼくたちは驚いた。師は、特殊な能力などなにもないぼくたちに、事件を解決させようとしているのか？　ぼくたちを鍛《きた》えるために……？

たとえイエスお兄ちゃんが、すべてを見抜く神探偵だとしても、幽霊の出る時刻を予告されて信じるのは難しい。ぼくだけじゃなく、ほかの弟子たちも幽霊を見たことは一度もないようだった。そもそも、ぼくたちにその幽霊を見ることができるのだろうか？

ぼくたち6人の弟子は、少し仮眠を取り、イエスお兄ちゃんに起こされた。

先に家を出たイエスお兄ちゃんは、ガリラヤ湖のほとりに立ち、巨大な暗闇に覆われた真っ黒な湖面を見つめて、泣いていた。ぼくたちが横に立つと、師は言った。

「人の子は泣いている。救いを必要とする罪びとが、人の子を待っている」

罪びとというのは……女幽霊のこと？　幽霊だとしても、罪びとになるのかな？

わからないけれど、なにかが湖に実際にいることを予感させる師のことばだ。

「人の子は、高いところから、あなたたちを見ている。だから、信じて行きなさい」

師はそう言うと、近くにある丘のほうへ、ひとりで歩き始めた。イエスお兄ちゃんについて行きたいけれど、ぼくたちはまず、与えられた任務をこなさなくちゃいけない。

寝静まっているカファルナウムの港から、ぼくたち6人の弟子は一艘の舟で未明のガリラヤ湖へ漕ぎ出した。夜中の水上でも寒くない季節だったのは幸いだ。夜明けまでに戻れば、キリストの癒しを待つ者たちを整理するのにも間に合うだろう。

さまざまな魚が豊富に獲れるガリラヤ湖で夜の漁をすることも多いので、月と星の明かりだけが頼りの暗い湖を進むことに抵抗はない。でも、女幽霊と遭遇するかもしれない、という警戒をしていたので、その日は、いままで味わったことのない緊張感があった。

「南を目ざせばいいんだよな……夜明けに帰ってこられるあたりで引き返すか」

シモン・ペトロの声には、早く引き返したいという彼の本音が感じられた。

「漁に出ている舟がねーな。みんな、噂の女幽霊を恐れているのか？」

ヤコブ兄貴がひとりごとのように言うと、アンデレが意見を述べた。

「何人もの漁師が、その女幽霊を目撃している。単なる錯覚とは考えにくい」

バルトロマイもうなずいて、「イエス様も女幽霊の存在は否定されていない。指示に従えば、会えるだろう」と、彼の口調は少し楽しみにしているようでもあった。

フィリポは不安そうに、「ぼくは幽霊が怖いよ……」と、小声でつぶやいている。

カファルナウムを出てしばらく経ち、体感的に20スタディオン（4キロメートル弱）ほど南へ湖上を進んだあたりで、シモン・ペトロが、しびれを切らしたように言った。

「女幽霊も、きょうは寝てるようだな。夜明けには戻りたいから、引き返そうぜ」

早く帰りたい様子の彼は、やはり女幽霊を恐れているのだろう。ぼくも女幽霊への恐れはあるけれど、自分に霊が見えるのか、という疑問のほうが大きい。特にだれからも異論は出ず、舟が南から北へ方向転換する最中に、バルトロマイが鋭い声を発した。

「おいっ、みんな！　あそこのあれ……もしかして……」

彼が指差す西のほうへ目を向けたとき、ぞくっとして鳥肌が立った。

かなり離れた湖の上、ひとつの黒い人影が、空中に浮かんで静止している。

月は雲に隠れているけれど、星の明かりで、ぼんやり見える。体型からすると、確かに女の人影のようだ。暗いし、距離があるから、表情や服装まではわからない。

それにしても……まさか、こんなにもはっきり幽霊が見えるなんて！

ぼくは、魅入られたように、湖上に浮かぶその人影に目が釘《くぎ》づけになった。

「――おい！　嘘だろ！　噂の女幽霊は、ほんとにいたのか!?」

両手で髪を後ろへ撫でつけるヤコブ兄貴の声には、強い恐怖が感じられた。

その人影は両手を前に突き出すと、前傾姿勢《ぜんけいしせい》で、こちらへ湖上を浮遊してくる！

ぼくの全身は硬直し、指一本、動かせない。ぼくの肉体《からだ》は小刻みに震えている。

この世ならぬものが両手を突き出して迫ってくるのは、やっぱり怖い……。

固まったまま人影を凝視するぼくの腕をヤコブ兄貴がつかみ、揺さぶった。

「ヨハネ、しっかりしろ！　女幽霊が、こっちへ来る！　早く逃げるんだ――‼」

櫂を漕ぐ手にちからを込めながら、ぼくは、ふり返って女幽霊を見た。ちょうどそのとき、それまで雲間に隠れていた月が出て、女幽霊の顔を照らした。まだかなり離れていたけれど、彼女の顔が正面から月光に照らされる角度だった。10代後半の外見だ。

その女幽霊は見惚《みと》れてしまいそうなほど綺麗で……なぜか、なつかしい。

「――ヨハネ！　手を止めるな！　オレたちに合わせて漕げ！」

ヤコブ兄貴に叱られて、ぼくは我に返り、また必死で櫂を漕ぎ始めた。

じっくり観察する余裕はなく、ちらっと見ただけなのに、彼女は強く印象に残った。

女幽霊に見惚れてしまったぼくは、一瞬だけ悪霊に憑かれていたのかもしれない。何度も目撃した悪霊憑きたちのように……そう考えると、悪霊の存在は、やはり恐ろしい。

ぼくたちの舟は、全速力でカファルナウムを目ざした。

だいぶ戻ったところで、周囲を見回していたバルトロマイが気づいた。

「……いない⁉　消えてしまった！　みんな、女幽霊は、もういないぞ……」

ぼくたちは手を止め、ふり返った。

月と星の明かりだけが頼りなので暗いが、なにかいれば視認できる程度には明るい。

見渡す限り広がるガリラヤ湖に、女幽霊の姿は、もはやなかった。

Ⅳ

夜明けまでまだ時間があるが、東の山の向こうは、少しずつ白《しら》み始めている。

カファルナウムの港へ入るぼくたちの舟を、イエスお兄ちゃんが迎えてくれた。

「先生《ラビ》、オレたちは女幽霊に遭《あ》いました！　噂の悪霊は実在しましたよ！」

真っ先に舟から飛び出し、両手を開いてそう言ったのは、シモン・ペトロだ。次々に舟から下りるぼくたちを見るイエスお兄ちゃんの表情は、少し険《けわ》しかった。

「人の子は、すべて見ていた。なぜ逃げたのか、信仰の薄い者たちよ」

師から叱責《しっせき》され、ぼくたちは顔を見合わせ、気まずくなって、うつむいた。

「でも、イエス兄《あん》ちゃん……オレたちは、悪霊の祓い方なんて知らねーし……」

ヤコブ兄貴は、両手で髪を後ろに撫でつけながら、落ち込んだ声で弁解した。

「人の子は言ったはずだ。あなたたちに信仰があれば、彼女を救える――と」

確かに、イエスお兄ちゃんはそう言っていたけれど、ガリラヤ湖の上を浮遊して女幽霊に追いかけられたぼくたちは、本能的に恐怖を覚えて、逃げることしか考えなかった。

「先生《ラビ》、すみません。オレたちは、あの女幽霊を待ち構えるべきでしたか？」

バルトロマイが素直に非を認めると、イエスお兄ちゃんは、うなずいた。

「あなたたちは、いつもそうだ。それを目にしてはいるが、真実を見ていない。特にヨハネ、あなたは、マカイロスでの経験からなにを学んだのか……？」

なぜ、ぼくひとりが名指しされるんだ⁉　ぼくは思わず自分を指差す。

「――ぼく⁉　イエスお兄ちゃん、ぼくのマカイロスでの経験、って……⁉」

ぼくはシモン・ペトロを見た。彼も、ぼくのほうを見て首を傾《かし》げていた。

ぼくたちふたりは、洗礼者ヨハネにイエスお兄ちゃんの伝言を届けるため、マカイロスの砦に行った。あのときの体験として真っ先に浮かぶのは、兵士のひとりが「サタン」と呼ばれるもうひとりのイエスだったこと。確かに、ぼくたちは彼の姿を見ても、まさか彼がそこにいると思わないから、正体に気づけなかった。真実を見ていなかった。

だけど、それならイエスお兄ちゃんは「特にペトロとヨハネ」と言っても良さそうなものだ。どうしてイエスお兄ちゃんは、「特にヨハネ」と、ぼくだけ名指ししたのか？　ぼくは親戚だから、あえて甘やかさずに厳しくするのかな？　いや、それは違う気がする。ぼくだけが気づくべき重要なことが、なにかあるのだろうか？　でも、ぼくは、たいていだれかと行動している。ひとりで特別な体験をしたおぼえはないんだけれど……。

アンデレがアゴに添えていた右手の拳を離すと、ぼくたちの師へ訴え出た。

「先生《ラビ》、ご期待に応えられなかったわたしたちに、もう一度、機会を与えてください。わたしたちは明日の未明にも湖へ出ます。そして、次こそ逃げずに向き合います――」

アンデレのちから強いことばにバルトロマイが決意した表情でうなずいたけれど、ヤコブ兄貴とぼく、シモン・ペトロとフィリポは、明らかに乗り気じゃなかった。もちろん、できれば、イエスお兄ちゃんの期待には応えたい。ぼくたちが将来、新しい王国で主要な大臣になるのなら、王である師が求めることは、できるだけ実行したいけれど……。

「そうするのが良いだろう。明日の未明、あなたたちは、さらに信仰が試される」

さらに試されるということは、もっと大変なことが起きるのだろうか……。

不安はあったけれど、もう行くしかなさそうだ。ぼくも覚悟を決めた。

「皆さん、ちゃんと並んでください！　そこの人、割り込みしちゃダメですよ！」

日中、イエスお兄ちゃんの癒しを求める行列を整理しながら、ぼくのあたまの中は、ガリラヤ湖で遭遇した女幽霊のことでいっぱいだった。霊を見る経験は初めてで、そのこと自体の興奮も大きかった。あんなにもはっきり霊が見えるなんて……それだけ強い悪霊ということなんだろうか？　あの女幽霊が湖上を浮遊して追いかけてきたとき、ぼくの全身は震えた。得体の知れないものへの恐怖だった。あれに追いつかれたら、ぼくは自分ではなくなってしまうような恐怖を感じた。イエスお兄ちゃんが救った悪霊憑きの人たちのように、女幽霊に捕まったら、ぼくは自分ではなくなってしまうのかもしれない。

だけど……月光に照らされたあの女幽霊の顔は、悲しいほど綺麗だった。悲しいほど――というのは、彼女の悲しみが、その表情に現れていたのかもしれない。10代の若さで死んで、きっと、この世に未練があるんだ。それが彼女の深い悲しみの秘密なのか？

イエスお兄ちゃんの話によると、ぼくは、彼女に関するなにかを見落としているらしい。だけど、それがなにかわからないから、ぼくは、ずっとそのことを考えていた。


夜になってキリストの癒しを待つ行列を締め切ると、ぼくたちは前日と同じようにまず仮眠をとり、第4の見張りの時刻のころにイエスお兄ちゃんに起こされた。

「人の子は、高いところから、あなたたちを見ている。だから、信じて行きなさい」

昨日と同じことを言うと、イエスお兄ちゃんは近くにある丘のほうへ、ひとりで歩き始めた。イエスお兄ちゃんは丘の上から、ぼくたちを見守ってくれているようだ。確かに、高い丘の上からはガリラヤ湖全体を見渡せる。でも、今夜は空がだいぶ雲に覆われていて、月も星の大半も雲に隠れている。こんなに暗いのに、ちゃんと見えるのかな？　でも、イエスお兄ちゃんが名乗る「神探偵」は「すべてを見抜く神」という意味だったはずだ。神探偵である師は目で見なくても未来のすべてを見通せるから、暗さは問題ないか。

「今夜は、かなり暗いぞ……。離れたところから女幽霊が見えるか？」

シモン・ペトロの声には、女幽霊と再会しないことを祈る気持ちが感じられた。

「われらは師に約束して、腹をくくったのだ。ともかく行くしかあるまい」

アンデレの意見にうなずいて、ぼくたちは櫂を漕いで舟を南へ進めた。

「けどよ、あの女は、ほんとに幽霊だったのかな？　生身の人間のように見えたぜ」

豊かな髪を振りみだし、櫂を漕ぎながら、疑問を述べたのはヤコブ兄貴だった。

「確かに生身の女のように見えたが、人間は宙に浮かべない。あれは霊だ」

そう断言したバルトロマイは、女幽霊を探すように周囲を見回している。

「実は人形だったとか、考えられない？　だれかが舟の舳先《へさき》に人形を立てて――」

フィリポが珍妙《ちんみょう》な仮説を述べたので、ぼくは思わず笑ってしまった。

「だれが、なんのために、そんなことをするんだよ！　面白い考えだけど」

「人形なら、オレたちは怖くねぇよ。女が浮かんでただけで、舟なんていなかったぜ」

そう言いながら、思い出しただけでぞっとしたのか、シモン・ペトロは首を振る。

「こちらへ飛んできていたのに、いつの間にか消えてしまったのも、ふしぎだ」

昨夜、女幽霊の消失に気づいたバルトロマイは、いまも周囲に目を凝《こ》らしている。

「広いガリラヤ湖のただ中で虚空に消えたのは、幽霊だったからこそだろう」

櫂を漕ぐ手は止めずに、いつものように冷静に指摘したのはアンデレだった。

「でも、幽霊なら、特別なちからのないぼくたちに、なにができるのかな……？」

フィリポが言ったことは、ぼくたち全員の疑問でもあった。


舟を進めるにつれて、周囲の暗闇が濃さを増しているように感じられた。すぐとなりにいる弟子仲間の顔すら、はっきり見えないほどだ。このまま完全な暗闇になったら、ぼくたちは悪魔のちからでその闇に飲み込まれてしまいそうな恐怖心があった。

悪いことに、暗さが増すにつれて、少しずつ風が強くなり始めた。

「なあ、みんな……この嫌《や》ーな感じ、このまえの風に似てねーか……？」

ヤコブ兄貴の言う「このまえの風」というのは、風が強まり続けて湖面が波打ち、舟が転覆しかけ、イエスお兄ちゃんが嵐を鎮《しず》めてくれたときのことだ。確かに状況がそっくりだけど、自然をも支配するキリストは、いまは同じ舟にいない。それも恐怖だった。

ぼくたち漁師の読みは確かで、恐れたとおり、また風が強まり始めた。櫂を漕いでも舟は思うように進まず、魔物が舟の下でうごめいているように、波が上下している。舟が大きく揺れて波が中へ入ってきて、フィリポが悲鳴をあげる。シモン・ペトロが叫んだ。

「おい！　このままだと転覆するぞ。もう引き返したほうがいいって！」

「でも、引き返せば、オレたちはまた先生《ラビ》に『信仰の薄い者たちよ』と叱られるぞ」

バルトロマイは反論したが、彼のことばにも強い不安がにじんでいた。

フィリポがまた悲鳴を上げて、ヤコブ兄貴が「黙れ！」と一喝《いっかつ》した。

しかし、フィリポの次のことばで、ぼくたちは凍りついた。

「ちがうんだ……。みんな、あそこにいるんだ……あれは幽霊だよ！」

フィリポは北を——ぼくたちが出港したカファルナウムのほうを指さしている。

昨日の幽霊は西のほうから飛んできた。きょうは北から来るのか？

櫂を漕ぐ手を止め、風と波に揺られながら、ぼくたちは北の湖上に目を凝らす。

かなり暗いが、遠くの湖上から近づいてくる影があるように見えた。

その影は、人のような形をしている。すると、昨日の女幽霊か⁉

「みんな、どうする？　昨日のように逃げても仕方ないよな……？」

自分にそう言い聞かせるような、バルトロマイの口調だった。

「われわれは先生《ラビ》に約束した。逃げてはならん！　だが、なにかが妙だ……」

暗くてわからないけれど、たぶんアンデレは右手の拳にアゴを載せている。

昨日の女幽霊の姿は、目に焼きついている。だから、ぼくは気づいた。

「――違う！　あれは、昨日の女幽霊じゃないぞ！　別の幽霊だ！」

よく見ると、その人影は昨日の女幽霊とは体格が違う。それは男の幽霊だ。

風と波が強まる中、その人影は少しずつ近づいてくるが、よく見えない。

だいぶ近づいたところで、暗闇の中から、信じられない声がした。

「あなたたちは、なにを怯《おび》えているのだ。わからないか？　わたしである」

それは、丘の上でぼくたちを見守っているはずの、イエスお兄ちゃんの声だった。

V

確かに、それはイエスお兄ちゃんの声であるように聞こえた。でも、風と波の音に邪魔されて、絶対とは言えない。月とほとんどの星は雲に隠れているから、視界も利かない。少し離れた湖の上に黒い影が浮かんでいる――いや、その人影は水の上に立っている。

　本物のイエスお兄ちゃん？　それとも、イエスお兄ちゃんに化けた悪霊か？

「先生《ラビ》、もしあなたなら、水の上を歩いて近くに来るように、オレに命じてください」

　シモン・ペトロが、おかしなことを言った。彼は、なにを考えているんだ？

「わたしである。良かろう。ペトロ、わたしのところまで歩いて来なさい」

　そのことばによって、シモン・ペトロに、ふしぎなちからが注がれたようだった。彼は陸の上に飛び出すような勢いで、ぼくたちの乗る舟から水の上に飛び降りた。

　沈むぞ――！　ぼくは助けようと身構えたが、彼は水の上に立っている。

「先生《ラビ》……主《しゅ》よ……これは奇跡です！　わたしは水の上に立っています！」

　上下する波の上でシモン・ペトロは両手を大きく広げ、興奮して叫んだ。彼は、そのまま一歩、二歩……水の上を慎重に進む。ところが、一陣の突風が吹きつけると彼はよろめき、両手を湖面につきそうになったとき、水音が響いて、彼の姿は水中に消えた――。

アンデレが「ペトロ!」と叫び、ぼくたちは、彼が沈んだ暗闇に目を凝らす。

風と波の音に混じって、シモン・ペトロが水面でもがく音と彼の声も聞こえた。

「――主よ、お助けを……! 波が強い……溺《おぼ》れます!」

イエスお兄ちゃんらしき人影は、水面でもがくシモン・ペトロのところまで水の上を歩み寄ると、「信仰の薄い者よ。なぜ疑ったのだ」と言いながら彼の手を取って引き上げ、ふたたび水面に立たせた。ふたりは、ぼくたちの舟まで歩いて来て、乗り込んだ。


「われらの主イエス様――あなたは、確かに神の子です。いや、神そのものです」


バルトロマイがひれ伏して興奮した口調で師を讃《たた》え、ぼくたちも、うなずいた。

イエスお兄ちゃんが舟に乗り込むと、それが合図であったかのように、風と波が弱まり始め、空を覆っていた雲にも切れ間が生じて、少しずつ視界が利くようになってきた。

「主よ、あなたは、わたしたちをまた嵐から助けに来てくださったのですね?」

アンデレもイエスお兄ちゃんを「主」と呼び、珍しく嬉しそうに確認した。ぼくにとっては、従兄としての親しみがいまも大きいけれど、イエスお兄ちゃんは神と一体――つまり、神そのものなんだと考えると、ぼくも「主」と呼ばないといけない気がしてくる。

師は、右手の人差し指と中指を斜め前方へ突き出し、言った。

「すべてを見抜くのは、だれか？　神探偵のわたしである」

師のことばで、ぼくたちは本来の目的を思い出した。師は、さらに続けた。

「はっきり言っておく。どれだけふしぎに見える事件も、神探偵にとっては謎ではない。神探偵の目に映るのは真実のみ。人の子は、ガリラヤ湖に出没する女幽霊の正体とその事情を、当然、知っている。そして、人の子は、すでに事件を解決している」

そう。ぼくたちは、その事件を解決するために、ここへ来たはずなんだ。

イエスお兄ちゃんは、細長い綺麗な指で、西の方角を指差した。

「試練は、これからだ。さあ、間もなく女幽霊が現れ、あなたたちは試される」


イエスお兄ちゃんに促されて、ぼくたちは舟を西へ進めた。

確かに、昨日もこの方角に女幽霊が現れた。まだ月は雲に隠れているけれど、見える星の位置から判断すると、時間も、昨日と同じくらいのはずだ。イエスお兄ちゃんとシモン・ペトロが水の上を歩いた興奮の余韻《よいん》に浸る間もなく、女幽霊への警戒が強まる。

臆病《おくびょう》な者ほど敏感なのか、それとも目が良いのか、今回もフィリポが気づいた。

「――みんな！　あそこ！　女幽霊が、こっちへ来るよ！」

そのことばで、舟の中の緊張感が瞬時に高まった。でも、昨日と違って、神であるイエスお兄ちゃんがいっしょにいてくれるのは心強い。キリストは悪霊より強いんだ。

女幽霊は両手を前に突き出し、前傾姿勢で、湖の上をこちらへ浮遊してくる。

いや……違う！　そのとき、ぼくは重要なことに気づいた。たまたまじゃない。きっかけは、イエスお兄ちゃんとシモン・ペトロが水の上を歩くのを目撃したことだ。

あの女幽霊は浮遊していない！　よく見ると、水の上を走っている！

そして、もうひとつ気づいて、ぼくはイエスお兄ちゃんの横顔を見た。


「イエスおに――いや、主よ……彼女は生身の人間なのですか？」


ぼくの指摘に、弟子仲間から驚きの声が上がった。ぼくだって驚いている。イエスお兄ちゃんとシモン・ペトロが水の上を歩くのを目撃していなければ、彼女は湖の上を浮遊する幽霊だと思い込んでいただろう。でも彼女は生身の人間で、水の上を走っている！

イエスお兄ちゃんは、左手を伸ばしてぼくのあたまを撫で、うなずいた。

「さあ、だれが彼女を救うのだ？　いま、あなたたちの信仰が試されている」

イエスお兄ちゃんの手から、ふしぎなちからが流れ込んできた気がした。先ほどはシモン・ペトロの行動に度肝《どぎも》を抜かれて、悔しかった。ぼくは迷う間もなく行動した。

ぼくは「ヨハネ、行きます！」と叫ぶと、ガリラヤ湖の水面へ向かって飛んだ。それは、ぼくの精神力を超えた決断だった。イエスお兄ちゃんが注いでくれた、ふしぎなちからのおかげだ。ぼくは当然のように水面に立ち、走って来る女のほうへ水上を駆け出した。

「――おいっ、ヨハネ！　おめー……正気なのか⁉　無理すんなよ！」

ヤコブ兄貴の心配そうな声が後ろから聞こえるけど、いまのぼくは止まらない。

自分がなにをすれば良いか、よくわかっていないけれど、悲しい顔をした彼女をだれかが受け止めてあげなきゃいけない気がする。きっと、それこそが、ぼくたちの試練だ。

そのとき、頭上で雲の切れ間から、ようやく月が顔を覗かせ、湖面を照らした。

こちらへ走ってくる彼女の顔が見えた。やっぱり、とても綺麗な顔をしている。

昨日と同じように彼女の顔は悲しげで、きょうは目から涙をあふれさせている。

彼女が近づくと、ぼくは湖の上に立って両手を開き、彼女を待ち構えた。

彼女を受け止めたら、どうなるのか……わからない。でも、ほかの選択肢はない。

生き別れになっていた恋人同士が再会したように、彼女は、ぼくの腕の中に飛び込んできて、その勢いでぼくは後ろへ吹っ飛び、次の瞬間、ふたりとも水中に沈んだ――。

……え？　なんで沈むの？　やっぱり彼女は悪霊だったの……？

その後、ぼくと彼女は、追いついてきた仲間の舟に引き上げられた。舟は、そのまま西へ進み、近くの港に入る。イエスお兄ちゃんを先頭に、ぼくたちは陸に上がった。

ぼくと同じく全身ずぶ濡れの女性は、イエスお兄ちゃんのまえに、ひざまずいた。

「主よ、本物のキリストのイエス様……あなたは、すべてご存じなのですか？」

本物のキリスト――そのことばが引っかかった。この町だから、ということもある。

ぼくたちは湖上をまず南へ進み、それから、西へ進んだ。ぼくたちの暮らすカファルナウムの南西にあるこの町は、かつてあの偽《にせ》キリストをぼくたちが目撃した場所だ。

イエスお兄ちゃんは、ひれ伏す彼女に、慈愛に満ちた声をかけた。

「人の子は、すべて承知している。もう恐れることはない、マグダラのマリアよ」

VI

イエスお兄ちゃんの言っていたことが、ぼくには、やっと理解できた。

どうして、ぼくだけ女幽霊が人間だと気づけたのか——。ちゃんと理由があった。

マカイロスの砦で「サタン」と呼ばれるもうひとりのイエスに遭遇したのは、確かに、シモン・ペトロとぼくのふたりだった。それに加えて、ぼくはヤコブ兄貴とふたりで、もうひとつの重要な体験をしていたことに気づいた。両方を経験したのは、ぼくだけだ。だからイエスお兄ちゃんは「特にヨハネは」と、ぼくだけを名指ししていたのだ。

アンデレとシモン・ペトロのふたりがキリストを見にマグダラに行ったとき、「キリストのイエス」が逮捕され、ローマ帝国の兵士たちに連行されるところだった。彼らは兵士たちに連れ去られるイエスに注目していたから、ほかの人物を気にする余裕はなかった。それに対し、ヤコブ兄貴とぼくがマグダラに行ったのは、「キリストのイエス」が演説している場面だった。ぼくたちはイエスの演説を聞きながら、周囲を観察する余裕があった。そう、ぼくは確かに聴衆を観察した。聴衆の中にイエスの弟子らしき数人の男女もいた。

どうしてマグダラのマリアに見おぼえがあったのか、いまでは明らかだ。

彼女は、キリストを騙ったもうひとりのイエスの弟子のひとりだ。

だから、ぼくは女幽霊の顔を見たとき、「なぜか、なつかしい」と感じたのだ。


「マリアさん――あなたはマグダラで逮捕されたイエスの弟子ですね？」

ぼくが指摘すると、ヤコブ兄貴や、ほかの弟子仲間から驚きの声が相次いだ。

ヤコブ兄貴は両手で髪を後ろへ撫でつけ、顔を突き出すように彼女を観察する。

「そう言われると、確かに、あのとき、弟子の中にいた子に似てるような……」

マグダラのマリアは「はい」とうなずいて、潤《うる》んだ瞳で、ぼくたちを見回した。

「わたしは、あの男が本物のキリストだと信じ込まされて、すっかり心酔《しんすい》していました。彼がユダヤ人を救ってくれることは大きな希望でした。彼はキリストを演じていたとき、『わたし』という一人称を使い、丁寧な口調と物腰でした。彼は『わたしが王になるとき、妃《きさき》となるのは、あなたです』と言ってくれていました。わたしは王妃《おうひ》になれると舞い上がり、この人こそ神様が出逢わせてくれた運命の人だと信じ込まされていたのです……」

確かに、マグダラで見たときのあの男は、いかにも聖者のように振る舞っていた。

でも、彼に殺されたナインの若者の証言では、奴の本性は荒々しかったはずだ。

ぼくの疑問に答えを与えるかのように、マグダラのマリアの話は続いた。

「彼が逮捕されたとき、もちろん絶望しました。騙《だま》されたと思いました。ですが、彼はそこで終わる人ではありませんでした。彼は看守を抱き込み、ローマ帝国や地方領主のヘロデ・アンティパスに獄中から働きかけ、彼が洗礼者ヨハネを殺害する約束で取り引きして釈放されました。わたしのまえにふたたび姿を現した彼は、自分のことを『オレ』と呼び、以前とはまるで別人でした。彼は言いました。『わかったか、マリア。だれもオレを捕《と》らえることはできない。神でさえも。神の『敵対者《サタン》』であるオレは『悪の王』となる。そのときは、マリア、おまえが王妃になれ』――と。愚かで弱いわたしは、がむしゃらに行動し続ける彼の野蛮《やばん》な魅力に今度は惹《ひ》かれてしまいました。こんなにも強い彼についていけば、わたしもきっとしあわせになれると信じてしまったのです」

マグダラのマリアの声が震え始め、彼女は嗚咽《おえつ》をもらし始めた。ぼくは、そんな彼女の震える肩を抱きしめたくなったけれど、記憶の中のサタンと懸命に戦う彼女の邪魔をしてはいけない、と思い直した。マリアは気力をふり絞るように、話を続けた。

「彼はわたしに、洗礼者ヨハネを殺す計画の詳細を得意げに語りました。まず領主ヘロデ・アンティパスに洗礼者を逮捕させ、自分は兵士として雇われて、洗礼者を斬首《ざんしゅ》するという壮大な話でした。そんなことが本当に実現可能なのか、わたしにはわかりませんでした。もし実現させるなら、この人はまさしく悪の王サタンで、わたしは従うしかないと思いました。ですが、彼がわたしとお酒を飲んでいた席で、わたしたちの話が聞こえて逃げ出した若者を彼が追いかけて殺したときには恐ろしくなり、わたしも逃げ出したのです」

「ナインの若者が見た、サタンといっしょにいた女性は、あなただったのですね」

彼女の気持ちを察するように、アンデレは眉根を寄せ、心苦しそうに言った。

ナインの若者が「娼婦《しょうふ》のような女性」と証言したのは、彼女に失礼だとぼくは思った。マグダラのマリアは、娼婦には見えない。彼女はサタンの悪に染められていただけだ。

「その後、あの男が本当に洗礼者ヨハネを殺したと伝え聞いて、わたしは絶望しました。彼の企《たくら》みを知っていたわたしが、捨て身で刺し違えてでも彼を殺すべきだったのです。わたしの愚かさゆえに、あの偉大な洗礼者を死なせてしまいました。わたしが洗礼者を殺したようなものです。あまりにも重すぎる罪の意識に耐えられず、わたしはガリラヤ湖で入水自殺をするつもりでした。ユダヤ教で自殺が禁じられていることは、もちろん承知の上です。自殺することは、罪深いわたし自身への罰で、せめてもの償《つぐな》いのつもりでした」

ぼくたちは「自殺するつ、も、り、だ、っ、た⁉」と聞き返し、仲間と顔を見合わせた。

「そうです……。わたしは湖の上を走りたくて走っていたわけではありません。わたしは入水自殺するつもりなのに、どういうわけか、水のほうがわたしを拒んだのです。わ、た、しは死なせてもらえませんでした。だれかがわたしを水中に沈めてくれることを期待して湖上で遭遇した舟に近づいたのですが、どの舟もすぐに逃げ出しました。追いつけない距離になると、あきらめて引き返すことを、わたしは何度もくり返していたのです」

彼女の姿が、いつの間にか虚空に消えた理由がわかった。ぼくたちは、女幽霊がわれわれに追いつくまで飛んでくると思っていたから必死で逃げ、全力で舟を漕いだ。数人がかりで漕ぐ舟は、人間が走るよりだいぶ速い。ところが、彼女は追いつけないと悟ると、さっさと引き返していた。だから、気づいたときには、もう姿が消えていたんだ。

マグダラのマリアは、潤んだ瞳で、すがるように本物のキリストを見た。

「わたしが水に沈まなかった理由は、主ならおわかりでしょうか？」

ぼくたちもイエスお兄ちゃんを見た。われらの師は言った。

「空を飛ぶ鳥の一羽ですら、天の父のおゆるしなく地上に墜《お》ちるものはいない。あなたたちは、ただ生きているのではなく、生かされている。自分のいのちを決して誇ってはならない。すべてのいのちは、神の最大の恵みである。マグダラのマリア、あなたには、まだこの地上で果たすべきことがある。だから、天の父は、あなたが自殺することをおゆるしにならなかった。あなたがヨハネに抱きかかえられたあとに水中に沈んだのは、絶望する自分が受け止められたことで死への悪魔の誘惑が消え、生きる意志が回復したからなのだ」

マグダラのマリアは目から涙をあふれさせ、イエスお兄ちゃんにすがりついた。

「主よ、罪深いわたしですが、どうか、あなたのしもべにしてください――」

イエスお兄ちゃんは、マグダラのマリアを、やさしく抱擁《ほうよう》した。

「マグダラのマリアよ。あなたについていた7つの悪霊は祓われた。7つの名を持つあの男があなたの精神を支配することは、もはやない。あなたはもう、なにも恐れることはない。これからは、わたしに従いなさい。あなたは多くの人の希望となる女である」

7つの悪霊――というのは、本当に悪霊が7体いるわけではなく、7つの名を持つというサタンのことだろうか？　サタンは、まさに悪霊が具現化したような男だ。

ついに本物のキリストの腕の中で安らぎを得て、マグダラのマリアは言った。

「わたしたちの主イエス様――、どうかサタンを止めてください！　わたしは彼の計画を聞きました。あの男は本気で悪の王となり、ローマ帝国を転覆させる気です。大きな戦争になり、わたしたちユダヤ人が虐殺《ぎゃくさつ》される恐ろしい悲劇が起きてしまいます……」

イエスお兄ちゃんは、東の空で輝き始めた太陽を見ながら、うなずいた。

「あなたの言うとおりだ、マグダラのマリアよ。あの男を止めなければ、人の子が新たな王国をつくるまえにユダヤ人は滅ぼされる。あの男と対峙《たいじ》するときは近い――」

師の重いことばで緊張感が高まり、だれもが険しい顔つきになっていた。


……あれから数十年が経過したいま、改めて、わたしは思う。イエス様は本当に、すべてをご存じだったのだと。イエス様は十字架につけられるまえ、エルサレムはいずれ壊滅的に崩壊すると預言された。それは、イエス様の昇天からちょうど40年後に実現した。ユダヤ人のあいだで暴動が起き、ローマ帝国がエルサレムを壊滅させたのだ。多くのユダヤ人が虐殺されたが、われわれキリスト者《クリスチャン》はイエス様の預言のおかげで全員が逃げ延びた。

主がおっしゃったとおり、あの男サタンの計画を阻止できていなければ、イエス様が十字架につけられるまえに、エルサレムは壊滅させられ、さらに多くのユダヤ人が犠牲になっていたかもしれない。そうならなかったのは、あのとき、マグダラのマリアがわたしたちの仲間に加わり、われわれがサタンの計画を阻止すべく動き始めたことが大きい。

漁師仲間から聞いた女幽霊の話が、そこまで大きな結末へと発展したのである。

われら人類を大いなる御手《みて》で導かれる神のご計画は、まことに、はかり知れない。

TIPS

●カファルナウムの集会堂で教え始めたイエスがある男についた悪霊を祓う話は、「マルコの福音書」の1章21節から28節と、「ルカの福音書」の4章31節から37節に記されています。どちらの記述でも、悪霊はイエスを「神の聖者」と呼んでいます。

●ガリラヤ湖を移動中に嵐に遭遇し、寝ていたイエスが弟子たちに起こされて嵐を鎮める話は、「マタイの福音書」の8章23節から27節、「マルコの福音書」の4章35節から41節、「ルカの福音書」の8章22節から25節で描かれています。イエスたちはその後、対岸の異邦人の地へ渡ったという記述が一致しています。雨が降っていたという描写はないので、雨は降っておらず、暴風で湖が激しく荒れたことによる転覆の危機でした。

●弟子たちの乗る舟が真夜中にガリラヤ湖の上で強風に煽られて困っているとき、イエスが湖の上を歩いて弟子たちと合流して風を鎮める話は、「マタイの福音書」の14章22節から33節、「マルコの福音書」6章45節から51節、「ヨハネの福音書」の6章15節から21節で描かれています。ペトロがイエスに懇願して自分も水の上を歩き、信仰が揺らいで溺れそうになる話は、マタイのみが記しています。このとき、弟子たちの乗る舟は陸から数キロメートル離れていたので、イエスは、それだけの距離を移動したことになります。その現実離れした意外さと暗さもあり、弟子たちは師を幽霊と錯覚したことが記されています。

●マグダラのマリアは、「ルカの福音書」8章2節で「7つの悪霊を追い出していただいた女性」として紹介されています。聖書では7は完全な数のひとつとされるため、7つの悪霊は実際に7つではなく「完全な（強大な）悪霊」と解釈することもできます。

●ふたりとも人気の聖人であるマグダラのマリアと福音記者・使徒ヨハネは、元々、婚約者であったという伝承を記している聖人伝が存在します。その伝承の中では、マリアとヨハネの結婚式の最中に現れたイエスが、ふたりを弟子として招いたそうです。

●「エルサレムは壊滅させられる」というイエスの預言は、「マタイの福音書」24章1節から42節、「マルコの福音書」13章1節から37節、「ルカの福音書」21章5節から36節に記されています。預言のとおり、イエスが十字架刑についた40年後の西暦70年、ローマ帝国によってエルサレムは壊滅させられ、ユダヤ人は虐殺されました。このとき、イエスの預言を信じてヨルダン川の東の町に逃げていたキリスト者《クリスチャン》たちは全員無事でした。

愛の王か、悪の王か

I

革命でローマ帝国を転覆《てんぷく》させようと企《くわだ》てたあの男――「悪の王」バラバのことを思い出すと、この文章を書くわたしの手は震え、平常心を維持するのが難しくなる。

主《しゅ》が神探偵イエス・キリストとして「悪の王」バラバを捨て身で阻止してくださっていなければ、わたしたちユダヤ人は、同胞であるあの男に滅ぼされるところだった。イエス様は慈愛に満ちた「ユダヤ人の王」キリスト――「愛の王」として、あの「悪の王」と対峙《たいじ》された。より正確には、それは、神であるイエス様と、バラバを操る悪魔サタンとの時空を超えた死闘だったと理解できたのは、あとになってからだ。神と悪魔の攻防をすべて把《は》握《あく》することは、わたしたち卑小《ひしょう》な人間には到底無理だが、理解できた範囲に限定しても、それは、ふたりの王が全存在を懸《か》けて激突した、まさに凄絶《せいぜつ》な死闘であった。

忘れもしない、あれはイエス様が十字架につけられる、ちょうど3年前……。

マグダラのマリアは、ぼくたちに極めて重要な情報をもたらしてくれた。

キリストを演じてユダヤ人たちを煽動《せんどう》していた最中にマグダラの町で逮捕され、のちに

「サタン」と名乗るようになったもうひとりのイエスは、ローマ帝国の転覆を本気で企んでいるのだという。イエスお兄ちゃんは、その話は事実だと認め、サタンの計画を阻止しない限り、ユダヤ人はローマ帝国によって滅ぼされてしまうと預言《よげん》した。

聖なる巻物《タナハ》には、ユダヤ人の永遠に続く新しい王国をつくるためにキリストがやがて登場する、という預言が記されている。だから、ぼくたちユダヤ人は、ローマ帝国の圧政から自分たちを救い出してくれるキリストを、昔からずっと待ちわびていた。

未来を知り奇跡を起こすイエスお兄ちゃんこそが真のキリストだと、ぼくは信じている。お兄ちゃんは、きっとユダヤ人の新しい王国をつくってくれるはず――でも、強大な軍事力でぼくたちを支配しているローマ帝国を、キリストが実際にどう倒すのかは、正直なところ、まったく想像できない。なにかの奇跡が起きて、ある日突然、状況が一変するのかな、という都合のいい期待を漠然と抱いていただけだ。

マグダラのマリアの話は、新しい王国をつくる難しさを、ぼくたちに改めて思い知らせた。サタンは危険な男だけれど、ローマ帝国を倒す必要がある、という彼の目的意識は間違っていない。問題は、その方法だ。これまでユダヤ人は、帝国に対して何度も局地的な反乱を起こしてきた。それらは鎮圧《ちんあつ》され、関わった者たちは十字架につけられ、殺された。

十字架刑（磔刑《たっけい》）は、両手と両足を十字架に打ちつけられた死刑囚が、徐々に自分の体重を支えられなくなり、苦しみながら窒息《ちっそく》する処刑方法で、ローマ帝国は抵抗勢力への見せしめとして、人目につく場所でそれをおこなう。街道沿いでおこなわれる十字架刑の場合は、死刑囚が死んだあとも遺体を放置し、腐敗した遺体を鳥や獣が食べて肉体が朽《く》ちていく様子を晒《さら》すという、極めて残酷な刑だ。ぼくも以前、帝国に反抗したユダヤ人たちが街道で十字架刑につけられて死んでいるのを見たことがある。鳥に食べられて腐臭を放つ朽ち果てた遺体の数々が目に焼きついていて、思い出すだけで、ぞっとする。ローマ帝国に逆らうというのは、そうなる危険を承知で、いのち懸《が》けで臨《のぞ》むことなんだ。本来は。

ローマ帝国は、地中海の周辺世界をすべて支配するほど巨大だから、少人数のユダヤ人が帝国に挑むというのは、蟻《あり》が巨人に向かって行くようなものだ。仮に大規模な反乱を起こすことに成功しても、帝国が本気になりユダヤ人が徹底的に滅ぼされる危険は現実にあるし、イエスお兄ちゃんには、そうなる未来が実際に見えているらしいから、本当に深刻な話だ。ユダヤ人が滅びる未来を回避するためには、なんとかサタンを止めないと……。

大きな不安がある一方、ぼくたちに安心感を与えてくれるのはイエスお兄ちゃんの存在だ。キリストには未来が見えているのだから、最終的には、うまくいくはずだ。マグダラのマリアが死を願うほどの絶望から救済されたことは、これからユダヤ人がキリストに救われる前兆にも思える。その意味で、彼女は、ぼくたちの希望の象徴とも言えるな。

マグダラのマリアは、ぼくと同世代の10代後半だろう。彼女を女幽霊と誤解したときには、恐怖を覚えながら見惚《みと》れてしまったほど綺麗な顔立ちだ。ユダヤ人女性は12歳くらいで結婚して子を産む例も珍しくない。サタンに魅入られていなければ、彼女はマグダラでだれかと結婚し、子を産んで育て、町を出ることさえなかったかもしれない。

ほかの弟子たちは、仲間に加わったマリアの過去が重すぎて、話しかけるのをためらっているみたいだ。でもぼくは、ガリラヤ湖で彼女を受け止めた経験もあり、マリアがいつも気になって、放っておけない。それは、お姉さんと呼びたいくらい若々しいマリアおばさんに抱く憧れとは違うし、ぼくを慕《した》っている友人の妹たちに感じる愛くるしさとも違う。ほかの弟子仲間に抱いている気持ちと同じく、善き友人という感覚がいちばん近い。

「マリア、困ったことがあったら、なんでも言ってね。きみは仲間だから」

「ヨハネ、いつもやさしくしてくれて、ありがとう。あなたには感謝してる」

　彼女は微笑んでくれたけれど、彼女の笑みを濁らせる暗い影は錯覚ではなく、彼女の人生を翻弄《ほんろう》したサタンの悪の残照《ざんしょう》だ。いつかそれを消し去れるといいけれど……。

　マグダラのマリアとぼくが話しているとき、ふと気がつくと、少し離れたところから、イエスお兄ちゃんがこちらをじっと見ていることがよくあった。マリアとぼくが師の視線に気づくと、ぼくたちの先生《ラビ》は微笑してうなずき、別の弟子たちのほうへ歩いて行く。イエスお兄ちゃんは、いつもぼくたちのそばにいて、見守ってくれているのが嬉しい。

　サタンの計画を知らせてくれたマグダラのマリアは、ぼくたち弟子の中でも重要な存在だから、彼女もイエスお兄ちゃんに選ばれる「12人」のひとりなのかもしれない。ぼくたちは最初そう考えていたけれど、確認すると師は微笑して、首を左右に振った。

「はっきり言っておく。人の子を証しする12人と彼女は役割が違う。どちらにも、それぞれ重要な役割を任せることになる。12人については、間もなく新たに3人が加わる」

12人に認定されているぼくたち——つまり、ヤコブ兄貴とぼく、アンデレとシモン・ペトロ、バルトロマイとフィリポは、師のことばを聞いて、みんな、新たな弟子仲間との出会いを楽しみにしている感じだった。ぼくらはキリストに選ばれた12人だから、特別な仲間意識がある。そんなぼくたちの気持ちを熟知する先生《ラビ》は、意外なことを言った。

「そのうちひとりは、ヤコブとヨハネの親戚だ。彼を迎えにナザレへ行こう」

ぼくたちの親戚？　ということは、イエスお兄ちゃんの親戚でもあるはずだ。あえてそう言ったのは、イエスお兄ちゃんは人でありながら全能の神と一体だから、人としての親戚関係にぼくたちほど縛られていない、ということなのかもしれない。

ナザレに行けば、きっとまた、憧れのマリアおばさんにも会えるだろう。「カナの婚礼」以来ご無沙汰しているキリストの母との再会も、ぼくは、とても楽しみだ。

でも、イエスお兄ちゃんは、いつものように遠くを見つめ、涙を流していた。

「人の子は泣いている。救いを必要とする罪びとが、人の子を待っている」

キリストの故郷ナザレでも事件が起きるのか……ぼくは気を引き締めた。

ナザレは聖なる巻物《タナハ》に名前が出てこない歴史の浅い町だけれど、イエスお兄ちゃんの話では、「キリストはベツレヘムで生まれる」という有名な預言のほかに、実は、「ナザレからキリストが現れる」ことも、ナザレの町ができるまえに書かれた聖なる巻物《タナハ》には記されているらしい。ナザレは人口が少ない町だから、ベツレヘムで生まれ、ナザレから現れる条件を満たすキリストは、イエスお兄ちゃんただひとりしかいないはずだ。

ナザレは山の上にある町で、町はずれの崖《がけ》からは、聖なる巻物《タナハ》でさまざまな歴史的事件の舞台となった広大なイズレエル平原を一望に見渡せる。ぼくたちがナザレの町に着くと、ちょうど町の門の近くまで水汲みに来ていたマリアおばさんと遭遇した。

「まあ、イエスと皆さん！　そちらの綺麗なお嬢さんは、新しいお仲間ですか？　ちょうど親戚の子が遊びに来たので、美味《おい》しいものをつくろうと思っていたところです」

マリアおばさんは驚きながらも、とても嬉しそうにぼくたちを迎えてくれた。マグダラのマリアがあいさつすると、マリアおばさんは彼女が背負う心の重荷を感じ取ったかのように、やさしく抱きしめた。そんな光景を見ていると、ぼくは、なんだか目が潤《うる》んだ。マリアおばさんには、すべての人を包み込むようなやさしさがあり、とても安心する。師の母は外見が若々しいので、マグダラのマリアと並ぶと、仲の良い美人姉妹みたいだ。

「女の方《かた》、それこそ、人の子がここへ来た理由です。彼を招きに来ました」

ぼくたちの師がそう言うと、キリストの母は、いつもどおり仰々《ぎょうぎょう》しい息子の口調を聞けたことが嬉しそうに微笑み、マグダラのマリアと目を合わせて、肩をすくめていた。

マリアおばさんがひとりで暮らしているらしい家に行くと、フィリポと大差ないくらい小柄な同年代の男がいた。すれ違っても気づかないような、特徴のない男だ。

彼が、ぼくたちの親戚？　一度も会った記憶はないし、名前さえわからない。

その小柄な男のほうへ歩み寄ると、マリアおばさんは彼をぼくたちに紹介した。

「ヤコブとヨハネ、おぼえていない？　あなたたちの親戚で、彼もヤ、コ、ブよ、」

ヤコブ兄貴は両手で髪を後ろへ撫《な》でつけながら、顔を突き出すようにして、もうひとりのヤコブを凝視した。もうひとりのヤコブは気まずそうに笑い、あたまをかいている。

「なんだか頼りねー奴だな。イエス兄《あん》ちゃん、こんな小僧を弟子に加えるんですか？　ヤコブがふたりってのは紛らわしい。オレが『大《だい》ヤコブ』、おめーは『小《しょう》ヤコブ』だ」

兄貴が勝手に決めると、小ヤコブは驚いたように目を見開き、「は、はい」と、何度もうなずいた。小柄で気の弱そうな点がフィリポに似ていて、ちょっと紛らわしい。

マリアおばさんが、ぼくたち親族の少し複雑な人間関係を説明してくれた。

ヤコブ兄貴とぼくの祖母アンナおばあちゃんは、夫と2回死別しているため、3回結婚している。アンナおばあちゃんと最初の夫のあいだに生まれたのがマリアおばさんで、マリアおばさんが聖霊によって身ごもったのがイエスお兄ちゃん。次に、アンナおばあちゃんとふたりめの夫のあいだに生まれたのが、もうひとりのマリアおばさんで、そのおばさんには小ヤコブを含めた4人の子どもがいるらしい。そして、アンナおばあちゃんと3人めの夫のあいだに生まれたのが、ヤコブ兄貴とぼくの母サロメ——ということになる。

ともかく、これで、12人のうち7人がそろったことになる。

間もなく会うという、あとふたりは、どんな連中なんだろう？

II

　ぼくたちがマリアおばさんの家のまえで話していると、ナザレの町民たちが集まってきて、少し距離を置いて、こちらの様子を窺《うかが》っていた。ぼくたちは彼らに挨拶《あいさつ》しようとしたけれど、彼らに近寄ろうとすると逃げられた。遠くからぼくたちを見てなにかを囁《ささや》いている彼らは、カナでぼくらを敬遠した人たちに似ていた。イエスお兄ちゃんは、この町で育ったのに……余所者《よそもの》であるぼくたち弟子を連れているせいだろうか？

「マリアさん、お料理の用意を手伝ってくださる？　陽《ひ》が沈むと安息日になって火を使えないから、いまのうちに、できるだけ下ごしらえをしておきたいの」

　マリアおばさんは町民たちの好奇の目は気にならないようで、息子の新しい女弟子のことがすっかり気に入ったようだ。マグダラのマリアは、サタンから与えられた苦悩をいまは忘れられているように、明るい表情で師の母を手伝い始めている。仲の良い姉妹のようなふたりのマリアを見ているだけで、ぼくは、なんだかしあわせな気分になる。

　イエスお兄ちゃんが幼少期からマリアおばさんと暮らしていたその家で、ぼくたちは夜遅くまで飲み食いして賑《にぎ》やかに話した。ぼくは、楽しそうに飲み食いするイエスお兄ちゃんを見るのが好きだ。豪快に肉にかぶりつき、ぶどう酒を呷《あお》って手の甲でくちをぬぐう姿は人間臭くて、とても神の子に見えないところがいい。お兄ちゃんはお酒が進むと顔を赤らめ、いつもより陽気になり、肩口まで波打つ髪を左手でかき上げながら、こう言った。

「はっきり言っておく。わたしも人の子だから酔う。だから楽しいのだ」

マリアおばさんとマグダラのマリアも笑顔だ。とても楽しい時間だった。

夜が明けて安息日の日中、ぼくたちはナザレの町民に交《ま》ざって集会堂《シナゴーグ》に入った。集会が始まるまえ、イエスお兄ちゃんが小ヤコブを呼び、なにか話していた。師として弟子の心得でも教えていたのか、小ヤコブは真剣な顔で何度もうなずいていた。

ナザレの人たちは、この町を少しまえに旅立ったイエスお兄ちゃんが、いまではユダヤ教の先生《ラビ》として方々で活動していることを噂《うわさ》で知っていたようで、ぼくたちの師を値踏みするような目をしていた。ひとりの男が、イエスお兄ちゃんに皮肉っぽく言った。

「幼い頃からよく知っている大工のイエスが、どこで修行したのか、いつの間にやら、立派な先生《ラビ》になったそうだ。酒臭い先生《ラビ》だが、ぜひ、ご高説を賜《たまわ》りたいものだな」

集会堂《シナゴーグ》の四方の壁ぎわに設けられた石段に腰かけてぼくたちが見守る中、ぼくたちの師が立ち上がった。イエスお兄ちゃんは肩口まで波打つ髪を左手でかき上げると、係の人が差し出している聖なる巻物《タナハ》を、王のように威厳のある仕ぐさで重々しく受け取る。集会堂《シナゴーグ》の中央にある机のところまで歩き、聖なる巻物《タナハ》を慣れた手つきで卓上に広げると、イエスお兄ちゃんは、ひと呼吸おいてから、いつもの耳に心地好い声で朗読した。

「わたしの上に主《しゅ》の霊がある。主は、心の貧しい人々に福音を伝えるように、わたしに油を注がれた。心を折られた者たちが癒《いや》され、牢獄を開放することで、囚《とら》われていた者たちが自由になるように。主は、わたしを遣《つか》わされた」

イエスお兄ちゃんは聖なる巻物《タナハ》を丁寧に巻き直して係の人に返すと、先生《ラビ》のために用意された席「モーセの座」に腰を下ろし、そこから集会堂《シナゴーグ》に集まっている人たちを見回す。ぼくらの師は、右手の人差し指と中指を斜めまえへ立て、会衆に呼びかけた。

「いま、あなたたちが聞いたとおり、聖なる巻物《タナハ》の預言は、ここに成就した」

人々が息を呑《の》むのがわかった。ぼくたち弟子も、師が初めて公《おおやけ》の場で宣言したことに驚き、互いに顔を見合わせた。とまどうような囁きが、集会堂《シナゴーグ》のあちこちから聞こえる。ぼくたちユダヤ人にとって聖なる巻物《タナハ》に記されているのは神のみことばで、極めて神聖なものだ。イエスお兄ちゃんは、そのみことばで数百年前から預言されている「油を注がれた者」キリストが自分だと、聖なる巻物《タナハ》の権威に基《もと》づいて大胆に宣言したのだ。

ぼくたち弟子はイエスお兄ちゃんこそがキリストだと、以前から信じている。でも、信じていない者にとって、偽者《にせもの》がキリストを騙《かた》ることは死に値《あたい》する大罪だと見なされる。

会衆の反応をぼくが心配し始めたとき、だれかが鋭い声で叫んだ。

「——冒瀆《ぼうとく》だ！　大工ヨセフの息子ふぜいが、キリストになったつもりか！」

別の者たちも「そうだ！」「冒瀆だ！」と、次々に同意した。

「——神への冒瀆は死罪だ！　町はずれの崖から、その男を突き落とせ！」

町民の男たちがイエスお兄ちゃんに駆け寄り、両腕をつかんで「モーセの座」から立たせ、突き飛ばすように、集会堂《シナゴーグ》の外へ押し出す。ぼくたち弟子は阻止しようとしたが、町民のほうが数が多いので、ひとりにつき数人がかりで地面に押さえつけられてしまった。

「やめろ！　放せ！　オレたちの先生《ラビ》に失礼なことをするんじゃない！」

シモン・ペトロが大声で言うと、ヤコブ兄貴も豊かな髪を振りみだして叫んだ。

「おめーら、待て！　イエス兄《あん》ちゃんに手を出したら、ゆるさねーぞ！」

両手を後ろに回され地面に押さえつけられながら、ぼくが必死で顔を上げると、厳しい表情のマリアおばさんと、いまにも泣き出しそうなマグダラのマリアが見えた。大人数の男相手に非力な彼女たちは頼れないし、ぼくたち6人は動きを封じられている……。

あいつらは本気だ！　このままでは、イエスお兄ちゃんが殺される！

未来を読めるイエスお兄ちゃんが、どうして危機を回避しなかったんだ⁉

そこで、ぼくは、あることを思い出した。

いや、違う！　ぼくたち弟子は6人じゃない。もうひとりいる！

なにかの指示にうなずいていた、あの新入り――小ヤコブは、どこにいる？

あたまだけ動かして小ヤコブを探すぼくは、師のことばを聞いた。


「あなたたちは、なにを騒いでいるのだ？　悪霊に憑《つ》かれた者たちよ――」


だれかが「悪霊に憑かれているのは、おまえだろう！」と怒鳴った。

イエスお兄ちゃんは、まったく動じず、穏やかな声で続けた。

「小ヤコブ――あなたが先ほど見たことを話しなさい」

そのことばで、イエスお兄ちゃんを崖のほうへ追いやろうとしていた男たちの動きが止まった。彼らは「小ヤコブ？　だれだそれ？」と首を傾《かし》げ、周囲を見回している。

いままでどこにいたのか、人々の後ろから小ヤコブが現れ、言った。

「朗読のときから、だれもが先生《ラビ》を見ていました。彼らは、たまに弟子たちのことも見ていましたが、ぼくのことを気にする人は、だれもいませんでした。ぼくは先生《ラビ》に命じられたとおり、ずっと会衆を見ていました。最初に叫んだのは、この人です」

小ヤコブが指差したのは、すぐとなりに立つひとりの男だった。小ヤコブより背が高いが、長身というわけではない。ぼくと同じくらいの平均的な背丈で、かなり痩《や》せている。両目の下に隈《くま》があり、蒼白《あおじろ》い顔なので、それこそ幽霊のように暗い印象だった。

その男を見ると町民たちは驚き、困惑していた。

「おい、この男は、だれだ？　ナザレの者じゃないぞ！」

ナザレは小さな町だから、全員が顔見知りのようだ。

「こいつもイエスの弟子のひとりだと思っていた。違うのか……？」

イエスお兄ちゃんが視線を向けてうなずくと、小ヤコブがまた証言した。

「最初に『冒瀆だ！』と叫んだのも、『神への冒瀆は死罪だ！　町はずれの崖から、その男を突き落とせ！』と言ったのも、この人です。ほかの人は乗せられただけです」

まるで悪霊が祓《はら》われたように、興奮していた町民たちの怒りが急速に冷めていくのがわかった。押さえつけるちからが弱まったので、ぼくは立ち上がり、衣《ころも》についた砂を払う。

ほかの弟子たちも順番に立ち上がる中、謎の男に全員の注目が集まっていた。


「さすが、バラバ様が警戒する男。だが、王は、ひとりで良い――」


男が衣の下から短剣を取り出すと、町民たちがあとずさり、女たちの悲鳴があがる。

イエスお兄ちゃんが襲われる――！

ぼくたちは師の盾《たて》になるために、駆け寄ろうとした。

くそっ、遠い！　間に合わないのか……!?

イエスお兄ちゃんは、男のほうを向いて立ち、避けるそぶりも見せない。

敏捷《びんしょう》に走る刺客《しかく》の短剣が、イエスお兄ちゃんに突き出される――。

マグダラのマリアが「イエス様ぁ！」と叫んだとき、横から出てきた別の手が短剣を握る刺客の手首をつかみ、その腕ごと相手の背中のほうへ回して、ねじ上げた。

短剣を取り落とした刺客は、苦悶《くもん》に呻《うめ》いている。

刺客を取り押さえたのは、長身で肩幅のある、屈強そうな男だった。

町民たちは、新たに登場した男を指差して、また驚いていた。

「あんた、だれだ？　おい、こっちの男もナザレの町民じゃないぞ！」

ぼくたち弟子も、わけがわからず、しばらく立ち尽くしていた。

III

集会の始まるまえ、イエスお兄ちゃんが小ヤコブになにかを話していた。

刺客が捕《と》らえられたあと、それについて小ヤコブが説明してくれた。

「集会の途中で、騒ぎを起こすために叫び出す者が出てくる。その者をよく見て、人の子が合図したら教えるように——というのが先生《ラビ》からぼくへの指示でした」

説明を聞いて、ぼくたちは納得した。集会堂《シナゴーグ》に集まった町民たちは、イエスお兄ちゃんと弟子のぼくたちに注目していた。影が薄いという点でフィリポと小ヤコブは同じだが、フィリポは弟子としてのふるまいには慣れているため、弟子のひとりとして、ぼくたちといっしょにナザレの町民たちから注目されやすかった。影が薄く、なおかつ、まだ弟子仲間に溶け込めていない小ヤコブは、だれからも注目されないため、自由にほかの会衆を観察できる立場にあった。あらかじめ命じられていたから、小ヤコブは気づけた。会衆に紛れ込んだひとりの男が「冒瀆だ!」と叫んで、騒ぎを煽動《せんどう》したことを。もちろん、すべてを見抜く神探偵のイエスお兄ちゃんは、あらかじめ知っていたから、そう指示できたのだ。あえて小ヤコブから言わせたのは、目撃者が証言することを重視したからだろうか。

イエスお兄ちゃんを崖から突き落とすように町民たちを巧妙に煽動し、それに失敗すると開き直って短剣で襲いかかった刺客には、悪霊が憑いていたらしい。

以前、カファルナウムの集会堂《シナゴーグ》で起きた事件と同じように、イエスお兄ちゃんが「この者に憑いている悪霊よ、去れ！」と命じると、刺客の男は苦悶の絶叫をあげて、その場に倒れ、そのまま動かなくなった。死んだわけではなく、深く眠っているようだった。

刺客が叫んだ「バラバ様」というのは、聞いたことのない名だ。何者なのか？

ナザレの町民は、自分たちが刺客に煽動されていたことを知ると、イエスお兄ちゃんへの敵意をすっかり失い、気まずさを隠すように目を逸らして、散り散りに去った。

刺客を取り押さえたもうひとりの謎の男にも、なにか事情がありそうだ。体格のいいその男が意識を失った刺客を抱え、ぼくたちは、マリアおばさんの家に移動した。刺客を床の中央に寝かせて、その周囲に円を描くように、ぼくたち全員が座った。

「先生《ラビ》、念のため、この男を縛っておかなくて良いですか？」

バルトロマイが確認すると、イエスお兄ちゃんは、左手を振って応えた。

「必要ない。この男に憑いていた悪霊は去った。いまは無害な男だ」

ぼくたちが刺客を取り押さえた男のほうを見ると、彼が発言した。

「先生《ラビ》、ナザレのイエス様――あなたは、どうやら、噂どおり真のキリストのようですね。であれば、あなたには、わたしがだれであるか、冗長な説明は不要でしょう」

謎の男は、キリストへの敬意を表するように床に両手をつき、先生《ラビ》を見た。彼はイエスお兄ちゃんを試しているわけではなく、説明することは失礼になると遠慮している感じだった。説明してもらわないとわからないぼくたちは、イエスお兄ちゃんを見た。

「もちろん、人の子は、あなたと弟のあいだにあったことを、すべて承知している。だが、それについては、まず当事者であるあなた自身のことばで話すのが良いだろう」

謎の男は、迷いが消えて決意したように、うなずいて、話し始めた。

「わたしには弟がいます。弟は甘えた性格で、幼いころから周囲に迷惑をかけ続けていましたが、かつては無害でした。彼がおかしくなり始めたのは、父の死をきっかけに、わたしが彼を家から追い出したことが原因です。弟は偉大な洗礼者ヨハネ様に憧れ、洗礼者が認めたキリストの称号を詐取《さしゅ》することを思いつきました。弟の名もイエスで、洗礼者ヨハネ様がナザレのイエス様をキリストと認定した場にたまたま遭遇したことが発端でした。いまにして思えば、そのときから悪魔サタンが弟に働きかけていたのかもしれません」

男の告白に、ぼくたち弟子は驚き、顔を見合わせた。ぼくが心配になってマグダラのマリアを見ると、彼女は両手をくちに当て、綺麗な瞳を大きく見開いていた。

「弟はキリストの称号を騙り活動を始めましたが、マグダラの町で逮捕され、投獄されました。弟が決定的におかしくなったのはそれ以降なので、牢獄の暗闇の中で、悪魔サタンに憑かれたのだと思います。弟は神に反逆する悪魔サタンに自分を重ね、暴走し始めました。ローマ帝国と地方領主ヘロデ・アンティパスに獄中から働きかけた弟は、洗礼者ヨハネ様を殺すことを条件に釈放されました。そして、ヘロデに洗礼者の殺害命令を出させ、弟みずからが洗礼者の首を斬《き》ったのです。どうしてわたしが知っているかと言うと、洗礼者を殺害したあと、弟は、わたしのところへ来て、すべてを語ったからです。そのとき、彼は言いました。『あんたの弟イエスは死んだ。オレはバラバ。悪の王になる』――と」

「あの男サタンはバラバと改名し……あなたは彼のお兄さんなのですか？」

ぼくの質問に、彼はうなずいた。ぼくは、またマグダラのマリアが気がかりで、彼女を見た。サタンに翻弄された彼女は目を閉じ、蒼ざめた顔で、くちびるを震わせている。

「弟は『オレはこれから熱心党に加わり、革命を起こす。ローマ帝国を倒すのはキリストではなく、悪の王バラバだ』とわたしに言い残すと、去って行きました」

アンデレが「熱心党？」と反応し、右手の拳《こぶし》にアゴを載《の》せて確認した。

「熱心党と言えば……暴力による革命を目ざしている、ユダヤ人の過激派だな？」

「はい。弟をあそこまで狂わせてしまったのは、わたしが彼を追放したことが原因です。責任を感じ、弟を止めるために、わたしも熱心党に加わりました。わたし自身は、熱心党が革命を起こせるとは思っていません。ただ、弟を連れ戻したかったのです。ところが、弟は熱心党の中でも目的達成のためなら暗殺も辞《じ》さない無法者たちを集め、シカリ派という分派をつくり、熱心党の関係者も弟の動向を把握できていないことがわかりました」

ぼくたちは、さらなる解説を求めてアンデレを見た。アンデレは腕組みをしたまま、難しい顔をしていた。物知りの彼もシカリ派のことは知らなかったようで、腕組みをして「シカリ派という分派は初耳だな」と、少し悔《くや》しそうな表情で首を傾げていた。

今度はバルトロマイが「シカリというのは、三日月の形をした短剣シーカのことか？」と聞く。

刺客が手にしていたのは、短剣だった。あれはシーカという短剣なのか。バルトロマイも、実は、アンデレに負けず劣らず物知りなのかもしれない。

「ええ。シカリの名は、先ほどその男が使用した短剣シーカに由来します。彼らシカリ派は、革命の邪魔になる者たちを短剣で次々に暗殺し始めています。民衆がキリストだと信じているナザレのイエス様もシカリ派の標的らしいと熱心党内の噂で知り、イエス様を追っていればシカリ派の暗殺者を捕《つか》まえて、弟の手がかりが得られるかと考えたのです」

男は話を区切り、イエスお兄ちゃんを見た。ぼくたちも師のことばを待った。

イエスお兄ちゃんは、ぼくたち弟子を見回すと、うなずき、語り始めた。

「あるところに、裕福な男がいた。男には、ふたりの息子がいた。あるとき、次男が彼に財産を生前分与してほしいと言った。彼は次男を愛していたので、財産を与えた。次男は旅先で放蕩《ほうとう》の限りを尽くして、全財産を失った。異邦人の土地で、ユダヤ人にとって穢《けが》れた動物である豚のエサを食べる生活にまで落ちぶれた次男は、父のもとへ戻ることを思いついた。帰ってきた次男を父は歓迎したが、長男は快《こころよ》く思わなかった。父の死後、長男は次男を家から追い出した。その次男こそ放蕩息子バラバであり、あなたは、放蕩息子の兄で、わたしの弟子となるべく天の父によってここへ導かれたのだ、熱心党のシモンよ」

「――ええっ⁉　シモン？　彼もシモンという名前なんですか？」

少し迷惑そうにシモン・ペトロが言うと、イエスお兄ちゃんは笑った。

「だからあなたには『ペトロ』の名を与えたではないか。そして、そこで倒れている刺客も、熱心党のシモンと同じく12人のひとりである。彼の本名はユダだが、『タダイ』の名を与える。シモンやヤコブと同様に、今後もうひとりのユダが弟子に加わるからだ」

「『タダイ』――というのは『王を捕まえる者』という意味ですね」

先ほどバルトロマイに遅れを取ったことを埋め合わせるようにアンデレが解説してくれたが、ぼくたちは、彼のことばを深く考えず聞き流すほど驚いていた。

イエスお兄ちゃんを殺そうとした刺客、ユダ・タダイ――この男もキリストに選ばれた12人のひとりだったなんて……。ヤコブ兄貴とぼく、アンデレとシモン・ペトロ、バルトロマイとフィリポ、小ヤコブ、熱心党のシモン、ユダ・タダイ――これで12人のうち9人がそろい、残る3人にユダという名前の人物が含まれることも判明した。

IV

熱心党のシモンは両手の拳を強く握り、うつむいて、低い声で話を続けた。

「過去をすべて捨てて今後は『バラバ』と名乗ると弟自身から聞かされたとき、そこまで彼を追いつめてしまった自分に、わたしは強い罪悪感を抱きました。ご承知の通り、『バラバ』とはヘブライ語で『父の子』という意味です。彼は、自分も『父の子』だと主張することで、父の家から自分を追い出した兄を——わたしを責めているのに違いありません」

険しい表情で苦しそうにことばを絞り出す熱心党のシモンに、ぼくは同情した。ぼくの場合は兄貴が善い人でうまくいってるけれど、兄弟が対立するというのは悲しい。

「シモン、そうした面も否定しないが、バラバの名には、さらに深い意味がある。あの男は悪の父である悪魔サタンの子となる決意をしたのだ。神の子と対峙するために——」

イエスお兄ちゃんのことばで、ぼくたちの緊張感がまた瞬時に高まる。

みずからを「人の子」と呼ぶイエスお兄ちゃんは、神と一体でありながら、人間としては「神の子」でもある。神の子キリストと戦うために、あの男は悪の父である悪魔サタンの子となり、「父の子」を意味する「バラバ」と名乗ったとは……その執念《しゅうねん》に戦慄《せんりつ》する。

「イエス様、バラバは――わたしの弟は――もう元に戻らないのでしょうか……」

熱心党のシモンは顔を上げ、すがるような目をイエスお兄ちゃんに向けた。

「バラバは、もはや、かつてのあなたの弟ではない。彼は悪魔サタンにとって都合の良い器《うつわ》となり、みずから望んでサタンに支配されている。本人が望まずに憑いた悪霊であれば祓《はら》えるが、バラバ自身が望んでいる限り、たとえ神にも祓うことはできない。神は悪霊が人間を誘惑する自由意志と、人間が悪をおこなう自由意志をつねに保証するからだ」

神と一体である師のことばで、ぼくたち弟子は、みんなが黙って考え込んだ。

ぼくは、洗礼者ヨハネの最期を思い出した。イエスお兄ちゃんが洗礼者ヨハネを救わなかったのは、洗礼者自身が救いを望まなかったからだ。あの場合に状況が似ている。

あまり発言しないフィリポが「悪霊にも自由意志が……」と、つぶやいた。

アンデレは右手の拳にアゴを載せ、斜め上の宙を見つめ、思い出したように言う。

「そう言えば、聖なる巻物《タナハ》の『ヨブ記』には、悪魔サタンが人間であるヨブの信仰心を試すために悪事を働くことを、神が許可する場面が出てくるな。ただし、ヨブのいのちを奪ってはならない――という制約がつけられるので、なんでもできるわけではないが」

「ああ、あったな。神が悪魔の悪事を認めるってのは、納得できねーけど……」

両手で髪を後ろに撫でつけるヤコブ兄貴は、神と一体であるイエスお兄ちゃんを見ながら神への疑念をくちにするのは気まずいのか、別方向に視線を泳がせていた。

「神が悪事を認めているわけじゃないだろう。悪い奴の自由意志を認めてるだけだ」

抗議するようにバルトロマイが言うと、「どう違う？」とシモン・ペトロが笑う。

「そうか……。考えてみると、善いことも悪いこともできる自由意志があるから、ぼくたちは自分で生きていると言えるのかもしれない。善いことか悪いことのどちらかしかできないなら、それは神か悪魔の操り人形だよね。悪霊に憑かれた人たちみたいに」

ぼくは、自分がけっこう良い結論を出せた気がして、少し得意になって、マグダラのマリアを見た。でも、彼女はサタンのことを思い出しているのか真剣になにかを考え込む表情をしていて、いまのぼくの発言は、ちゃんと聞いていなかったかもしれない。

そのとき、ユダ・タダイが目を覚ますと、上半身を起こし、周囲を見回した。

「……ここは、どこです？　わたしは、どうして、こんなところに……？」

カファルナウムで悪霊を祓われた男にそっくりだった。悪霊が祓われたということは、このユダ・タダイは、本人が望まずして、悪霊に憑かれてしまった事例なのだろう。

「ユダよ、あなたは今後、『タダイ』と名乗りなさい。あなたにも役割がある」

ユダ・タダイは、放心したような表情のまま、イエスお兄ちゃんにうなずいた。


ユダ・タダイは、ローマ帝国が課す重税に苦しめられる日々からなんとか逃げ出したくて、熱心党に入ったらしい。ところが、現在の熱心党には先頭に立って率《ひき》いる指導者がおらず、分派のシカリ派を組織したバラバという男が急速に頭角《とうかく》を現していると伝え聞き、ユダ・タダイは彼に会ってみようと思い方々を探したが、なかなか会えなかった。

「ですが、わたしが夜の町を歩いていたとき、あの男が現れたのです。背後から『オレを探しているのは、おまえか？』と声がして、ふり向きました。そこまではおぼえているのですが、以後の記憶はありません……どれだけ時間が経ったのでしょうか……」

さっきまで見ていた夢を語るような、ユダ・タダイの困惑した口調だった。嘘をついているようには見えない。おそらく彼はそのとき、悪霊に支配されたのだろう。

ぼくたちが経緯を説明すると、ユダ・タダイは自分が悪霊に支配されていた事実と、悪魔サタンの化身とも言えるバラバを恐れ、自分の軽率な行動を後悔していた。

「わたしは選ぶ道を誤ってしまったようです……なんと愚かなことをしたのか……」

ぼくはまたマグダラのマリアのことが気になって視線を向けると、彼女はぼくたちに背を向け、肉体《からだ》を震わせていた。彼女もユダ・タダイと同じ気持ちだろうか。

「タダイにすらバラバの所在がわからないなら、どうすべきか？」

アンデレが右手の拳にアゴを載せ、ぼくたちの気持ちを代弁してくれた。

シモン・ペトロは腕組みし、「こいつは厄介な事件だぜ……」と首をひねっている。

「先生《ラビ》――お願いです。これ以上、弟に罪を犯させないでください！」

熱心党のシモンはひれ伏してあたまを床にこすりつけ、魂《たましい》をふり絞るようにして、懇願《こんがん》した。ユダ・タダイも、マグダラのマリアも、救いを求めて先生《ラビ》を見ている。

「熱心党のシモンよ、安心しなさい。神探偵は、あなたの依頼を確かに聞いた」

小ヤコブ、熱心党のシモン、ユダ・タダイが「神探偵？」と、首を傾げた。新しく弟子になった彼らには、神探偵については、あとで説明すれば良いだろう。

師は、右手の人差し指と中指を斜め前方へ突き出し、よく通る声で言った。

「すべてを見抜くのは、だれか？　神探偵のわたしである」

そう。神探偵である師は、すべてを見抜く――。恐れることなんて、ないはずだ。

「はっきり言っておく。どれだけふしぎに見える事件も、神探偵にとっては謎《なぞ》ではない。神探偵の目に映るのは真実のみ。人の子は、バラバが、どこで、なにをしようとしているか、もちろん知っている。そして、人の子は、すでに事件を解決している」

事件の解決――というのは、バラバの計画を阻止する、ということだろうか。「カナの婚礼」の例から察すると、小ヤコブ、熱心党のシモン、ユダ・タダイの3人を弟子に加えたことも、神探偵のイエスお兄ちゃんが事件を解決する一部なのかもしれないな。

ぼくたち弟子を見回すと、神探偵イエス・キリストは、道を示してくれた。

「過越《すぎこし》の祭りが近い。エルサレムへ行こう。そこに答えがある」

V

ぼくたちユダヤ人は、現在、ローマ帝国の圧政下で苦しんでいるのと同じように、かつてエジプトで大王《ファラオ》の奴隷として虐《しいた》げられる日々を送っていた。神に選ばれた預言者モーセによってエジプトを脱出するとき、神がエジプト全土に放った死の災厄《さいやく》がユダヤ人だけを通り過ぎたことを記念するのが「過越の祭り」だ。エジプト脱出から50日目に神がシナイ山に降臨したことを記念する「七週の祭り」と、約束の地カナンに辿りつくまで荒れ野で40年放浪したことを記念する「仮庵《かりいお》の祭り」と合わせて、三大巡礼祭とされている。

聖なる巻物《タナハ》の律法《トーラー》によると、ユダヤ人の成人男子は全員、年に3回、春の過越の祭り、初夏の七週の祭り、秋の仮庵の祭りのときにエルサレムの神殿を訪れることが義務づけられている。もちろん、実際には日々の生活が困窮《こんきゅう》しているためエルサレムまで行けない場合も多いけれど、その3つの祭りのときには、聖なる都がユダヤ人であふれ返る。そのため、祭りの時期にユダヤ人が暴動を起こさないように、ローマ帝国も警備兵を増員するようだ。逆に言えば、バラバがユダヤ人を煽動してローマ帝国を打倒するための暴動を起こすとすれば、それら巡礼祭の時期こそが最大の好機ということになるのかもしれない。

エルサレムは、死海の西のほとりにあるエリコから急な坂道を延々と登った高い山の頂上にある町だ。約1000年まえにイスラエル王国のダビデ王がこの地に遷都《せんと》し、エルサレムはユダヤ人の聖都になった。ダビデの子ソロモン王の死後、南北に分裂したイスラエル王国は外敵に滅ぼされ、エルサレム神殿は破壊され、ユダヤ人は、いったん聖地からバビロンに連れ去られた。でも、ペルシア帝国が覇権を握ると、ユダヤ人はエルサレムに帰還して神殿を再建することがゆるされた。それが、いまから560年以上もまえのこと。再建された当初の第二神殿は小規模だったけれど、ヘロデ大王が領主だった時代に始まった増築工事は今年で46年目、完成まであと数十年かかるというから、気が遠くなる。

城壁に囲まれたエルサレムの町には、高低差のある土地に多くの家がひしめき、いちばん高いところから神殿が町を見下ろしている。ぼくたちユダヤ人は、この町を訪れると、聖なる巻物《タナハ》で語り継がれる歴史的事件の数々を思い出して、厳《おごそ》かな気持ちになる。

エルサレム神殿は、人の身長の10倍以上もの高さのある石壁で覆われていて、東西南北に巨大な門がある。門から中へ入ると、背の高い柱が無数に並ぶ柱廊に取り囲まれた開けた場所に出る。短いほうの辺が1・5スタディオン（約280メートル）以上、長い辺は2スタディオン（約370メートル）以上あるこの巨大な広場までは異邦人（ユダヤ人ではない人）でも入れることから、「異邦人の庭」と呼ばれている。広場の中心に聳《そび》え立つ神殿を見上げると、自然に感嘆の声が出る。神殿に入れるのは、ぼくたちユダヤ人だけ。この規模の壮大さこそ神の偉大さだと感じられる、この世《よ》でいちばん荘厳な空間だ。

異邦人の庭では、生贄《いけにえ》の動物や鳥を売る商人や通貨の両替商たちが巡礼者のために屋台を設《もう》けている。ぼくたちユダヤ人は、律法《トーラー》に記されているとおり、過越の生贄として牛か羊を購入して神に捧げる必要がある。牛や羊を自分で連れてきても良いのだけれど、少しでも疵《きず》があると見なされた動物は神への生贄として受理されないので、異邦人の庭まで来てから購入することが確実だ。そして、神殿で使用できる貨幣も決まっている（ローマ皇帝の肖像画が描かれている貨幣は偶像崇拝になるので使用できない）ので、両替商は貨幣を交換する手数料を取って繁盛する仕組みになっている。ぼくたち搾取《さくしゅ》される側の一般ユダヤ人には不満もあるが、神への捧げ物に関することだから、がまんして従うしかない。


過越の祭りに合わせてエルサレムへやって来たぼくたちが、イエスお兄ちゃんを先頭に異邦人の庭に入ると無数の巡礼者がいて、動物と鳥の鳴き声や獣《けもの》の体臭、人々の喧騒《けんそう》が渦巻いていた。騒ぎを警戒してか、長槍《ながやり》を持った甲冑《かっちゅう》姿《すがた》の兵士たちの姿も見られる。

イエスお兄ちゃんは、近くの石畳《いしだたみ》に落ちていた数本の細いなわを拾ってムチをつくると、それを手に屋台のあたりに集まっている群衆のほうへ歩いていく。

「なんだ、あんた？　オレたちは並んでいるんだ。横から割り込むなよ！」

ひとりの男が呼び止めたが、イエスお兄ちゃんは無視して屋台に歩み寄り、その机を次々に引っくり返し始めたので、ぼくたちは驚いた。両替用の貨幣があたりに飛び散り、周囲は騒然となる。さらに、師にムチで打たれた生贄用の牛や羊がいろんな方向に逃げ出したので、大混乱だ。牛や羊のように高額な生贄を購入できない者たちのために、安価な代用品として鳩をカゴに入れて売っている者たちを見て、イエスお兄ちゃんは言った。

「その鳩を持って帰れ。わたしの父の家を、商売の場所にしてはならない」

商人たちが逃げ回る牛や羊を追いかける一方、イエスお兄ちゃんとぼくたち弟子の周囲に、大きな人だかりができた。遠くで見ていた兵士たちも次々に駆け寄って来る。

「父の家だと？　この神殿は、あんたの父の家だと言うのか？　あんたは、自分こそが神の子キリストだと主張するつもりか？　この神聖な場所で、ここまで派手な騒ぎを起こしたからには、あんたはキリストとして、どんなしるしを見せてくれるんだ？」

ユダヤ人のひとりが聞くと、イエスお兄ちゃんは、威厳のある口調で応えた。

「この神殿を壊してみるがいい。人の子は、それを3日で建て直す」

先生《ラビ》のことばに群衆はまず絶句し、それから、いっせいに笑い出した。

「この神殿は、ここまで建てるのに46年かかった。それをあんたは3日で建て直すというのか？　どうやらこのお方はキリストか、そうでなければ悪霊に憑かれた狂人だ」

ぼくたち弟子も、師のことばには困惑した。イエスお兄ちゃんは全能の神と一体だから、なんでもできるのかもしれない。でも、本当に3日で建て直せるのだとしても、神殿を壊してみろ――という挑発は、神の子らしからぬ発言であるように思えてしまう。

そのとき、どこからともなく拍手の音がして、群衆が左右ふたつに分かれて、ひとりの男が手を叩きながら、奥からまえに出てきた。その男を見て、ぼくは背筋が凍りつくような悪寒《おかん》を抱いた。かつてマグダラの町でキリストを演じていたときや、マカイロスの砦で兵士に化けていたときの彼は、身だしなみを整えて清潔感があった。いまの彼の髪はぼさぼさで無精髭《ぶしょうひげ》を生やしている。だが、獣のように爛々《らんらん》と輝くその目を見紛《みまが》うことはない。

拍手を終えると、その男――バラバは、イエスお兄ちゃんに言った。

「みんな、彼を敬《うやま》おうじゃないか。ナザレのイエス・キリスト様のお出ましだ」

ことばとは裏腹に、バラバの態度には敬意など微塵《みじん》も感じられなかった。

VI

商売を邪魔された者たちは、バラバの背後に集まり、イエスお兄ちゃんとぼくたち弟子の集団と対峙する形になった。そのふたつの集団を囲むように、少し離れて見物人たちの輪ができ、監視するように、ローマ帝国の兵士たちも、すぐ近くに立っている。

バラバは、ぼくたち弟子を見回すと、にやりと嗤《わら》い、ふたりに声をかけた。

「マグダラのマリアに、ユダ――久しぶりだな。元気にしてたか？　オレを裏切って逃げ、いまはキリスト様に従っているというわけだ。それも、おまえたちの自由だ」

マグダラのマリアが蒼ざめた顔になり震え出したので、ぼくは彼女のまえに立ち、バラバの視界から隠した。そんなぼくの行動を見て、バラバは、おかしそうに笑う。

「なにをそんなに怖がっているんだ、そこの可愛い坊や。おまえたちの敵は、オレじゃない。オレたちはユダヤ人の同胞だろう？　そう怯《おび》えることはないじゃないか」

バラバに見つめられるだけで、ぼくは身動きできなくなる。なんなんだ、この男の得体《えたい》の知れない迫力は……この男に憑いているという、悪魔サタンの魔力か？

「目をさませ、わが弟イエス！　弟についている悪魔よ、イエスを解放しろ！」

バラバのまえに飛び出し、両手を振りながら叫んだのは熱心党のシモンだ。弟を想う兄の魂の叫びも、悪魔サタンに支配された男には、まったく響いていないようだ。

「下がっていろ、シモン。おまえの弟は死んだのだ。現実から目を逸らすな」

バラバが睨《にら》むと熱心党のシモンは上半身をのけぞらせて動揺し、あとずさった。

フンと嗤うと、バラバは次に、ぼくたちの先頭で彼と対峙している師を見た。

「ナザレのイエス――オレは、あんたをキリストとして認めてる。オレは最初、キリストに憧れる気持ちがあった。聖なる巻物《タナハ》で預言されているキリストこそが、オレたちユダヤ人を救ってくれると、最初は信じていた。自分こそがそのキリストであればいいのにと願ったからこそ、一度はその役を演じもした。だが、オレが絶望したのは、本物のキリストであるあんたが、いっこうにオレたちユダヤ人を救う気配を見せなかったからだ！」

バラバは、イエスお兄ちゃんを指差し、糾弾《きゅうだん》する口調で話を続ける。

「あんたは奇跡でパンを増やし、病人を癒した。慈愛に満ちた、ありがたいキリスト様だ。だが、そんな慈善活動じゃ、オレたちユダヤ人の状況は変わらない。ナザレのイエス、あんたは、やさしい。ローマ帝国も、民衆を癒すあんたのことは、まったく脅威《きょうい》に思わないだろう。むしろ平和を安定させた功績で、勲章《くんしょう》でも授かるかもな。なあ、みんな、こうは思わないか？　ユダヤ人の王国をつくるのは、剣を取る悪の王がふさわしいと。つまり、ローマ帝国から見たときに、愛の王ではなく悪の王でなけりゃダメだろ？　ってことだ」

バラバが周囲の商売人を見回すと、彼らはうなずき、拳を突き上げた。

「そうだ！　王国をつくるのは愛の王キリストじゃない！　悪の王バラバだ！」

ローマ帝国の百人隊長らしき男が、バラバたちのほうへ、一歩まえに出た。

「おまえたち！　ことばに気をつけろ！　暴動を起こすなら逮捕するぞ！」

だが、バラバは百人隊長を無視し、イエスお兄ちゃんのほうを試すように見る。

「なあ、教えてくれないか、キリスト様。あんたは確かに奇跡を起こす。パンを増やし、病人を癒す。それも必要だろう。だが、あんたは結局、愛という頼りない綺麗ごとをただ積み重ねているだけだ。それで、どうやって新しい王国をつくれるというんだ？」

茶化すような口調に、今度は、バラバの集団から同意するような嘲笑《ちょうしょう》が起きた。

みんながイエスお兄ちゃんを見て、反応を待っていた。ぼくたちの師は応えた。

「剣を取る者は皆、剣で滅びる。悪魔サタンに操られた憎悪と暴力で築く地上の王国は、砂上《さじょう》の楼閣《ろうかく》に過ぎない。だが、天の父を信じる者たちの神のみ国は、永遠に続く」

バラバは軽蔑するようにフンと鼻を鳴らし、両手を開いて、言い返した。

「神を信じて死ねば天の国で救われる、とでも言いたいのか？　だがな、キリスト様。その理屈じゃ民衆は納得しねぇだろう。ここにいる連中のためにおさらいするが、ユダヤ教には、大きくふたつの考え方がある。サドカイ派とファリサイ派（パリサイ派）だ。死海のほとりで修行してるエッセネ派は、自分たちの世界に浸《ひた》る世捨て人だから、ほかのユダヤ人には関係ねぇ。おまえたち、サドカイ派とファリサイ派の違いは知ってるな？」

バラバが周囲を見回すと、ここぞとばかりにアンデレが一歩、まえへ出た。

「サドカイ派は死後の世界や天使を否定する。ファリサイ派は、それらを信じる」

バラバはアンデレのほうを見てニヤリと笑い、うなずいた。

「そういうことだ、お利口《りこう》さん。ナザレのイエス、あんたの主張はファリサイ派の意見だ。だがな、ユダヤ人の半分はサドカイ派だ。つまり、死後の世界なんて、信じちゃいない。オレも、そのひとりだ。よく聞け、キリスト！　オレたちユダヤ人は、いま苦しんでいるんだ！　いま、この世での救いを求めているんだよ！　死後の希望にすがれるかよ！」

バラバはイエスお兄ちゃんのほうへ握り拳を突き出し、獣のように吠えた。

ぼくたちはバラバの迫力に気圧《けお》されたが、イエスお兄ちゃんは平然と応えた。

「バラバよ、あなたの言っていることは、よくわかる。なぜなら、それこそが悪魔の罠《わな》なのだ。死後の世界などないから好きなことをしろと囁《ささや》く。それが悪魔の誘惑である。しかし、はっきり言っておく。悪魔に魂を売り渡した者の最期は、永劫《えいごう》の苦しみの果てに待つ魂の消滅だ。たとえ全世界を手に入れても、魂を喪《うしな》えば、取り返すことはできない」

「そんなのは、ファリサイ派が信じたがっている机上《きじょう》の空論だろうが！」

バラバは言い返したが、イエスお兄ちゃんは、まったく動じなかった。

「神が言っているのだ。これ以上の証《あか》しはない。バラバよ、忘れるな。悪魔は、神が人のまえにつくった天使が堕落した存在だ。神と悪魔は、つくったものと、つくられたものの関係にある。対等ではなく、悪魔が勝つことは決してない。人は、死後のみ国を信じて永遠のいのちを得るか、信じず苦しみの果てに滅びるか。その二択のほかに道はない」

今度は、イエスお兄ちゃんのことばに、バラバの集団が怯《ひる》む番だった。バラバの背後にいる者たちは、明らかに、とまどっていた。それを察知したように、バラバが叫んだ。

「違うね！　新しい王国をつくれたら、オレたちは、いますぐ救われるんだ！」

バラバが声を大きくして拳を突き上げると、背後の者たちも「お、おう。そうだ！」と叫んだが、その声は先ほどまでより、だいぶ弱々しくなっていた。

「貴様！　それはローマ帝国に反逆する宣言だな！」

百人隊長がバラバを指差し、詰め寄った。

「そうさ。オレはバラバ——悪の王。ローマ帝国を倒す男だ」

百人隊長が「この者を捕らえろ！」と絶叫し、兵士たちがバラバに駆け寄ろうとした。すると、バラバの背後にいた者たちがそれを阻止しようと争いになり、怒号が乱れ飛ぶ。兵士に殴りかかった商人たちは取り押さえられ、地面の石畳に押しつけられている。

ほかの者が盾《たて》となっているあいだに、バラバは人の少ないほうへ駆け出した。その行く先には門がある。逃げられるまえに、捕まえないと——ぼくは追いかけようとした。

そのとき、門へ向かって走るバラバのまえに、ひとりの男が飛び出した。

バラバのまえで両手を広げて立ちはだかっている大男は、熱心党のシモンだ。

「わが弟イエス！　頼む、目をさましてくれ！　ともに父の家に帰ろう——！」

熱心党のシモンは、涙を流し、決死の形相《ぎょうそう》で弟バラバに飛びかかった。

だが、バラバは敏捷《びんしょう》に横に飛びのき、熱心党のシモンの両手は空《くう》を切る。

「シモン、おまえの弟は死んだと言ったはずだ！　弟のことなど忘れろ！」

走りながら捨てゼリフを吐くバラバの前方に、いつの間に先回りしたのか、今度は小ヤコブが両手を広げて立っている。熱心党のシモンと違い、小ヤコブは頼りない……。

「小僧、どけ！　貴様のような小僧ごときが、悪の王を止められると思うのか？」

バラバは高笑いしながら、小ヤコブに向かって突進する。その獣のごとき突進は、小ヤコブを宙に弾《はじ》き飛ばしてしまいそうな勢いだ。小ヤコブの顔が恐怖に強張《こわば》っている。

ぼくは驚いた。まさか、小ヤコブに、そんな度胸があるなんて……。

バラバが小ヤコブに正面から激突するぞ——！

そう思ったとき、横から黒い影が現れ、バラバに飛びつき、石畳に押し倒した。

「おまえはユダ……！　イエスに寝返ったばかりか、オレの邪魔をするのか？」

バラバの腰のあたりに抱きつき、押し倒しているのは、ユダ・タダイ！

バラバは前方の小ヤコブに注意を奪われていた。小ヤコブは、ユダ・タダイの動きを見て、自分に注意を逸らすことでバラバの隙《すき》を生み出そうとしていたようだ。バラバとしては、熱心党のシモンをうまくかわしたあとに、頼りない小ヤコブが前方に現れたことで、油断した面もあっただろう。それは新たな弟子3人による、見事な連携《れんけい》だった。

悪霊に憑かれていたとは言え、イエスお兄ちゃんのいのちをねらってしまった罪の埋め合わせをしたいかのように、ユダ・タダイは懸命にバラバを押さえつけている。

「――放せ！　貴様のような捨て駒のひとつが、王を捕まえるというのか！」

バラバは両手を石畳についたまま、両脚を激しく動かして振り払おうとするが、ユダ・タダイは、格闘技の寝技のように、完全に相手の動きを封じ込めていた。

「いかにも。彼はタダイ――彼こそ、まことに『王を捕まえる者』だ」

イエスお兄ちゃんのことばで、ぼくは初めて「タダイ」という名前の意味を思い出した。このときのために、ユダ・タダイは12人のひとりに選ばれたのかもしれない。

バラバは捕まり、イエスお兄ちゃんは勝ったのだ……。

ぼくたちは安堵《あんど》したけれど、バラバの醜《みにく》い嗤《わら》い声が聞こえて、ぞくっとした。

バラバは捕らえられても慌てる様子はなく、ぶきみな微笑すら浮かべていた。

後ろ手に縛られ、兵士たちに連行される際、悪の王は、ふり返った。

「これでいい……おまえたち、決して忘れるな！　悪の王バラバの名を！」

高笑いしながら悠然と去っていくバラバは、異様な狂気を発散していた。

残されたぼくたちは、呆然とその姿を見送るしかなかった。

Ⅶ

ぼくたちには意味のわからないことが、あまりにも多すぎた。それについては、あたまで考えてわかる問題じゃない。ぼくたちは、素直に神探偵に教えを請《こ》うた。

すべてを見抜く神探偵は、ぼくたち弟子を見回すと、うなずき、話し始めた。

「異邦人の庭にいた商売人たちは、武器を隠し持つバラバの手下だった。彼らは、あそこで騒ぎを起こし、その暴動が革命の発端となる計画だったのだ。暴動はいったん成功するものの、その報復としてローマ帝国によってユダヤ人が徹底的に滅ぼされる未来が実際にあった。だから人の子は、あらかじめ小ヤコブ、熱心党のシモン、ユダ・タダイを弟子に加え、商売人たちを追い払うことでバラバをひとりにし、逮捕を実現させた」

やっぱり、イエスお兄ちゃんは、ナザレに行くときに、すでに事件を解決していたんだ。事件が起きるまえに解決してしまうなんて、神探偵にしかできないことだ。

「イエス様のおかげで、弟の暴走を止められた。それは良かったが……」

熱心党のシモンは、そこまで言って、ことばを切った。弟はもう別人のようになってしまった、と言いたい悲しみを、ぼくらへの配慮で飲み込んだように見えた。

イエスお兄ちゃんはすべてを察したように、シモンの肩に手を置いた。

「シモン、あなたの一途《いちず》な想いが弟を止めたのだ。善い働きをしてくれた」

「ですが、先生《ラビ》。オレには、バラバのあの奇妙な余裕が気になりました」

そう指摘したのは、バルトロマイだった。イエスお兄ちゃんは、うなずく。

「その感覚は正しい。バラバは、人の子に負けたわけではない。彼は逃げられなかったわけではなく、逃げなかったのだ。なぜなら、あえてそうすることで、彼は3年後に人の子を殺すことに成功する。それは、むろん人の知恵ではなく、悪魔サタンの教唆《きょうさ》だ」

ぼくたちは耳を疑った。あまりにも意味不明の話だった。

バラバが、わざと捕まることで、3年後にイエスお兄ちゃんを殺す!?

いくらキリストに未来が見えるといっても、そんな話は信じられない。

困惑するぼくたちを見回すと、イエスお兄ちゃんは、悲しそうに言った。

「はっきり言っておく。人の子は3年後にバラバに殺される。そうなることが必要なのだ。いまのあなたたちには、わからない。だが、そのときになれば、わかる」

洗礼者ヨハネの死後に師が語っていたことばを、ぼくは思い出した。


「すべての人が背負う罪のために、やがて人の子が死なねばならないときが来る」

キリストが「死なねばならない」というそのときが、3年後なのだろうか?

逮捕された悪の王バラバがキリストを殺すなんて、信じたくない……。
でも、イエスお兄ちゃんによれば、それすらも必要な神の計画であるらしい。
なにひとつ理解できず、そのときのぼくたちは、ただ呆然としていた。

……そこまで書いたところで、わたしは、あのときの気持ちを、また思い出した。
あの3年後、残念なことに、イエス様の預言は実現してしまった……。
確かに、悪の王バラバは、愛の王イエス様を殺すことに成功した。

バラバとしては、わざと最初に負けることで、最終的な勝ちを確信しただろう。
だが、あえて負けたように見せ、最後の勝ちを取ったのはイエス様だった。
どうしてそのようなことが可能であったのか、人の論理では測《はか》れない。
神と悪魔の対決だからこそ実現した、それは奇跡の物語だった。

バラバとイエス様の物語の結末について、いよいよ書き記すときが来た。それを書くのはつらい。だが、いったんこうして筆を執《と》った以上、わたしは書かねばならない。
悪夢としか言いようのない、あの神探偵イエス・キリスト最後の事件を——。

TIPS

●旧約聖書の「イザヤ書」11章1節から2節に「エッサイの株からひとつの芽が萌《も》えいで、その根からひとつの若枝が育ち、その上に主《しゅ》の霊がとどまる」という預言が記されています。エッサイというのはイスラエルのダビデ王の父で、イエス・キリストはダビデの子孫にあたります。また、この「若枝」という単語がナザレの語源であることから、「ダビデの子孫であるキリストがナザレから現れる」という意味の預言だと解釈されています。

●使徒フィリポは、のちに初代教会で活躍する福音宣教者フィリポとは別人で、後者のほうが目立っているため、非常に影の薄い存在です。また、使徒の小ヤコブは、初代教会の指導者となる義人ヤコブ（主の兄弟ヤコブ）と長らく同一視されてきましたが、後年の研究で両者は別人と結論づけられると小ヤコブの伝承は皆無となり、人物像は不明です。

●イエスが故郷ナザレの集会堂《シナゴーグ》で安息日に旧約聖書の「イザヤの預言」61章1節を朗読し、「いま、この預言が成就した」と宣言し、激怒した町民たちがイエスを崖から突き落とそうとする話は、「ルカの福音書」4章15節から30節に記されています。このとき、イエスがどのように危機を脱したかについては書かれておらず、謎めいています。

●熱心党は、ローマ帝国の支配に暴力で抵抗することを目的にしたユダヤ人の過激派集団で、その中に短剣シーカを使った暗殺に特化したのがシカリ派です。西暦66年から70年にかけてユダヤ人とローマ帝国が戦った第一次ユダヤ戦争で熱心党とシカリ派が重要な役割を果たしたと伝えられていますが、くわしい記録は遺っていません。

●「ルカの福音書」15章11節から32節に出てくる「放蕩息子のたとえ話」は、聖書に記録されているイエス・キリストの多くのたとえ話の中で、もっとも有名なもののひとつです。このたとえ話を題材にした絵画も多く描かれています。

●熱心党のシモンとユダ・タダイは聖書では12使徒の一員として名前が挙がっているだけで、なんの逸話も記されていません。聖人伝や教会の伝承には、初代教会でこのふたりが組んで宣教活動を行ったという話もあります。なお、ユダ・タダイは、イエスを裏切ったイスカリオテのユダと同名であることからわざと言及が避けられていた面もあり、そのため「忘れられた使徒」という気の毒な異名もあります。

●イエスがエルサレム神殿から商売人たちを追い払う「宮清《みやきよ》め」は、少なくとも2回あったことが新約聖書に記録されています。マタイ、マルコ、ルカの福音書が記録している宮清めはイエスの十字架刑の直前ですが、ヨハネだけが記録している最初の宮清めは、その3年まえにあったものです。「ヨハネの福音書」2章13節から22節で描かれている最初の宮清めにおいて、ヘロデ大王がエルサレム神殿の増築を開始してから46年という記述があり、これは西暦27年であるため、西暦30年の十字架刑の3年まえの事件と推定できます。

十字架の真実（バラバの罪）

I

主《しゅ》イエス・キリストは死から復活し、いつもわたしたちを見守ってくださっていると知っているいまでも、主が十字架につけられたあの70年ほどまえの悪夢の一日を回想するたびに、胸が張り裂けそうになる。わたしたちが師を裏切ってしまった痛悔《つうかい》の事実を、必ず思い出すからだ。それは、わたしの胸に刻《きざ》みつけられた永遠に消えない心の傷である。

わたしは、いまでは主があえて十字架につかれた理由を知っているし、主はみずから覚悟してその選択をされたと理解できるようになって久しい。しかし、いばらの道を選んだのがたとえ主ご自身でも、わたしたちが師に背を向けた事実は、なにも変わらない。

イエス様が十字架につけられた悲劇について、わたしたち弟子は、悪魔の計略を練った「悪の王」バラバを責め、それに便乗した大祭司カイアファや領主ヘロデ・アンティパスやユダヤ人の民衆を責め、なにも止められなかった総督ポンティオ・ピラトも責めた。もちろん、12人のひとりでありながら師を売ったイスカリオテのユダも責めたが、イエス様を裏切ったのは、あの男だけではない。わたしたち12人全員が師を裏切ったのだ。決して消し去れないその重大な罪が、わたしを70年間ずっと苦しめ続けてきた。

あんなにも愛してくださった主を裏切った罪深い身でありながら、いまのわたしは歴史の生き証人である教会の最長老として、現在のキリスト者《クリスチャン》たちから希望の象徴と見なされ、頼られている。彼らから向けられる敬意や信頼と罪深い自分の乖離《かいり》に耐えられないあまり、わたしはこの告解《こっかい》めいた秘密の文章を記すようになったのかもしれない。

この記憶の痛みは、天に帰るときまで決して薄れることはないだろう。わたしは愛する仲間たちのいる天に早く帰りたいと渇望《かつぼう》し続けているが、主のおゆるしは、まだいただけていない。いつかこの回想録を書き終えるころには、わたしも天に帰れるだろうか。

イエス様が十字架につけられたのは、エルサレム神殿の「異邦人の庭」でバラバが逮捕されたちょうど3年後のことだった。その3年間に主が神探偵として解決した多くの事件を時系列順に書こうとすれば、いつまで経《た》ってもバラバの話の続きに辿《たど》りつかない。ゆえに、わたしはまず、バラバの話の結末について、ここに記したいと思う。

バラバが逮捕されたあと、マタイ、トマス、イスカリオテのユダが弟子に加わり、イエス様はわれわれ12人を「遣《つか》わされた者」を意味する「使徒《しと》」と命名された。わたしたちはイエス様の教えを各地に伝えるために派遣されたが、われら12使徒だけがキリストの弟子だったわけではない。師は別の70人の弟子も同じように派遣されたし、イエス様が十字架につけられたとき、エルサレムだけで500人もの弟子がいたのである。

イエス様とバラバの最後の戦いについて回想するとき、まず思い返されるのは、わたしたち12使徒にとって青天の霹靂《へきれき》であった、主の預言《よげん》だった。わたしたちが弟子となってから4度めの春、過越《すぎこし》の祭りが迫った時期に、主は突然こう預言されたのだ。

「はっきり言っておく。人の子は、過越の祭りのときにエルサレムに行かねばならない。そこで人の子は十字架につけられ、いったん陰府《よみ》に降《くだ》るが、3日目に復活する」

あまりにも唐突《とうとつ》な預言であったので、われら12使徒は大いに狼狽《ろうばい》した。

神の子にして神と一体であるイエス様は、本来は、わたしたち人間から遠い存在だ。イエス様は、すべてをご存じで、なんでもできる。それでも、さまざまな事件において、主はいつもわたしたち弟子をあえて助手のように用いて、育ててくださった。主が神探偵としての活動をされる際、いつもかたわらに、助手であるわたしたちの存在があった。

苦楽をともにする中で、イエス様へのわたしたちの信頼と尊敬は、3年半の時間をかけて揺るぎないものになっていた。ところが、師の新たな預言は、そうしたわれわれの師弟関係を根底から覆《くつがえ》しかねないほど危険なものだった。わたしたちはイエス様が聖なる巻物《タナハ》の預言どおり「ユダヤ人の王」キリストとして新たな王国をつくると信じていたから、すべてを捨てて、つき従っていたのだ。イエス様が十字架につけられて死んでしまったら、いままで師といっしょに続けてきた宣教活動の意味がなくなってしまう。残されたわたしたちは、羊飼いが取り去られた羊の群れと変わらない。路頭に迷うしかないのだ。

過越の祭りのときにエルサレムに行くのは、律法《トーラー》に定められたユダヤ人の成人男性の義務なので、本来なら当然のことだ。しかし、絶大な人気を誇るキリストをユダヤ教の大祭司たちが葬《ほうむ》ろうとする企《たくら》みを、わたしたちは以前から承知していた。イエス様の場合、エルサレムに行くのは、敵対者たちに暗殺される危険をあえて冒《おか》すことを意味した。

十字架につけられ、陰府《よみ》に降《くだ》る——死ぬ——ことを予知した上で主がエルサレムへ行くとなれば、それは律法《トーラー》で禁じられている自殺にも等しい行為で、狂気の沙汰だとわたしたちには思えた。また、3日目に復活する、というのも意味がわからなかった。イエス様が死者を蘇生させる場面なら、わたしたちは何度も目撃した。病気などで死んだ者が蘇生した場合には、彼らは完全に死んではいなかったのかもしれない、と思うこともできた。だが、十字架につけられた罪びとは、完全に死んだことが確認されない限り、十字架から下ろされることはない。そして、完全に死んだ者が自力で復活するなどという話は、人類の歴史を通して一度も聞いたことがなかった。イエス様の預言への大きな困惑が、当時のわたしたちの師への信頼を揺るがし、判断を狂わせた面があったことは間違いない。

わたしは目を閉じ、あのときの「ぼく」の気持ちに、また想いを馳《は》せる——。

II

イエスお兄ちゃんとぼくたち弟子がエルサレムで過越の祭りを迎えるのは、「悪の王」バラバが神殿の「異邦人の庭」で逮捕されたあの年が初めてで、今年で4度めだ。3年まえにバラバと対決したあと、「悪の王」の強烈な記憶は、なかなか消えなかった。怪我《けが》が徐々に癒《い》えるように、どんな記憶の痛みも、時間の経過とともに少しずつ薄れていく。でも、バラバにつけられた心の傷は深く、完全に消えることは決してなかった。

エルサレムに住んでいる多くの弟子仲間たちから聞いた報告によると、3年まえに暴動罪で逮捕されたバラバは、実際には暴動未遂であったことから、のちに釈放された。ところが、その後も殺人や強盗などの犯罪に関わった容疑で逮捕と釈放を数回くり返し、いまはエルサレム神殿に隣接するアントニア要塞の牢獄に囚《とら》われているらしい。

「バラバは何度も捕《つか》まるほど無能な男だろうか？　わたしには、バラバが牢獄に戻りたがっているかのように見える。あの男は、わざと捕まっているのではないか？」

そんな仮説を述べていたのは、トマスだ。トマスはその極度に疑《うたぐ》り深い性格から、弟子仲間のあいだでは「疑いのトマス」というアダ名で呼ばれることが多い。

「おい、トマス。バラバをずいぶん評価しているようだが、おまえの故郷《くに》には、暗くて汚い牢獄に好んで住みたがる変人がいるのか？　そんな変人に有能な奴はいないだろ」

そんな皮肉を言ったのは、いつも他人の意見に否定的な「偏屈屋《へんくつや》マタイ」だ。

「どうでしょう。確かに、バラバが何度も捕まるのは不自然な気もします。バラバになにか別の目的があるのだとすれば、ありうる話のように、ぼくには思えますね」

そう言って八重歯《やえば》を見せて無邪気に微笑んだのは、痩《や》せた長身で童顔のイスカリオテのユダだった。悪党の話をしているのに、なぜ彼が微笑できるのか、ぼくにはわからない。

ユダは、どんな雑用でも器用にこなす男で、われわれの宿と食事を手配するのは、たいてい彼だ。ユダは若い女弟子に人気があり、彼を慕《した》う男の後輩弟子も多いが、たまに不審な行動をするので、年齢と経験を重ねた弟子は男女ともユダに心をゆるしていないようだ。過去にユダに疑いがかかった事件があり、その嫌疑《けんぎ》はまだ完全に晴れていない。ローマ帝国の取税人《しゅぜいにん》であったマタイを差し置いてイエスお兄ちゃんから会計係を任されるほど有能な男だけれど、ユダには、本心の読めないぶきみさがあった。

ともかく、そんな癖《くせ》の強い3人も含めて、ぼくたち12使徒は、キリストの高弟《こうてい》として師とともに活動してきた。最初に弟子になったのはアンデレとシモン・ペトロ、その直後に大ヤコブと呼ばれる兄貴とぼく、それからフィリポ、バルトロマイ、親戚の小ヤコブ、熱心党のシモン、ユダ・タダイ、マタイ、トマス、イスカリオテのユダ――。この12使徒が、十字架につけられることを承知でエルサレムに向かう師に、つき従っている。

出発まえ、エルサレムの方角を見て、師は、いつものように涙を流していた。

「人の子は泣いている。救いを必要とする罪びとが、人の子を待っている」

人の子は十字架につけられる——と師が預言したあとだけに、そのことばは、いつもより重く感じられた。神の子であり神と一体のイエスお兄ちゃんを十字架につけようと企む連中がいるのなら、そいつらは神に反逆することを恐れない、まさしく罪びとだ。

3年後、バラバが人の子を殺すことに成功する——という師の3年まえの預言も、ずっと、あたまにある。今年がその「3年後」だけれど、バラバが獄中にいる限りイエスお兄ちゃんは安全だ。万が一、バラバが釈放されたら、警戒する必要があるとしても。

人の子は十字架につけられる——という師の最近の預言が理解に苦しむのは、もし仮にイエスお兄ちゃんが十字架につけられて死ぬなら、バラバに殺されるという預言は成就《じょうじゅ》しないはずだからだ。逆に、バラバに殺されるという預言が成就する場合は、十字架につけられるという預言は実現しないはずだ。バラバにはだれかを十字架につけて処刑する権限はなく、それができるのはローマ帝国の総督ポンティオ・ピラトだけなのだ。

これまでの3年半、イエスお兄ちゃんの預言が実現しなかったことは、一度もない。ただし今回ばかりは、ふたつの相反《あいはん》する預言が同時に成就することは、ありえない。

「わたしの知る限り、イエス様の預言は、いままでは確かに、すべて成就している。だが、未来を預言するのだから、はずれることも、たまにはあるのではないか?」

いつものように、そんな疑問を述べたのは「疑いのトマス」だった。

「トマス、そんなことを言うおまえは、実は、イエス様を信じていないんじゃないか？　おまえがなにを疑うのも勝手だが、師を疑う野郎をオレは仲間と認めたくねぇな」

そう苦言を呈《てい》したのは、とりあえず他人の意見に反発する「偏屈屋マタイ」。

そんなとき、意見の対立した弟子たちのあいだに割って入り、八重歯を見せて微笑しながらいつも穏やかに場をまとめるのが、イスカリオテのユダの役割だった。

「トマスの疑いも、マタイの苦言も、ぼくにはよく理解できます。そのように、さまざまな角度から物事を見ることが、なによりも大切なのではないでしょうか」

ユダがみんなを見回して言うと、年下の女弟子たちは、うっとりした顔で彼を見つめ、男の後輩弟子は、憧れのまなざしを向けていた。こうしたユダの自己主張と彼の支持者の反応が正直、ぼくは苦手だけれど、会計係としてぼくらを支えてくれているのは彼だから、文句は言えない。たくさん人が集まれば、いろんな奴がいるのは避けられない。

イエスお兄ちゃんが「十字架につけられる」と「バラバに殺される」という矛盾《むじゅん》する預言をした理由は謎だけれど、それについては、ぼくたちが考えても答えは出そうにない。

不安やとまどいを抱えながら、ぼくら12使徒は、ただ師に従うのみだ。

今年の過越の祭りの4日まえとなる、ニサンの月（ユダヤ暦の最初の月で太陽暦に置き換えると3月から4月にあたる時期）の10日の昼、ろばに乗るイエスお兄ちゃんを先頭に、ぼくたち12使徒は高い城壁に囲まれた山上の町――聖都エルサレムに入城した。

ユダヤ人の成人男子は過越の祭りのときにエルサレム神殿に生贄《いけにえ》の動物を捧げることが律法《トーラー》で義務づけられているから、この時期は各地のユダヤ人がエルサレムに集まって来る。師のこれまで3年半にわたる宣教活動で、「ナザレのイエス」の存在はユダヤ人に知れ渡っていた。人々は、ろばに乗るキリストが通る道に上着を脱いで地面に広げ、野原から取ってきた葉のついた枝を敷き詰め、王のための道を備えた。棕櫚《しゅろ》の木を手にした群衆は、くちぐちに歓喜の叫びをあげながら、熱狂してキリストを出迎えた。

「救《ホ》い《ザ》た《ン》ま《ナ》え！　主のみ名によって来られる方《かた》、ユダヤ人の王キリストに祝福あれ！」

イエスお兄ちゃんとぼくたち12使徒は、興奮した大勢の群衆に囲まれたまま、エルサレム神殿まで進んだ。門の手前でろばから降りると、イエスお兄ちゃんは歩いて門をくぐり、まず異邦人の庭へ入っていく。ぼくたち12使徒と群衆もキリストのあとに続く。

数万人を収容できる広大な空間に足を踏み入れると、ここで3年まえにバラバと対決したことを思い出す。ぼくが周囲のたくさんの群衆を見回すと、その中からバラバが高笑いしながら現れそうな不安にかられる。だけど、「悪の王」はアントニア要塞の牢獄に囚われていて、脱獄したという知らせは届いていない。バラバが人の子を殺すという師の預言が仮に成就するとしても、少なくとも、いますぐではない点は安心できる。獄中にあるバラバより、師が十字架につけられるという預言を、いまは警戒すべきだ。

3年まえ、イエスお兄ちゃんは細なわでムチをつくり、生贄の動物たちを追い払った。

今回は、師が近づいただけで商売人たちが警戒した顔で立ち上がった。ぼくらの先生《ラビ》は3年まえにそうしたように、生贄の動物を売っている者たちや両替商の机を次々に引っくり返すと、門を指差し、広大な庭に響き渡る大声で彼らを叱りつけた。

「この聖なる場所から出て行け！　あなたがたは、祈りの家を強盗の巣《す》にしている」

強盗の巣と聞いて、3年まえ、バラバが手下たちを商売人に紛れ込ませていたことをぼくは思い出した。今回も、もしかしたら、なんらかの企みがあったのかもしれない。

商売人たちが去っていったあと、群衆に囲まれたイエスお兄ちゃんとぼくたち12使徒を、遠くのほうから憎悪を込めて大祭司や律法学者たちが見ているのに気づいた。

「けっ。あいつら、商売の邪魔をするイエス兄《あん》ちゃんが、よっぽど憎いらしいな」

ヤコブ兄貴が軽蔑するように言うと、アンデレがうなずき、同意した。

「あの連中は神殿の商売で大儲けしているからな。先生《ラビ》が目ざわりだろう」

大祭司や律法学者にイエスお兄ちゃんを処刑する権限はない。ただし、彼らがなにか理由をつけて総督ポンティオ・ピラトに申し出れば、キリストが十字架につけられる預言が成就してしまう危険は実際にある。そんなことは承知しているはずなのに、あえて挑発的な行動をする師は、まるで処刑されたがっているようにすら思えてしまう。いったん処刑されて復活するより、一度も処刑されないほうが良いはずなのに……。

イエスお兄ちゃんは、処刑されたがっている——というのは、考えすぎではないと思う。ぼくたちにはよくわからない難しい理屈だけど、キリストの死が多くの人の救いに関係しているとと解釈できることを、師はこの3年のあいだに何度も語っていたからだ。

たとえば、師の次のようなことばが強く印象に残り、ぼくは記憶している。


「多くの人の罪の贖《あがな》いとして、自分のいのちを与えるために人の子は世《よ》に来た」

「わたしは善い羊飼いである。善い羊飼いは、羊のためには、いのちを捨てる」

「一粒の麦《むぎ》は、地に落ちて死ななければ一粒のままだ。死ねば多くの実を結ぶ」

「人が友のためにいのちを捨てる、という行動――これよりも大きな愛はない」


たとえキリストの死がぼくたちの救いに関係しているのだとしても、イエスお兄ちゃんという羊飼いを失ったら、ぼくたち羊は、どこにも行くことができない。

トマスの言うように、今回ばかりはキリストの預言がはずれてほしい――そんなことを考えながら、ぼくは、多くのユダヤ人に取り囲まれる師の姿を見つめていた。

エルサレムの住人も過越の祭りのためにやって来たユダヤ人たちも、キリストのちからを知っているので、病人たちが癒《いや》しを求めて集まってきて、師は次々に彼らを癒した。重い障害や病を抱えた人たちが完治し、涙を流して感謝するのを見ると、こんな偉大なキリストが処刑されるなんて絶対ありえない、と、ぼくには思えてならなかった。

エルサレムにはキリストの弟子がたくさんいるので、宿には困らない。だけど、大祭司や律法学者が自分のいのちをねらっていることは、さすがに師も意識していた。

「人の子は、いま捕まるわけにはいかない。だから、今回もベタニアに泊まろう」

陽《ひ》が沈むと、イエスお兄ちゃんに導かれて、ぼくたちはエルサレムを出て、近くのベタニアの町に滞在した。ベタニアには、イエスお兄ちゃんが信頼するマルタとマリアの姉妹と、彼女たちの兄弟ラザロがいる。ラザロは、つい先日、病死したあとにキリストによって蘇生して有名になった。ラザロはキリストの奇跡の証《あか》しそのものなので、大祭司たちはラザロのことも暗殺しようと計画している、という噂《うわさ》も弟子仲間から聞いている。

それから過越の祭りまでの3日間、師とぼくたち12使徒は、朝早くにベタニアを出てエルサレムに入り、日中はイエスお兄ちゃんが集まった群衆に説教をし、救いを求める病人たちを癒し、日没後にベタニアへ戻る、という1日をくり返すことになった。


今年の過越の祭りがきょうの日没後に迫った朝、イエスお兄ちゃんとぼくたち12使徒は、それまでの3日間と同じく、ベタニアからエルサレムへ移動することになった。

「先生《ラビ》、今年の過越の祭りは、どの弟子の家で過ごされますか？」

みんなを代表して、そう聞いたのはシモン・ペトロだった。エルサレムに住んでいる弟子の数が増え、その中には裕福な者もいて、われわれが全員で泊まれる広い家が、いくつかあった。そのとき、どこに泊まるかを決めるのは、いつもわれらの師だ。

イエスお兄ちゃんは、シモン・ペトロとぼくを手招きして、命じた。

「ペトロ、ヨハネ、きょうは、あなたたちがまずエルサレムに入りなさい。あなたたちは水がめを運んでいる男に会う。その男について行き、彼が入る家の主人に『弟子たちといっしょにわたしが食事をする客間はどこか、と先生《ラビ》がお聞きです』と言いなさい」

イエスお兄ちゃんから、そういう指示を受けて実行したことが何度もあるので、シモン・ペトロとぼくは疑問に思わず、師たちをあとに残して、エルサレムを目ざした。

高い城壁で囲まれた山上の町エルサレムには、いくつかの門から入ることができる。シモン・ペトロとぼくが門のひとつから入ると、師の預言どおり、ぼくたちのまえを水がめを運ぶ男が通りすぎたので、彼についていった。やがて彼は一軒の大きな家に入ったので、ぼくたちが戸口で呼びかけると、ぼくより若い、育ちの良さそうな男が顔を出した。

「この家のご主人は、おられるかな？　われわれは、ご主人に話があるのだ」

シモン・ペトロは重々しく言おうとしたが、あまりうまくできていない。

「父は亡くなったので、この家では、未亡人《やもめ》の母とぼくが使用人たちと暮らしています。あなたたちは、過越の祭りに来られた旅の方ですか？　宿を探しているのですか？」

「弟子たちといっしょにわたしが食事をする客間はどこか、と先生《ラビ》がお聞きです」

ぼくが言うと、その若い男は人を疑うことを知らないように無邪気に微笑んだ。

「あなたがたの先生《ラビ》が、客間をご入り用なのですね？　どうぞ、ぼくの家の2階——高間《たかま》をご自由にお使いください。1階は大人数の方たちでもお泊まりいただけます」

こんなにも都合の良い場所が見つかるのはできすぎだが、もちろん、偶然じゃない。イエスお兄ちゃんは神の子であり神と一体、すべてを見抜く神——神探偵だ。シモン・ペトロとぼくが名乗って礼を言うと、その若い男も屈託《くったく》のない笑顔で答えた。

「ぼくはマルコ。ぼくも、あなたたちの先生《ラビ》に弟子入りしたいです」

III

マルコの家の2階――高間は、百数十人が入れるほどの大広間だった。1階にはいくつもの部屋があり、イエスお兄ちゃんとぼくたち12使徒全員が泊まることができた。

「稀《まれ》に見る大金持ちらしいな、この家は。なにかあくどい商売でもしているのか」

そう言ったのは「偏屈屋マタイ」だ。イスカリオテのユダが彼をたしなめた。

「マタイ、そんなことを言うものじゃないですよ。お金を稼ぐのも才能ですから」

微笑するユダの目は、あやしく輝いている。マタイは以前、ローマ帝国の取税人をしていたし、ユダは現在のぼくらの会計係。お金に細かいはずのふたりの姿勢は対照的だ。お金に懲《こ》りた感じのマタイに対して、ユダは、強く執着《しゅうちゃく》している感じがする。

「さっきの若者の母親は未亡人《やもめ》なんだろう？　宿泊料を請求されるかもしれないな」

トマスは、あいかわらず疑り深い。バルトロマイが「他人の厚意は素直に受け止めるものだぞ」と彼を注意したけれど、ほかのみんなはトマスの疑いは聞き流していた。

「しかし、これだけの豪邸だと、別の家に泊まっている連中も呼べそうだな」

両手で髪を後ろへ撫《な》でつけながら、そう言ったのはヤコブ兄貴だった。まだ合流していないけれど、ヤコブ兄貴とぼくの母サロメやマリアおばさんは、ほかの弟子たちといっしょに、きょうエルサレムに入って、どこかの家に泊まっているはずだった。

「先生《ラビ》、だれかをマリアお母さんたちのところへ知らせに行かせましょうか」

アンデレが尋ねると、こういうときに伝令役を買って出ることの多いフィリポと小ヤコブが相次いで腰を浮かしたが、イエスお兄ちゃんは手を振って制止した。

「いや、それには及ばない。過越の食事は、人の子と12使徒だけのほうが良い」

裕福なマルコが過越の食事を用意してくれるとのことで、師の教えどおり、われわれは彼の善意に甘えた。陽が沈むと、使用人たちが、われわれの食事の準備を始めた。


千数百年まえ、エジプトで奴隷として大王《ファラオ》に仕えていたぼくたちの祖先は、神に導かれた預言者モーセに率《ひき》いられて脱出した。そのとき、神がエジプトじゅうに送った死の災厄《さいやく》がユダヤ人だけを通り過ぎたことを記念する過越の祭りでは、焼いた小羊と酵母《こうぼ》の入っていない種なしパン《マッツァー》に苦菜《にがな》を添えた食事をするように、聖なる巻物《タナハ》は命じている。

毎年ニサンの月の14日の日没後におこなわれる食事が「過越の祭り」で、その後の1週間は種なしパン《マッツァー》を食べ続ける「種なしパン《マッツァー》の祭り」と本来は呼ばれていたけれど、いちいち呼び分けるのが面倒なので、ふたつ合わせて「過越の祭り」と呼ぶことも多い。

ユダヤ人の慣習として、ぼくたちは布を敷いた床に全員で寝そべり、皿に盛られた料理を食べ、ぶどう酒を飲んだ。最初のうち、ぼくたちは、いつものように楽しく話していたから、目のまえにいる師が十字架につけられるという預言を忘れそうなほどだった。

食事が進むと、イエスお兄ちゃんは急に神妙な顔になり、ぼくたちに言った。

「人の子は、苦しみを受けるまえに、あなたたちとこうして過越の食事をすることを、どれだけ望んでいたことか。はっきり言っておく。これよりのち、過越が神の国で成就するまで、人の子はもう二度と過越の食事をすることも、ぶどう酒を飲むこともない」

師の宣言に、ぼくたちは絶句した。過越の食事は年に1度だけれど、ぶどう酒は、ほぼ毎日飲む。それをもう飲まないということは、まるで明日が来ないように聞こえる。

イエスお兄ちゃんは種なしパン《マッツァー》を手に取り、それを斜め頭上に掲《かか》げて天の父に感謝すると、少しずつ裂いて、ぼくたち弟子ひとりひとりにそれを与えながら言った。

「このパンは、あなたがたのために与えられる、わたしの霊体《からだ》である。これからも、わたしの記念として、いつまでもこのように、おこない続けなさい」

次に、ぶどう酒の入った杯《さかずき》を斜め頭上に掲げると、師はこう言った。

「この杯は、あなたたちのために流される、わたしの契約の血である。パンを食べ、ぶどう酒を飲むとき、あなたたちは、いつもこのことを思い出しなさい」

ぼくたちは、わけがわからずに、ただ首を傾げるばかりだった。そして、師の次のことばで、ぼくたち12使徒全員が、さらに大きな混乱に陥《おちい》った。

「はっきり言っておく。あなたたちのひとりが、わたしを裏切ろうとしている」

師が未来を予知できることをぼくたちは知っている。でも、その預言は、さすがにすぐに信じられなかった。苦楽をともにしてきた12使徒に裏切り者がいるなんて――。

「先生《ラビ》、そんなことが起きたら、事件ですぜ。ありえないです」

抗議するようにシモン・ペトロが言うと、ヤコブ兄貴も激しく同意する。

「そうだぜ、イエス兄《あん》ちゃん。裏切る奴なら、兄ちゃんは使徒に選ばないだろう」

「いや……言われてみれば、何人か、あやしい奴がいるんじゃないか？」

疑り深い目で他の使徒を見回すトマスに、「偏屈屋マタイ」があきれたように言う。

「いちばんあやしいのは、おまえだ！　他人をあやしいという奴があやしい」

「そうだ。他人を疑うより、自分の潔白を主張すれば良い。オレは師を裏切らない」

バルトロマイが毅然《きぜん》として言うと、他の者も「わたしも」「ぼくも」と声が重なる。

そうした混乱の中、イエスお兄ちゃんがイスカリオテのユダに声をかけた。

「ユダ、人の子は、あなたの用事を引き止めない。行きたければ、行きなさい」

名ざしされたユダは、「先生《ラビ》、よろしいのですか？」と、微笑を浮かべて聞き返す。イエスお兄ちゃんがうなずくと、ユダは「それでは皆さん、ぼくは少しのあいだ、失礼します」と、いつになく上機嫌な笑顔を振りまきながら、どこかへ出て行った。

かなり大事な話をしていたところなのに、ユダは会計係なので、必要なものでも買いに行ったのかな？　少なくとも、あれだけ満面の笑みで出て行った男が裏切り者ということはないだろう。それに、師が裏切り者をあえて野放しにするとは考えられない。

「他人の心のうちは、わからぬものだ。たとえ兄弟であっても……」

しみじみ言う熱心党のシモンは、弟バラバのことを言ってるのだろう。

みんなの混乱が少し鎮《しず》まると、師はぼくたちを見回し、いつものように言った。

「はっきり言っておく。どれだけふしぎに見える事件も、神探偵にとっては謎ではない。神探偵の目に映るのは真実のみ。人の子は、12使徒のひとりがなぜ裏切ろうとしているか、当然、知っている。そして、人の子は、すでに事件を解決している」

12使徒のひとりが裏切る事件が起きるなんて、信じたくない。でも、たとえそれが現実になるとしても、師が神探偵として事件を解決してくれているのは心強かった。

12使徒のだれが、どのように裏切るのかわからないけれど、キリストに選ばれた12使徒の仲間にぼくは愛着があるから、できるだけ穏便に解決してほしいな。


ユダと入れ違いに様子を見に来たマルコを、イエスお兄ちゃんは呼び止めた。

「マルコ、たらいに水を入れて、持ってきてほしい。手ぬぐいも頼む」

頼まれたものをマルコが持参すると、イエスお兄ちゃんは立ち上がって上着を脱ぎ、手ぬぐいを腰に巻きつけた。そして、「ヨハネ、来なさい」と、ぼくを手招きした。

「イエスお兄ちゃん……なにをするの？　ええっ⁉　そんな、まさか――」

ぼくがお兄ちゃんに歩み寄ると、あろうことか、師はぼくの足をたらいの水で丁寧に洗い、手ぬぐいで拭《ふ》いてくれた。これは本来は奴隷が主人から命じられる仕事だ。

イエスお兄ちゃんは、ぼくの次にヤコブ兄貴、その次にアンデレの足を洗った。次はシモン・ペトロの番だったが、彼は両手と首を激しく振って、拒絶の意思を示した。

「主《しゅ》よ、わたしの汚い足を洗っていただくなど、畏《おそ》れ多いです。やめてください」

イエスお兄ちゃんは、表情を険しくして、厳しい瞳で彼を見つめた。

「人の子が洗うのを拒むなら、あなたと人の子は、もはやなんの関係もない」

師のことばに、シモン・ペトロは慌てて、さらに激しく両手と首を振った。

「そ、それは困ります！　主よ、どうせなら、手とあたまも洗ってください！」

シモン・ペトロは、あいかわらずのお調子者だ。師は、顔をほころばせた。

「足を洗えば、全身が清くなる。あなたたちは清いが、全員が清いわけではない。師であるわたしが、あなたがたの足を洗ったのだ。これからは、あなたたちは互いの足を洗いなさい。そのように、自分を低くして隣人《りんじん》を愛することを、いつも忘れずにいなさい」

全員が清いわけではない——というのは、裏切り者のことだろうか？

過越の食事が終わると、イスカリオテのユダを除くぼくたち11使徒は、イエスお兄ちゃんに促《うなが》されてマルコの家を出て、エルサレムの東にあるオリーヴ山のぶどう搾りの園《ゲッセマネ》へ向かうことになった。そこは、ぼくたちがよく夜を過ごす場所なので、ユダもあとで合流するだろう。使徒ではないが、弟子に加わったマルコも同行することになった。

「わが神、わが神、どうしてわたしをお見捨てになったのですか……」

夜道を歩きながらイエスお兄ちゃんが突然、歌い始めたので、ぼくたちは驚いた。それは聖なる巻物《タナハ》の詩編のひとつで、ユダヤ人は子どものころから暗唱《あんしょう》している。ぼくたちは、いつものようにひどい音程で、師の美声に合わせて、いっしょに歌った。

「なぜわたしを遠く離れ、救おうとせず、呻《うめ》きを聞いてくださらないのですか……」

師が十字架につけられる預言のことを思い出すと、それは、十字架上で苦しむ罪びとから神への恨み節のようにも思える。でも、この歌は途中から神への賛美に変わる。ぼくは歌いながら、師のことを連想する歌詞の部分を、特に強く意識した。

わたしを見る者は皆　わたしを嘲笑《あざわら》い　くちびるを突き出し　あたまを振る
「主に頼んで救ってもらえば良い。主が愛しておられるなら、助けてくれるだろう」
母の胎内《たいない》にあるときから　あなたは　わたしの神
わたしを遠く離れないでください

苦難が近づき　わたしを助けてくれる者はいないのです
わたしの肉体《からだ》を　彼らは　さらしものにして眺め
わたしの着物を分け　衣《ころも》を取ろうとして　クジを引く

主よ　あなただけは　わたしを遠く離れないでください
わたしのちからの源《みなもと》である神よ　いますぐに　わたしを助けてください

わたしは兄弟たちにみ名を語り伝え　集会であなたを賛美します
主を畏《おそ》れる人々よ　主を賛美せよ

主は貧しい人の苦しみを　決して侮《あなど》らず　蔑《さげす》まれません
み顔を隠すことなく　助けを求める者の叫びを聞いてくださいます

地の果てまで　すべての人が主を認め　み元に立ち帰り
諸国の民が　み前にひれ伏しますように

わたしの魂《たましい》は必ずいのちを得て

わたしの子たちは神に仕《つか》え　主のことを世々《よよ》に語り継ぎ
成し遂《と》げてくださったみわざを　末代まで知らせるでしょう

冒頭は絶望的な嘆きから始まるこの詩編は、最後には神への賛美で終わる。それこそがこの詩編の主題だ。イエスお兄ちゃんがあえていま、これを歌ったのは、十字架につけられる未来を回避できる希望を込めているのかな。そんなふうに、ぼくは期待する。

詩編を歌い終わるころにはオリーヴ山に近づき、ぶどう搾りの園《ゲッセマネ》が見えてきた。そこで、イエスお兄ちゃんは、ぼくたち11使徒とマルコを見回して、言った。

「あなたたちの全員が、今夜、わたしのために、つまずく。聖なる巻物《タナハ》に『わたしが羊飼いを打つ。すると、羊の群れは散り散りになる』と書いてあるとおりだ」

イエスお兄ちゃんは、先ほど過越の食事のときは「あなたたちのひとりが、わたしを裏切ろうとしている」と言っていたのに、今度は、ぼくたち全員がつまずくという。どういうことなんだ？　ぼくたちが困惑する中、シモン・ペトロがまえへ出て言った。

「主よ、安心してください。今夜なにかの事件が起きて、たとえ、ここにいる者たちが全員、先生《ラビ》のためにつまずいたとしても、オレだけは決してつまずきませんぜ！」

そのことばに、ヤコブ兄貴は両手で髪を後ろへ撫でつけながら反発した。

「おい、ちょっと待て、ペトロ。おまえだけじゃねーぞ。オレたちだってそうだぜ」

ぼくも「そうだ！」とヤコブ兄貴に同意し、ほかの者たちもそれに続いた。

イエスお兄ちゃんはペトロのほうを見て、悲しそうな口調でペトロに言った。

「ペトロ、はっきり言っておく。今夜、鶏《にわとり》が鳴くまえに、あなたは3度、わたしのことを知らないと言うだろう」

その預言の具体的な内容に、ぼくたちは驚いた。

鶏は夜明けだけでなく、夜中に鳴くこともある。鶏が鳴くまでにペトロが師を3度も否定する状況というのは、まったく思いつかず、信じられなかった。

「たとえ殺されそうになっても、あなたを知らないなんて死んでも言いません！」

背筋を伸ばして宣言するシモン・ペトロの声は、自信に満ちあふれていた。

ぼくらも自分たちを鼓舞《こぶ》するように「そうだ！」と、彼に同意する。

だけど、ぼくらを見つめる師の瞳がとても悲しげだったから、不安になった。


それからイエスお兄ちゃんは、シモン・ペトロ、ヤコブ兄貴、ぼくの3人だけを連れて、ぶどう搾りの園《ゲツセマネ》へ入った。ほかの8使徒とマルコは、園の外で待っていた。

園の中を歩きながら、師は、いままで聞いたことのない悲痛な声で言った。

「わたしは悲しみのあまり、いまにも死にそうなほどだ。あなたたちは、この場所にとどまり、わたしといっしょに目をさましていなさい」

園の木の下にぼくたち3人を待機させると、イエスお兄ちゃんは石を投げると届くほどの距離まで離れ、地面にひれ伏して、激しく祈り始めた。

「天の父よ、できることなら、この苦難の杯を、わたしから取り去ってください。ですが、わたしの願いよりも、あなたのみ心《こころ》のままに、なさってください」

師は、いつも「隠れた場所で祈りなさい」と、ぼくたちに教えてくれた。実際、イエスお兄ちゃんは夜中にひとりで祈っていることが多いようだから、その場面を目撃することは滅多にない。師がこんなにも必死で祈る姿を、ぼくは初めて見た。そして、ふつうの人間が見てはいけないものを見てしまったような後ろめたさに、ぼくは襲われた。

——イエスお兄ちゃんは神と一体なのに、どうして神に祈るんだろう?

そんな疑問もあった。無意識がその異様な光景を見ることを拒んだのか、ぼくはいつの間にか寝てしまった。ぼくが師に揺り起こされたとき、ほかのふたりも起こされていたので、彼らも寝ていたようだ。ぼくたちに語りかける師の声は、さらに悲しさを増した。

「あなたたちは、ほんの短い時間すら、目をさましていられないのか。誘惑に陥らないように、目をさまして祈りなさい。心は燃えていても、肉体《からだ》は弱いのだから」

そう言ってイエスお兄ちゃんが離れて行くと、自覚していないあいだに意識が飛んで、ふたたび師に起こされた。自分がまた寝てしまったことに、ぼくは驚いた。今度は起きているつもりだったのに、なぜか寝てしまった。もしや、これは悪霊のちからなのか？　今度こそ絶対に起きてるぞ！　ぼくはそう決意して拳《こぶし》を強く握っていたのに、みたび寝てしまった。ぼくだけじゃない。３人とも３回連続で寝てしまうなんて異常だ。

「イエスお兄ちゃん、ぼくたちは悪霊に憑《つ》かれているの……？」

師は質問には答えず、覚悟を決めた顔で、園の入口を指差した。

「ときは来た。見よ――。人の子は、罪びとたちの手に渡される」


ぶどう搾りの園《ゲツセマネ》の外で待機していた8使徒とマルコが、慌てた様子で駆けてくる。

「先生《ラビ》、大変です！　武器を手にした一団が、こっちに向かってきます！」

アンデレがそう報告したときには、すでに、その集団は近くまで来ていた。

たいまつを手にした兵士たちの先頭を歩いているのは……イスカリオテのユダ！

「おいっ、なんでユダが兵士を連れているんだ？」

両手で髪を後ろへ撫でつけ、ヤコブ兄貴が言った。

「裏切り者は、おまえだったのか！　――ユダ！」

バルトロマイが叫ぶと、となりにいたユダ・タダイが困った顔になる。もちろん、バルトロマイがイスカリオテのユダに叫んだのは視線でわかるが、確かに紛《まぎ》らわしい。

ものものしい気配で、ぼくの眠けは、もう完全に消え去っていた。

「こうなることを承知の上で、わたしを行かせたのですよね、先生《ラビ》？」

イスカリオテのユダは笑顔でそう言うと師に歩み寄り、その頬《ほお》にくちづけした。

「合図のくちづけだ！　あの男がナザレのイエスだ！　捕《と》らえろ！」

兵士長らしき男が部下たちに命じると、剣や槍《やり》を手にした兵士の一団が、イエスお兄ちゃんを取り囲んだ。しかし、それでも、師は、あくまでも冷静だった。

「捕らえるが良い。預言を成就させるために、わたしは捕まらねばならない――」

そこで、兵士長が近くにいるぼくたちを見回し、兵士たちに叫んだ。

「ここにいる弟子の奴らも全員、捕らえろ！　ひとりも逃《の》がしてはならん！」

兵士たちの目がぼくらへ向けられると、だれからともなく「うわー！」と叫び声をあげて、ユダを除くぼくたち11人の使徒とマルコは、師を置いて散り散りに逃げ出した。

少し離れたところでふり返ると、マルコがひとりの兵士に腕をつかまれたところで、ぼくは足を止めた。マルコが捕まるなら、ぼくたちはマルコの家には帰れなくなる。

でも、マルコは大声でわめきながら上半身を激しく動かし、兵士がつかんでいる服はそのまま脱ぎ捨て、裸で逃げ出した。それを見届けて、ぼくも逆方向へ逃げた。

ようやく罪悪感が湧いてきたのは、安全なところまで辿りついたあとだった。

師のことばを思い出しながら、ぼくは両手であたまを抱え、首を振った。

「あなたたちの全員が、今夜、わたしのために、つまずく。聖なる巻物《タナハ》に『わたしが羊飼いを打つ。すると、羊の群れは散り散りになる』と書いてあるとおりだ」

また預言が成就してしまった……。ということは、十字架の預言も――。

Ⅳ

ぼくたちは全員、別の方向に逃げたので、ほかの連中がどうしているか、わからない。だけど、みんな、最終的にはマルコの家で合流できるはずだ。

イエスお兄ちゃんは兵士に捕まってしまった。このまま事態が進行すれば、師が十字架につけられる預言も、きっと実現してしまうに違いない。どうすればいいだろう？

ぼくは、イエスお兄ちゃんが、まずどこへ連れて行かれるのかを考えた。兵士を派遣《はけん》したのは、あまり利害関係のない総督ポンティオ・ピラトではなく、大祭司カイアファや律法学者たちのはずだ。イエスお兄ちゃんが、まず大祭司の家へ連行されるなら……。

以前、師が神探偵として解決した事件で、ぼくは、デボラという名前の女と知り合った。デボラは大祭司の官邸の門番で、なおかつ、自分のいのちを救ってくれた神探偵イエス・キリストに感謝していたから、顔見知りのぼくを中へ入れてくれるかもしれない。

エルサレムの城内に戻り、大祭司の官邸へ向かうと、近くに潜んで官邸のほうを窺《うかが》っている人影があった。それはシモン・ペトロで、肩を叩くと、彼は声を潜《ひそ》めて怒った。

「なんだ、ヨハネか……。びっくりさせるなよ……兵士が来たのかと思ったぜ」

「大祭司の官邸に入れるかもしれない。助け出すのは難しそうだけど――」

遠くのほうで、兵士に囲まれた師が大祭司の官邸に入って行くのが見えた。

ぼくたちは時間をおいて忍び足で門に近づき、近くにいたデボラに声をかけた。

「……まあ！　あなたは、いつぞやの――。どうしたの、こんなときに？」

「きみを助けた神探偵イエス様が心配なんだ。中へ入れてくれないか」

デボラはぼくを見てうなずきながら、シモン・ペトロをけげんそうに見た。

「そちらのあなたも、たしか神探偵イエス様のお弟子さんだったかしら？」

シモン・ペトロは動揺したように首と手を振り、なぜか否定した。

「いや……。オレは、こ――こいつの友だちで、ただついて来ただけだ」

中へ入りながら、ぼくはシモン・ペトロに小声で聞いた。

「ペトロ、なんでイエス様の弟子であることを隠したの？」

「うーん……。バレたらオレも捕まるかな、と怖くなってな」

「どちらにしても、バレたら捕まるのに――」

大祭司の官邸の中庭には、多くの人が集まっていた。いくつものかがり火が置かれ、中心に立っているのがイエスお兄ちゃんだ。師の向かいにいるのが、現在のユダヤ教の最高権力者である大祭司カイアファ、そして、そのとなりには、かつて長らく大祭司の地位にあり、いまでも大祭司と呼ばれているカイアファの舅《しゅうと》アンナスもいる。どうやら、ふたりの大祭司が、イエスお兄ちゃんを冒瀆《ぼうとく》の容疑で尋問《じんもん》しているところらしい。

律法学者たちの人混みに紛れて、ぼくたちが様子を窺っていると、ひとりの男が、かがり火に照らされたシモン・ペトロの横顔を見て、ふと気づいたように言った。

「おい、あんた。ナザレのイエスの弟子のひとりじゃないか？」

シモン・ペトロは「なんのこった？　知らねぇな」と首を振り、暗がりに移動した。そして、しばらくすると、周囲を歩いていた兵士のひとりが、シモン・ペトロに言った。

「おまえ、ナザレのイエスといっしょにぶどう搾りの園《ゲツセマネ》にいた者ではないか？」

シモン・ペトロは緊張した声と顔で、必死になって言った。

「そんな男を知っていたら呪《のろ》われても良いが、知らねぇものは知らねぇよ！」

兵士は疑うように彼の顔を覗き込んだが、急に大きくなった大祭司たちの怒声に注意を奪われて、そちらの様子を見るために、ぼくたちのところを離れて行った。

「ヨハネ、もう無理だ。オレは先に出てるぞ――」

小声で耳打ちをすると、シモン・ペトロは早足で官邸の外へ出た。邸内にとどまると次はぼくが気づかれるかもしれないので、ぼくも彼に続いて外へ出た。

ちょうど官邸の外へ出たところで、鶏が鳴く声が聞こえた。

シモン・ペトロはびくっとして立ち止まり、ぼくを見て、目から涙をあふれさせた。

「ヨハネ……ああっ、なんてことだ。オレは先生《ラビ》を3度も否定してしまった……」

そのとき、ぼくも師が今夜、預言していたことばを思い出した。

「ペトロ、はっきり言っておく。今夜、鶏が鳴くまえに、あなたは3度、わたしのことを知らないと言うだろう」

シモン・ペトロは、ぼくの両肩を両手で強くつかみ、彼のあたまをぼくの胸に押しつけると、必死で声を殺しながら、悲しみに満ちた涙声を、少しずつ絞り出した。

「なぁ、ヨハネ……オレは、どうしたらいいかなぁ……なにがイエス様の一番弟子だよ……オレは最低の裏切り者だよ……ユダを責める資格なんてねぇよ……」

そこまで弱音を吐く彼は初めてで、ぼくも悲しくなって目がしらが熱くなる。

「ペトロ、ぼくだってそうさ……あんなに愛してくれた師を……裏切ったんだよ……」

ぼくは涙で煙《けぶ》る夜空を見上げながら、嗚咽《おえつ》をもらした。

「イエスお兄ぢゃん、ごめんなざい……ぼくだちは人間の屑《くず》でず……」

V

シモン・ペトロとぼくがマルコの家に帰ると、イスカリオテのユダを除くほかの9使徒全員がそこに集まっていた。彼らは、うなだれて戻ったぼくたちふたりを無言で出迎えた。しばらくのあいだ、会話はなかった。沈黙を破ったのは、ヤコブ兄貴だった。

「あー、オレはなんで兄《あん》ちゃんを置いて逃げちまったんだ！　信じられねー！」

床にあぐらをかいている兄貴は、両手で髪を後ろへ撫でつけたまま叫んだ。

「オレも自分が信じられない……オレたちは悪霊に憑かれていたのか……」

そう言ったのは、腕組みをして壁にもたれて立つバルトロマイだった。そのとなりの壁際に座っているアンデレは、右手の拳をアゴを載《の》せて、つらそうにことばを吐いた。

「先生《ラビ》の預言どおりだ。先生《ラビ》は、すべてをご存じだったのだ……」

シモン・ペトロは、部屋の中央で両手を開いて、みんなに問いかけた。

「なぁ、なんとか助け出せねーか。先生《ラビ》を――『囚われのキリスト』を……」

囚われのキリスト――ということばから、ぼくは、かつてマグダラで逮捕された偽《にせ》キリストのイエスを思い出した。あの男は牢獄で悪魔サタンに憑かれ、「悪の王」バラバを自称するようになった。イエスお兄ちゃんの逮捕を聞いたら、バラバは高笑いするだろう。

ぼくは洗礼者ヨハネの最期を思い出しながら、みんなに意見を述べた。

「先生《ラビ》がそう望むなら、逃げられると思う。でも……師は、捕まって十字架につけられる未来を受け入れていた。預言どおりになってしまうのかもしれない……」

重苦しい空気が室内を支配し、ぼくたちは、また黙り込んだ。

ぶどう搾りの園《ゲツセマネ》で師が懸命に祈っていた夜中、シモン・ペトロ、ヤコブ兄貴、ぼくの3人は3回眠ってしまった。同じ時間帯に、ほかの8使徒は一度も起きずに熟睡していたというから、やはり、ぼくたち11使徒は悪霊に支配されていたのだろう。師を捨てて逃げた言い訳になってしまうけれど、全員が寝てしまうなんて、ふつうじゃありえない。

たっぷり寝たことに加えて、師が捕らえられ、これから十字架につけられるかもしれないと考えると、いまは眠けなど微塵《みじん》もない。園で寝たことが信じられないほどだ。

自分たちがなにをすれば良いかわからず沈黙の中で苦悩していると、時間の経過は遅かった。ようやく朝になったとき、ふだんあまり会うことのない、エルサレムに住んでいる弟子仲間のミカがマルコの家までやって来て、驚きの知らせをもたらした。

「イスカリオテのユダが、首を吊って自殺した――!?」

ミカの報告を受けて、ぼくたちは耳を疑い、くわしい事情を彼に聞いた。

イスカリオテのユダは昨夜、奴隷ひとりの値段である銀貨30枚で師の身柄を大祭司たちに売り渡した。ユダは師が処刑されるとは思っていなかったらしい。逮捕された師が処刑されそうだとわかるとユダは後悔し、大祭司に銀貨を返そうとしたが受け取られなかった。神殿にその銀貨を投げ入れると、ユダは木の枝で首を吊ってしまったという。昨夜、笑顔で師を裏切ったあの男が、あっけなく自殺したというのは、ふしぎだった。

「なんて身勝手な男だ！　あいつの愚かな行動のせいで、イエス様が……」

正義感の強いバルトロマイは、両手を握り、怒りに震えている。

「でも、ぼくたちも……逃げ出しちゃったから……」

フィリポが、ぼそっとつぶやくと、ぼくたちは、ことばに詰まった。

イスカリオテのユダの裏切りはゆるせないが、逮捕された師をひとり残して逃げ出したぼくたち全員も、責められるべき立場なのは間違いない。耳が痛かった。

イエスお兄ちゃんは神探偵として、12使徒のひとりが裏切る事件は、すでに解決済みだと言っていた。師がイスカリオテのユダに行動の自由を与えたことで裏切りは実現するが、ユダは犯人である自分を裁く結末になる――という意味だったのだろうか？

裏切りを阻止する選択肢はなかったのだろうか、と、つい考えてしまう。でも、イエスお兄ちゃんの教えによれば、神は人間の自由意志を尊重するという。師はユダに、裏切る自由も裏切らない自由も与えていた。神を裏切ったのは、ユダ自身の判断だ。

イスカリオテのユダは、いつも笑顔で、会計係としては有能で、若い女弟子や男の後輩弟子から人気があったけれど、ぼくはいつも彼を得体の知れない男だと感じていた。

ユダが死んでしまったいま、彼がなにを考えていたのかは、永遠の謎だ。

弟子仲間の報告によると、これまで「ナザレのイエス」をキリストとして支持してきたエルサレムのユダヤ人たちは、イエスお兄ちゃんが大祭司たちに捕まると、「本物のキリストなら捕まったはずがない！　奴は偽者だったんだ！」と、てのひらを返し、「偽《いつわ》りのキリスト」の処刑を求めて総督ポンティオ・ピラトの官邸に押しかけているらしい。

ぼくたちは、すぐさまマルコの家を飛び出し、アントニア要塞の近くにあるピラトの官邸へ向かった。官邸に近づくにつれて、あたりは無数のユダヤ人で埋め尽くされていて、ぼくたちは離れ離れになった。固まっていると逮捕されるかもしれないので、かえって好都合だ。ピラトの官邸の中庭を埋め尽くす群衆のただ中、ぼくたちは、無数の人のあたま越しに、少し高い場所にあるバルコニーを見上げ、信じられない光景に遭遇した。

バルコニーの中央に立つピラトの両側に、イ、イ、イエスお兄ちゃんとバ、バ、バラバがいる！

ふたりとも両手首と腰に縄をつけられ、兵士たちに囲まれていた。

中庭を埋め尽くしているぼくたちユダヤ人へ、ピラトは大声で問いかけた。

「おまえたちの過越の祭りがおこなわれるこの時期、帝国の総督がユダヤ人の囚人ひとりに恩赦《おんしゃ》を与えることがならわしだ。おまえたちが釈放してほしいのは『ユダヤ人の王』を僭称《せんしょう》したイエスか、それとも、残忍な犯行で知られた『悪の王』バラバか？」

群衆の中から、大祭司カイアファや律法学者たちの声が聞こえた。

「良いか、皆の者。キリストを騙《かた》ったあの詐欺師《さぎし》をゆるしてはならんぞ！」

ぼくたちの周囲のユダヤ人たちは拳《こぶし》を振り上げ、理性を失って叫び続けた。

「バラバを釈放しろ！　偽《にせ》キリストのイエスは十字架につけろ！」

群衆が自分を選んだのを知ると、バラバは勝ち誇ったように邪悪な憫笑《びんしょう》を浮かべ、イエスお兄ちゃんを蔑《さげす》みの目で見た。蛇のように狡猾《こうかつ》な目が、ぼくの記憶に焼きついた。


総督ポンティオ・ピラトは右手を水平に伸ばすと、兵士たちに命じた。

「ナザレのイエスをムチ打ちの刑に処したあとで、十字架につけて処刑せよ！」

そのことばは、ぼくからすべての希望を奪い去った。

ぼくは、ようやく悟った。バラバの釈放と逮捕がくり返された理由を。

バラバは、この日のために、あえて囚われたままでいたのだ。

キリストである師と違って、ぼくたちふつうの人間には、預言はできない。

だが、悪魔サタンに憑かれた悪の預言者バラバには、それが可能だった。

ぼくは、3年まえに逮捕されたときのバラバのことばを思い出した。


「これでいい……おまえたち、決して忘れるな！　悪の王バラバの名を！」

やっぱり……どうあっても、神や悪魔の預言は実現してしまうんだ……。

全身の気力が抜けて足もとがふらつき、ぼくは地面に膝をつきそうになった。
興奮した雄叫《おたけ》びを上げる群衆を背に、ぼくは人混みをかき分け、その場を去った。

Ⅵ

マルコの家へ戻る気にもならず、ぼくは足の向くまま、さまよった。

ぶどう搾りの園《ゲツセマネ》は、いまはだれもおらず、昨夜の騒ぎが嘘のようだった。過去のあのときに戻って、自分が逃げ出さない判断をしたとしても、ぼくに、なにかできただろうか……？　たぶん、師といっしょに捕まり、処刑されていただろう。

これから自分がどうすれば良いかわからず、ぼくは地面に座り、放心していた。

イエスお兄ちゃんは、バラバが釈放されることで、これから十字架につけられる。師が「十字架につけられる」と「バラバに殺される」というふたつの預言は、そのような形で成就してしまった。いまになって考えると、確かに、それしか可能性はない。でも、たとえ事前にわかっていても、あの群衆の狂気をぼくたち弟子が防ぐのは無理だった。

釈放されたバラバのことは、もうどうでも良かった。あの男は「愛の王を殺した悪の王」として、また手下を集めて、ローマ帝国に無謀な戦いを挑むのだろう。あの男が今後、なにをどうしたところで、それは、ぼくや仲間たちにはもう関係ないことだ。

ぼくたちが「愛の王」に託した人生の夢と希望は、完全に奪い去られた。生きる希望である師を失ったぼくたちは、それこそ路頭に迷う羊の群れでしかない。

永遠に感じられるほどの時間が過ぎ、太陽が真上に来るころに、不意に世界が暗くなり始めた。太陽が徐々に欠けていき、夜でもないのに、世界が真っ暗になった。

ぼくは急に怖くなり、イエスお兄ちゃんのことを考えた。

もしかして、イエスお兄ちゃんが処刑されたから、こんな現象が……？

世界が終わるような恐怖が強まり、ぼくは暗闇の中を、エルサレムへ引き返した。


真っ暗な城内に人けはない。みんながゴルゴタの処刑場へ行っているのか？

それとも、異常な天候を恐れて、家にこもっている人が多いのだろうか？

だれか来る――。向こうから走ってきたのは、弟子仲間のミカだ。きょうは、よく彼に会う。朝、イスカリオテのユダの自殺を知らせてくれたのも彼だった。

ミカはぼくと同じくらいの身長で、雰囲気も、ぼくに少し似ているかもしれない。暗闇の中で会うと、彼がもうひとりの自分であるかのような、変な感覚があった。

「ヨハネ、きみはゴルゴタの処刑場へ行ったの？」

「いや……行ってない。きみは行ってきたの⁉」

「先生《ラビ》は十字架につけられたよ。遠くから見て、いたたまれなくて帰ってきた」

その話を聞いただけで、ぼくの胸は痛んだ。でも、ぼくは逃げ出した卑怯《ひきょう》者《もの》だ。イエスお兄ちゃんの実際の痛みに比べれば、ぼくの想像の痛みなんて、なんでもない。

「……きみのほかに、ゴルゴタに、だれか弟子はいた？」

「男の弟子は、だれもいなかったよ。でも、マリアお母さんやきみたちのお母さん、それにマグダラのマリアたち女の弟子は、たくさんいた。女のほうが強いんだね」

マリアおばさんや、母サロメや、マグダラのマリアたちがゴルゴタに――？

女弟子たちは師が十字架につけられる場につき従ったというのに、ぼくたち12使徒は、だれひとり、そこに立ち会っていなかったなんて……なにが12使徒だ！

ぼくは自分たちの腑甲斐《ふがい》なさに怒りが湧いてきて、ゴルゴタへ駆け出した。


イエスお兄ちゃんが十字架につけられている姿なんて、見たくない……。

だけど、マリアお母さんや母サロメやマグダラのマリアたちが苦しみ続ける師に寄り添っているのに、いつまでも逃げ続ける卑怯者のままでいたくなかった。

エルサレムの門から外に出て、ゴルゴタの丘へ続く坂道を駆け上がった。

そこに近づくにつれて、少しずつ世界が明るくなり始めた。

曇っているけれど、雲の向こうに、ふたたび陽の光が戻ってきた。

そして、ぼくは、できれば見たくなかった光景を、ついに目にした。

群衆が取り囲む中、３つの十字架が立っている。

中央の十字架につけられているのは、イエスお兄ちゃん……。

師はあたまに、なぜか、いばらの冠をつけていて、ムチ打ちの傷で、顔と全身が血まみれだった。十字架の上部、師のあたまの少し上には、「ユダヤ人の王　ナザレのイエス」と、ヘブライ語、ラテン語、ギリシア語で書かれた罪標が取りつけられている。

師の左右には、見知らぬ罪びとがふたり、十字架につけられていた。


群衆のあいだを抜けて、ぼくは十字架の下まで、ゆっくり歩いて行った。

マグダラのマリアがぼくに気づいて、マリアおばさんと母サロメに声をかける。

いつも男まさりな母サロメが、見たことのないくらい悲しい顔をしている。

十字架の正面にぼくが立つと、マリアおばさんが、ぼくの手を握ってくれた。

「イエス……聞こえる？　ヨハネが来てくれたわよ！　彼を見てあげて！」

イエスお兄ちゃんの閉じていた目がうっすらと開き、ぼくを見た。

「ヨハネか……よく来てくれた……」

いつものちから強さはなく、消え入りそうなほどに、か細い声だった。

師は、ぼくとマリアおばさんを交互に見て、まず、マリアおばさんに言った。

「女の方……見なさい……そこに、あなたの……新しい息子がいます」

そして、イエスお兄ちゃんは、ぼくに言った。

「ヨハネよ……見なさい……そこに、あなたの……新しい母がいます」

涙を流しながら、ぼくはうなずき、マリアおばさんの手を強く握り返した。

「イエスお兄ちゃん、わかったよ！　マリアおばさん——いや、マリアお母さんは、これからは、ぼくが新しい息子として、いのち懸《が》けで守るよ！　約束する！」

師は満足そうに少しだけうなずくと、そのまま目を閉じ、動かなくなった。


「罪びとは、もう死んだか？　まだ死んでいなければ、脚を折れ！」

兵士長らしき男が命じると、甲冑《かっちゅう》姿《すがた》の兵士たちが数人ずつ左右の十字架に近づき、罪びとふたりの状態を確認した。彼らはまだ少し息があったらしく、兵士が左右から槍の柄の部分で罪びとの脚の骨を砕いた。罪びとたちの弱々しい呻き声は断末魔の苦悶に変わり、すぐに彼らは息絶えた。十字架刑では、罪びとがなかなか死ななかった場合、脚の骨を折る。すると、体重を支えられなくなった罪びとは、すぐに窒息《ちっそく》して死に至る。その残酷な処刑方法はとても不快で、師の脚が折られる場面なんて、ぼくは見たくなかった。

兵士たちが中央の十字架に近づき、十字架の左側に立つ兵士が言った。

「この男は、もう死んでいるようです。念のため、確認します」

その兵士が左下からイエスお兄ちゃんの脇腹を突き刺すと、水と血のようなものが飛び散り、マグダラのマリアが悲鳴を上げた。ぼくは思わず目を逸らしたが、マリアおばさんが息子を見つめ続けていたので、つらいけれど、師を見た。

「この男は完全に死んでいます。確認できました」

槍を抜いた兵士が言うと、兵士長は、うなずいた。

そのとき、突然、地面が激しく揺れ始め、群衆は悲鳴を上げて、しゃがみこんだ。

「地震だ！　こんな大きな地震は、いままで経験したことがないぞ！」

ゴルゴタの丘に地割れが生じるほどの大地震は、しばらく続き、揺れがおさまると、イエスお兄ちゃんの左右の十字架は地面に倒れ、師の十字架だけが、そこに立っていた。

雲間から射した西陽がその十字架を照らして、それは輝いているように見えた。

「この男を十字架につけると天から陽が消え、死と同時に地震が起きた……わたしたちが死なせてしまったこの男は、まさか……まことに神の子だったのか？」

畏怖《いふ》で動揺する声で兵士長がそう言うのを、ぼくは確かに聞いた。

Ⅶ

通常であれば、十字架刑で死んだ罪びとの遺体は放置して、朽ち果てさせる。でも、ユダヤ教の有力者である政治的な理由からキリストの弟子であることを隠していたアリマタヤのヨセフが総督ピラトに申し出て、イエスお兄ちゃんの遺体を埋葬《まいそう》できることになった。ぼくたちは十字架から下ろした師の遺体を亜麻布《あまぬの》に包み、アリマタヤのヨセフが所有する、近くの岩場をくり貫《ぬ》いた新しい墓に葬った。墓の入口には大きな岩が置かれた。遺体が盗まれないように、ふたりの兵士が墓のまえを警護することになった。

日没から次の日没までは安息日で、安息日が終わった次の朝、マグダラのマリアと数人の女弟子が師の遺体に防腐効果のある没薬《もつやく》を塗るために、墓へ向かった。すると、墓の入口にいた兵士ふたりは寝ていて、大きな岩が動かされ、墓の中は空《から》になっていた。

マグダラのマリアは、自殺したイスカリオテのユダを除くぼくたち11使徒に、すぐにそのことを知らせてくれた。マルコの家から真っ先に飛び出したシモン・ペトロとぼくは、競うように師の墓を目ざした。先に着いたのは、ぼくだった。墓の中に入ると、確かに遺体は消えていた。亜麻布だけが、脱ぎ捨てたように、そこに置かれていた。

「おい、ヨハネ……こいつは、どういうことだ？　先生《ラビ》の遺体は、どこに消えた？」

「わからないけれど、もしかしたら、また預言が成就するのかもしれない……」

師は「死後3日目に復活する」と預言した。きょうが、その3日目だ。


用事があって出かけていたトマスを除くぼくたち10使徒は、マルコの家の鍵のかかった部屋で先生《ラビ》の遺体消失について話していた。そのとき突然、部屋の中央にイエスお兄ちゃんが現れたので、ぼくたちは目を丸くして、あとずさるほど驚いた。

「そう警戒することはない。わたしである。あなたたちに平和があるように」

「イエスお兄ちゃん……？　ほんとに、お兄ちゃんなの……？」

師は十字架に打ちつけられた両手の釘《くぎ》の痕《あと》と、兵士に刺された脇腹を見せた。

「わたしは幽霊ではない。これは、決して滅びることのない栄光の霊体《からだ》だ。これらの傷は、いつでも癒せる。まだ傷を残しているのは、あなたたちのためだ。また会おう」

そう言うと、イエスお兄ちゃんの姿は虚空に消えてしまった。

外出先から帰ったトマスは、元々、「疑いのトマス」とアダ名されるほど疑り深い性格ということもあり、ぼくたちが復活した師を見たと言っても信じなかった。

「そんな話、信じられるわけないだろう！　仮に事実でも、それは悪霊だ。わたしは、師が目のまえに現れて、その傷口にわたしの指を入れない限り決して信じないぞ！」

その8日後、こんどは11使徒が部屋の中にそろっているときに、また師がぼくたちのただ中に突然、出現した。初めて目撃したトマスは、腰を抜かすほど狼狽《ろうばい》していた。

「トマス、なにを驚いている。あなたが望んだことだ。わたしの傷口に指を入れて確かめたいのなら、そうしなさい。信じない者ではなく、信じる者になりなさい」

トマスは感激のあまり号泣しながら、師の衣にすがりついた。

「ああっ、イエス様……。あなたは、わたしの主《しゅ》――わたしの神です」

そんなトマスの肩に手を置きながら、イエスお兄ちゃんは言った。

「あなたは、見たから信じたのか？　見ずに信じる者は幸《さいわ》いである」

そして、イエスお兄ちゃんは、ぼくのほうを見て言った。

「ヨハネ、あなたはまだ悟らないか？　わたしが脇腹の傷を見せたのは、なぜだ？」

それだけ言うと、イエスお兄ちゃんは、また消えてしまった。

「先生《ラビ》の脇腹の傷に、なにか意味があるのか？　ヨハネ、どういうことだ？」

ほかの10使徒に問いつめられたので、ぼくは必死で考えた。

イエスお兄ちゃんの脇腹の傷……兵士が槍で刺した傷……。

ぼくの耳元によみがえってきたのは、３年と数か月まえの師のことばだった。

「ときが来れば、あなたは、きょうのことを思い出す。ヨ、ハ、ネ、お、ぼ、え、て、お、く、の、だ」

あれは、洗礼者ヨハネの死の真相を知ったときに、師が言ったことばだ。

洗礼者ヨハネは、キリストのために道を備えるための存在を自任していた。
あの洗礼者の最期もまた、キリストの十字架での最期を示すものだった……!?
洗礼者ヨハネを殺害したのは、兵士に扮《ふん》したサタン（現在のバラバ）だった。
そして、あのとき［の声］――。

「この男は、もう死んでいるようです。念のため、確認します」
「この男は完全に死んでいます。確認できました」

あれはバラバの声だ！
兵士の顔は見ていないし、師が死んだ衝撃で、声の主《ぬし》など気にしなかった。
でも、いまになって冷静に思い出すと、あれは確かにバラバの声だった。
復活した師が脇腹の傷に注意喚起《かんき》してくれたことも、その事実を裏づけている。

かつてのマカイロスの砦での失敗と同じことを、ぼくは、くり返してしまった。
釈放されたばかりのバラバが、まさか兵士としてあそこにいるなんて……。
だけど、それは、ありえないことじゃない。
バラバは「洗礼者殺し」の事件で、囚人から兵士となった前例がある。

彼には悪魔サタンが味方していた。悪魔もまた神と同様に未来を知ることができるのなら、悪魔が助言するとおりに動けば、ふつうなら実現できないようなことでも実行できるのだろう。釈放されたバラバは事実、兵士として、あそこにいたのだから。

いや、重要なのは、そんなことじゃない！　なによりも重要なのは――。

イエスお兄ちゃんにとどめを刺したのはバラバだ、ということ。

バラバが釈放され、イエスお兄ちゃんは十字架につけられた。だから、バラバがイエスお兄ちゃんを間接的に殺したとも言える。でも、イエスお兄ちゃんは「バラバは人の子を殺すことに成功する」と明言した。あの兵士がバラバで、あのときまだイエスお兄ちゃんに息があったのなら、バラバはキリストを直接殺したのだ。槍で刺すことで――。

神と一体である人を殺すというのは、人類史上もっとも罪深い殺人だろう。

それを、あの「悪の王」は、だれにも気づかれずに、やってのけた。

もっとも、今後のバラバは、それを隠さないだろう。むしろそれを自分の人生最大の勲章として誇り、悪の手下を増やすのに利用することになるのだろうが……。

洗礼者ヨハネが殺されたときも、イエスお兄ちゃんは、その殺人を防がなかったけれど、犯人の正体を明らかにすることで事件を解決させた。今回も、それと同じだ。いや……今回違うのは、被害者のイエスお兄ちゃんが復活したことで、殺人自体が無効化された。

イエスお兄ちゃんを殺したバラバは、自分が勝ったと思っただろう。
でも、復活によってバラバが誇る「神殺し」は幻想となった。
最後に勝利したのは悪魔サタンじゃない——。
約束された、神の勝利だ。

Ⅷ

その後、ぼくは、大祭司の官邸で門番を務《つと》めるデボラに、バラバの消息《しょうそく》について探りを入れてもらった。デボラが大祭司を警護する兵士たちから情報を得て教えてくれたので、ある程度の事実は判明した。洗礼者ヨハネの事件と同じで、獄中にいるときから、バラバは大祭司たちと取り引きをして、イエスお兄ちゃんを確実に殺害する代わりに釈放されることになったらしい。死を確認するという名目《めいもく》でバラバがキリストに槍を刺したのは、十字架刑の囚人を処刑中に殺害することは帝国法で禁じられているからだそうだ。つまり、最後にバラバが兵士としてイエスお兄ちゃんを刺すことも予定されていた取り引きの一部であり、バラバの釈放劇そのものが、大祭司たちに仕組まれたものだったのだ。

バラバは兵士としてイエスお兄ちゃんを殺害したが、彼らの取り引きはそれで終わり、バラバは兵士を辞めて去った。その後の消息は、だれも知らないのだという。

大祭司の官邸の近くでデボラと話した夜、ぼくは、マルコの家に帰るまえにひとりで考えを整理したくて、またぶどう搾りの園《ゲッセマネ》にやって来た。師を置き去りにして逃げた重大な罪を思い出すと、自然にこの場所に足が向いてしまう。できることなら、あのときに戻って逃げない選択をしたい、という願望が心の奥底にあるのかもしれない。

師が必死で祈るのを見ていた場所に座ると、あのときと同じ感覚に襲われた。意識が急速に遠のいていき、ぼくは眠り――でも、本能的な危機感で目をさました。

意識を失っていたあいだに、ぼくの目のまえに立つ人影があった。

逆光になって、顔は見えない。でも、この気配は……。

「お目ざめか、坊や。師が捕らえられた場所で寝るとは、大した坊やだ」

「おまえは……バラバ！　いつの間に――」

ぼくは立ち上がり、後ろへ飛び退《の》いた。バラバの影は動かない。

「そう警戒するな。オレは坊やを気に入っているんだ。殺す気はない」

「イエスお兄ちゃんを殺しておいて、よくそんなことを！」

拳をふりかざしてぼくが罵声《ばせい》を放つと、バラバは楽しそうに笑った。

「おいおい、人聞きの悪い。キリスト様は復活したんじゃないのか？　もっとも、そう騒いでいるのは、おまえたち弟子だけで、ほかに見た者はいない。おまえたちが嘘を広めているのなら、オレは確かに、偽りのキリストを殺した犯人ということになるが――」

バラバに乗せられるのは嫌だ。でも、聞き流すわけにはいかない。

「イエスお兄ちゃんは、ほんとに復活した！　ぼくたちは何度も会っている」

「おまえたちが、そう信じてるのなら、それもいいだろう。だが、そのキリスト様は、これからおまえたちに、なにをしてくれるんだ？　死後の世界の希望を説《と》くだけか？」

そう言われると、ぼくには、良い反論が思いつかなかった。

しばらく黙っていると、バラバは、ぶきみなほど穏やかな声で語り始めた。

「オレは、王になりたいだけの幼稚《ようち》な男じゃない。オレには志《こころざし》がある。ローマ帝国を打倒し、ユダヤ人の同胞を救い出す大義がある。確かにオレは悪の限りを尽くしてきた。だが、殺人も強盗も、オレのおこなった悪事はすべて、いずれローマ帝国を倒すためだった。洗礼者とキリストを排除した背景に怨恨《えんこん》や嫉妬《しっと》があったことは認めるが、それだけじゃない。あいつらが説く甘っちょろい死後の希望にユダヤ人が酔っている限り、現世の革命は成就させられないからだ。暴力を否定する愛の王キリストには、ローマ帝国は永遠に倒せない。だが、オレは悪魔サタンのちからを使ってでも、必ず革命を実現させる」

演説するように両手を広げてそこまで言うと、バラバは、ぼくに向き直った。

「坊や、オレに従え。オレは必ずローマ帝国を打倒し、ユダヤ人の新たな王国をつくる。その新しい王国で、おまえを副王にしてやってもいい。好きなだけ贅沢三昧《ぜいたくざんまい》できるぞ。マグダラのマリアより魅力的な女を、おまえの妻にしてやれる。それこそ地上の天国だ」

悪魔の誘惑というものがあるとするなら、これがそうだろう。イエスお兄ちゃんのいままでの教えがなければ、ぼくは彼に従ったかもしれない。だけど、ぼくは首を振った。

「ぼくが従うのは、イエスお兄ちゃんだけだ。キリストは、いまも生きている」

ぼくの返答に失望したように、バラバは肩をすくめ、ため息をつく。

「マグダラのマリアも、熱心党のシモンも、ユダ・タダイも――おまえたちは、どうして、あの男を選ぶ？　オレの女も、兄も、手下も、みんながオレを裏切りやがる。おまえたちを現世で満足させてやれるのは愛の王じゃない。悪の王であるオレなんだぞ？」

「イエスお兄ちゃんがいつも言っていたとおりだよ。たとえ一時的に全世界を手に入れても、魂を喪《うしな》ったら、取り返すことはできない。それは永遠の滅びだ」

「そんなのは弱者の負け惜しみだ！　坊やも、ほかの連中と同じか。残念だ……」

バラバの声が初めて寂しそうに聞こえて、ぼくは罪悪感をおぼえた。「悪の王」を自称する男の底なしの深い孤独と、永遠の闇を思わせる虚無を、ぼくは感じた。

「バラバ、あんたの自由意志は否定しない。もうぼくたちに関わらないでくれ」

ぼくはバラバに背を向けた。以前のぼくなら、バラバに後ろから襲われる恐怖があったはずだ。でも、なぜかいまは、そんなことにはならない確信があった。

姿は見えないけれど、近くにイエスお兄ちゃんがいてくれる気がした。

マルコの家のまえで、マグダラのマリアが待っていた。

「ヨハネ、ずいぶん遅かったね。なにかあったんじゃないかと心配してた」

ほっとした彼女の笑顔を見ると、ぼくは正しい道を選んだ、と心から信じられた。

「ありがとう。デボラとの話が長くなったんだ。くわしくは中で話すよ」

声が聞こえたのか、いつも素敵なぼくの新しい母が、戸口から顔を覗かせた。

「ヨハネ、遅くまでおつかれさまでした。おかえりなさい」

マグダラのマリアといっしょに、ぼくは、みんなの待つ家へ入った。

「遅くなってごめんなさい。ただいま、マリアお母さん」

IX

……あのなつかしい日々は、70年もまえに起きたことなのだ。こうして文書に記していると、当時あったできごとが、昨日のことのように思い出されるからふしぎだ。

イエス様は、復活してから40日間のあいだに、わたしたち500人以上の弟子たちのまえに何度も姿を現し、最後はエルサレムのオリーヴ山から昇天した。

天に昇って消えるまえ、師は、わたしたちに命じた。

「あなたたちは、父と子の聖霊のみ名によって、この教えを地上のすべての人に伝えなさい。わたしは、この世界が滅び去る日まで、いつもあなたたちとともにいる」

そして、わたしたちの師は天に消えてしまった。

師が昇天した時点では、わたしたちは、師の教えの大部分をまだ理解できていなかった。だが、師が予告していたとおり、師の昇天の10日後にわたしたちに聖霊が注がれた「聖霊降臨《こうりん》」によって「教会」が誕生し、わたしたちは師の教えの真意を悟り始めた。師の教えを理解する上で、最初はわれわれを迫害《はくがい》していたパウロが回心して「異邦人の使徒」となり、聖霊に満たされて多くの教えを書き遺《のこ》したことは、特筆する必要がある。

聖なる巻物《タナハ》で預言されているとおり、キリストは確かに、最初は「ユダヤ人の王」となるために世《よ》に来られた。しかし、ユダヤ人が王であるキリストを認めなかったため、神の国（キリストの教え）はユダヤ人だけに限定せず全人類に開かれることも聖なる巻物《タナハ》には預言されているし、イエス様の教えの中でも、はっきりそう語られていた。

パウロが彼の書簡の中で詳細に解説しているが、イエス様があえて十字架につけられたのは、全人類の罪を贖《あがな》うためだった。確かに、そういう意味のことを師は教えの中で何度も語られていた。それらの印象的なことばを、わたしは改めて思い返す。


「多くの人の罪の贖いとして、自分のいのちを与えるために人の子は世に来た」

「わたしは善い羊飼いである。善い羊飼いは、羊のためには、いのちを捨てる」

「一粒の麦は、地に落ちて死ななければ一粒のままだ。死ねば多くの実を結ぶ」

「人が友のためにいのちを捨てる、という行動――これよりも大きな愛はない」


聖なる巻物《タナハ》の律法《トーラー》で規定されているとおり、わたしたちユダヤ人は、自分たちの犯した罪を贖うため――神にゆるしていただくために、生贄《いけにえ》の動物を捧げてきた。だが、動物による贖いは一時的かつ限定的なものであるため、イエス様は、神と一体であるその聖なる肉体《からだ》を完璧な生贄として捧げることで、全人類の罪をいったん贖ってくださったのだ。神がすべての時代の人類の罪をゆるし、新しい契約（新約）を締結《ていけつ》できるように――。

マルコの家での「最後の晩餐」において、主ご自身も、こうおっしゃっていた。


「この杯は、あなたたちのために流される、わたしの契約の血である」


かつて洗礼者ヨハネは、そのことを正確に述べていた。

「あの方を見よ。あの方は、世の罪を取り除く神の小羊」

神の小羊というのは、神でありながら神に捧げられる生贄、という意味である。


洗礼者ヨハネの死後、イエス様は、こうおっしゃった。

「すべての人が背負う罪のために、やがて人の子が死なねばならないときが来る」

アダムとイヴが神を裏切った結果、全人類が罪を背負ったことを聖なる巻物《タナハ》は教えている。生まれたての赤ん坊――いや、胎内の胎児ですら最初から罪を背負っている。

そのように罪を背負った人類が神と和解するために、イエス様は生贄となられた。

イエス様が死んだのは、過去と現在の人類のためだけではない。これから未来の時間に生まれてくる無数の末裔《まつえい》の罪のためにも、主は死んでくださったのだ。

だから、わたしは、あえて、このように言うこともできる。

イエス・キリストを殺したのは、過去と現在と未来の全人類である――と。

もしこの秘密の文書を読んでいる者がいるのなら、わたしは、あなたに言おう。イエス様は、あなたのためにも死んでくださった。あなたもイエス様を殺した犯人のひとりである、と。この文書を読むかどうかは、まったく重要ではない。この文書の読者であろうがなかろうが、過去と現在と未来の全人類が、ひとりの例外もなく犯人なのである。

最後に、その後のバラバのことを簡単に記しておこう。

洗礼者ヨハネとイエス・キリストを殺したバラバは「悪の王」として、ローマ帝国への反乱を幾度も実行した。その報復として帝国の大軍がエルサレムを包囲した。わたしたちキリスト者は主の預言を信じてエルサレムを脱出していたので無事だったが、あの荘厳な神殿もろとも、聖都エルサレムは壊滅させられ、多くのユダヤ人が大虐殺《だいぎゃくさつ》された。

バラバたちユダヤ人最後の抵抗勢力は、難攻不落のマサダの砦に立てこもったが、最後は迫り来る帝国軍に追いつめられる中で、全員が集団自決する悲劇を生んだ。

わたしがバラバとふたたび会うことはなかったが、伝え聞いた話から受ける印象として、晩年のバラバは悪魔サタンの守護を失っていたのでは、と思えてならない。

悪魔サタンが味方していたのは「悪の王」バラバだけではない。「心を持たない男」イスカリオテのユダ、「独裁《どくさい》の継承者」ヘロデ・アンティパス、「神を忘れた大祭司」カイアフア、「呪われた総督」ポンティオ・ピラト――イエス様に敵対した彼ら5人全員が、悪魔サタンの使い捨ての駒にすぎなかったことを、現在のわたしは、よく知っている。
バラバの悲惨な最期を思うと、悪魔が人間に味方することは決してないのだとわかる。悪魔は人間の欲望を刺激して誘惑し、悪の道へ走らせる。一時的な成功を悪魔が叶《かな》えることはあるが、最終的には人間を破滅させ魂を滅ぼすことこそ悪魔の目的なのだ。

バラバと対決した際、イエス様が次のように警告していたとおりだ。

「たとえ全世界を手に入れても、魂を喪えば、取り返すことはできない」


バラバの事件の結末をまずは書き記したが、イエス様が神探偵として解決された事件は、まだまだ書ききれないほど、たくさんある。わたしに残された時間がどれだけあるかわからないが、この文書を書くことが主にゆるされる限り、書き続けようと思う。

興味深いことに、神探偵であるイエス様が昇天されたあと、神探偵イエス・キリストほどではないものの、難しい事件を見事に解決した者たちは「神のごとき探偵」と称賛された。彼らはやがて単に「探偵」と呼ばれるようになり、その新しい用語が定着した。

この文書は、人類史における最初の「探偵」の、忘れ難《がた》い冒険譚《たん》である。

神探偵はただひとりだが、その栄光を受け継ぐ「探偵」たちは続々と出現している。

わたしは思う。

彼ら「探偵」も、神探偵が世を救うために派遣してくださった使徒たちだと。
ことばは神である。
悪魔は、人が信じることばを迷わせる。
ことばが迷えば「謎」が生じる。
その「謎」を解きほぐし、ことばの信仰を取り戻すのが彼ら「探偵」たちだ。
だから、わたしは天に帰られた主に、こう祈らずにはいられない。
これから生まれてくる、すべての時代の「探偵」たちに——。

神探偵イエス・キリストの祝福あれ！

TIPS

●ヨハネ・マルコの名でも知られる福音記者マルコの家の2階は「高間」と呼ばれ、「最後の晩餐」と、イエス・キリストの昇天後に120人の弟子たちに聖霊が降り注ぎキリスト教会が誕生した「聖霊降臨」の場所として知られています。マルコの家は初代教会の重要な拠点だったことが、福音記者ルカによる「使徒言行録」に記されています。

●イエス・キリストが、いわゆる「最後の晩餐」の最中に弟子たちの足を洗うエピソードは「ヨハネの福音書」だけが記録しています（13章2節から20節）。マタイ、マルコ、ルカの福音書では、イエスが十字架につけられる前夜（ユダヤ教では日没から1日が始まるので処刑当日）の「最後の晩餐」は過越の食事であったことが記されています。ところが、「ヨハネの福音書」18章28節ではユダヤ教の支配者たちが同じ日にまだ過越の食事を食べていないと明記されていることから、「最後の晩餐」は過越の食事ではなかったとする説もあります。現在のキリスト教会の多くの教派で聖職者が信徒の足を洗う「洗足式」は、この逸話が起源です。

●「マタイの福音書」27章46節と「マルコの福音書」15章34節には、イエスが十字架上で「わが神、わが神、どうしてわたしをお見捨てになったのですか」と言ったことが記されています。このことばはイエスから神への恨み節だと誤解されがちですが、旧約聖書の詩編22の神を讃える歌の冒頭部分です。ユダヤ人は詩編を幼いころから暗唱しているため、「わが神、わが神、どうしてわたしをお見捨てになったのですか」と聞けば、詩編22を連想し、それだけでイエスの神を讃える意図は伝わりました。

●「ヨハネの福音書」によると、ぶどう搾りの園《ゲッセマネ》に現れたイスカリオテのユダは、兵士たちを連れていました。マタイ、マルコ、ルカの福音書では、ユダは兵士ではなく、群衆を連れていたことになっていますが、いずれにしても、それは武装した集団でした。

●イエスが逮捕されるとき、捕まりそうになったので服を捨てて裸で逃げた青年の話が、「マルコの福音書」の14章51節から52節で出てきます。このエピソードはマルコだけが記していることから、裸で逃げた男は福音記者マルコ自身だと考えられています。

●「ヨハネの福音書」18章15節から16節によると、イエスが大祭司の官邸へ連行されたとき、シモン・ペトロと「もうひとりの弟子」は、「もうひとりの弟子」が大祭司の知り合いだったので、門番の女に言って中へ入れてもらったと記されています。福音記者ヨハネの記述スタイルから判断して、「もうひとりの弟子」はヨハネ自身だと考えられていますが、ヨハネと大祭司がどのように知り合いであったのかは記されていません。

●「マタイの福音書」27章5節によると、イスカリオテのユダは首を吊って死んだことになっていますが、「使徒言行録」1章18節によると、ユダは崖から落ちて全身が裂けて内臓が飛び出して死んだと記されています。ふたつの記述は矛盾するようですが、ユダが首を吊った枝がのちに折れ、遺体が崖から落ちたのだ、と説明する学者もいます。

●「マタイの福音書」27章45節、「マルコの福音書」15章33節、「ルカの福音書」23章44節には、イエス・キリストが十字架につけられた日の正午から午後3時まで日蝕《にっしょく》があったことが記されています。このことから、西暦30年4月7日金曜日のできごとだと特定できますが、天文現象の日蝕でなく超自然現象なら、別の日の可能性もあります。

● 「マタイの福音書」27章54節、「マルコの福音書」15章39節、「ルカの福音書」23章47節には、イエス・キリストが十字架上で死んだ直後に、「本当にこの人は神の子（あるいは、義《ただ》しい人）だった」と発言するローマ帝国の百人隊長の存在が記されています。この百人隊長は、「ヨハネの福音書」19章34節でイエスの死を確認するために槍で刺した兵士と同一視されるようになり、ロンギヌスという名前で知られるようになりました。ロンギヌスは回心してキリスト者となったとされ、キリスト教の聖人崇敬のある教派では聖ロンギヌスとして崇敬されています。ただし、「槍」を意味するギリシア語「ロンシュ」が人名と誤解されたもので、そもそもロンギヌスなど実在しないとする説もあります。

● 「ヨハネの福音書」19章34節によると、兵士のひとりが十字架上のイエスの脇腹を刺したとき、水と血が流れ出したことが記されています。のちに、この現象に神学的な解釈がされるようになりましたが、医学的には、この「水」とは肺の胸膜腔《きょうまくくう》あるいは心臓を囲む心膜嚢《しんまくのう》から出た透明な液体だとされます。兵士がイエスの脇腹を槍で刺したのは生死を確認するためで、その時点では生きている可能性がありました（同時に十字架につけられた、ほかのふたりは少なくともまだ生きていました）。つまり、イエスを実際に殺害したのは最後に槍で刺した兵士だ、という見方も可能です。

●ローマ帝国に反乱を起こしたユダヤ人を鎮圧するため、帝国軍はエルサレムを包囲し、壊滅させました。この第一次ユダヤ戦争で多くのユダヤ人が虐殺されました。また、戦争の終盤にマサダの砦に立てこもった最後の抵抗勢力は、帝国軍に包囲される中で全員が集団自決しました。これはユダヤ人の歴史に特筆される悲劇で、現代でも「ノー・モア・マサダ（マサダの悲劇をくり返すな）」ということばがあるほどです。

あとがき

筆者は、父方の祖母の代まで兵庫県にある西宮《にしのみや》神社の宮司の家系であった出自を意識して、30代のころから近所の神社に毎日お参りしていました。そんな自分がクリスチャンになるとは、かつては夢にも思っていませんでした。しかし、運命としか呼びようのない無数のお導きを経て2020年に洗礼を受けてカトリック信徒となった際、キリスト教系の幼稚園に通っていた自分のルーツを自覚しました。幼いころからずっと「神」に祈り続けてきて、それは神道の神だと思っていた時期が長かったものの、よく考えると筆者が続けていたお祈りは、幼稚園で学んだクリスチャンの作法だったのです。

クリスチャンとなったのち、ミステリ作家として死ぬまでにどうしても実現させたかったのは、「聖書（特にイエス・キリスト）の謎に迫るミステリ」でした。ですが、クリスチャンの少ない日本で、なおかつ本があまり売れない時代に、エンターテインメントの作品としてそれを世に出す具体的なヴィジョンは、まったく浮かんでいませんでした。

星海社の太田克史社長とは、彼が講談社の新入社員で筆者がデビューした1996年から親しいつきあいがありましたが、2007年には互いの方向性の違いから、いったん決裂しました。ですが2023年に読者の皆様のまえで行った「和解式」からふたたび両者の道は交わり、その直後に太田さんからご提案いただいたのが本書の企画でした。

イエス・キリストを名探偵として描くという途方もない設定で執筆を依頼されたとき、それならば日本人読者にも楽しんでいただける内容になるだろうし、海外読者には尚更、楽しんでいただけるはずだ、という強い確信がありました。筆者は日本人作家の小説を英訳して海外の電子書店で販売する「The BBB」という活動を2012年から続けていますので、その方向性の最先端としても、非常に意味の大きな企画だと感じられました。

筆者はカトリック教会で毎週ミサ奉仕している熱心なクリスチャンですので、イエス・キリストや聖書を冒瀆する意思は当然ながら微塵もなく、逆に、「イエス・キリストの名を冠する以上は絶対に変なものにはできない」という大きな重圧がありました。

いつしか28年に及ぶ長い作家人生で初めて採用する執筆方法で、本書は1話ごとに太田さんに提出し、太田さんが完全に満足してくださるまで、どの話も何度も何度も書き直して提出し続けました。太田さんと原稿をキャッチボールした回数は、50回は軽く超えています。そんな事実を書くと、「そこまで真剣に取り組んでくれる編集者と出会えたあなたがうらやましい」と言われるかもしれません。そのとおりで、太田さんとしてもこの作品に人生を懸けてくださっている確かな熱意が伝わってきましたので、最後まで走り切れました。激しい意見交換の末にあわや再度決裂か、という場面もありましたが、そのような事態を回避できるくらいには、お互いに大人になったということでしょう。

太田さんと相談し、本書がお手本としたのは探偵小説のバイブル、「シャーロック・ホームズ」シリーズでした。ミステリの愛読者であれば、だれでもホームズは好きだと思います。筆者もそのひとりで、2012年にロンドンのベイカー・ストリート221Bのシャーロック・ホームズ博物館を訪問したときには、童心に返って感激したものです。

執筆開始当初、最初の3話の試作版では、ホームズの場面構成をそのまま再現していましたが、太田さんと何度も意見交換しながら本作独自の世界の構築を目ざして改稿を重ねる過程で、ホームズらしさは、どんどん薄れていきました。完成形を見てホームズっぽさを感じてくださる方は少ないかもしれませんが、タイトルに「冒険」とつけたのは、もちろん、「シャーロック・ホームズ」シリーズの最初の短編集を意識したものです。

ホームズの短編集は全5作あり、それぞれ「冒険」「回想」「生還」「最後の挨拶」「事件簿」というタイトルが冠されています。今後この「神探偵イエス・キリスト」シリーズをどこまで書き続けられるかわかりませんが、イエス・キリストの主要な敵が5人いたことから、毎回ひとりの宿敵との対決を描くスタイルで、今後もホームズと同じタイトルで書き継いでいけたら、という話は太田さんとしています。各巻とも最終話は「十字架の真実」という共通タイトルで、広く知られたイエス・キリストの十字架刑の物語を、別々の宿敵に注目した異なる視点から描く予定です。第2作は『神探偵イエス・キリストの回想　逆襲のユダ』というタイトルを現時点では予定しています。本書を楽しんでくださった方には、第2作も楽しみにお待ちいただけますと励みになります。

扱うテーマの大きさから考えても、本書が清涼院流水の生涯最高の作品であることは間違いなく、今後、別のシリーズがこのシリーズを超えることは絶対に不可能ですが、まだ続くこのシリーズでは、これからもさらなる高みを目指したいと思っています。

本書を完成させるにあたり、星海社の太田克史社長と前田和宏さんには、大変お世話になりました。また、毎週お会いしているカトリック高輪《たかなわ》教会の兄弟姉妹、特に、土曜日の先唱者グループ、侍者グループ、朗読者グループの皆さんから執筆の大きな活力をいただきました。そして、YouTubeのキリスト教トーク番組「東方の3おじさん」でご一緒している松谷信司《まつたにしんじ》さんとMARO《マロ》さん、また、番組視聴者の皆さんとの交流がなければ、本書を現在の形に高めることは難しかったはずです。ありがとうございました。

神様の恵みと平和が、皆様とともにありますように。

2024年8月15日　聖母被昇天の祭日に

清涼院流水　拝

本書は書きおろしです。

使用書体
本文――――A P-OTF 秀英明朝 Pr6N L＋游ゴシック体 Pr6N R〈ルビ〉
本文2 ―――A P-OTF さくらぎ蛍雪 StdN M
本文3 ―――FOT-筑紫新聞明朝 Pr6N L
柱――――――A P-OTF 凸版文久ゴ Pr6N DB
ノンブル―――ITC New Baskerville Std Roman

星海社
FICTIONS
セ3-03

神探偵《かみたんてい》イエス・キリストの冒険《ぼうけん》
The Adventures of God Detective Jesus Christ

2024年10月21日　第1刷発行　定価はカバーに表示してあります

著　者 —— 清涼院流水《せいりょういんりゅうすい》
©Ryusui Seiryoin 2024 Printed in Japan

発行者 —— 太田克史《おおたかつし》
編集担当 —— 太田克史
編集副担当 —— 前田和宏《まえだかずひろ》
地図作成 —— ジェオ

発行所 —— 株式会社星海社
〒112-0013 東京都文京区音羽 1-17-14 音羽 YK ビル 4F
TEL 03(6902)1730　FAX 03(6902)1731
https://www.seikaisha.co.jp

発売元 —— 株式会社講談社
〒112-8001 東京都文京区音羽2-12-21
販売 03(5395)5817　業務 03(5395)3615

印刷所 —— TOPPAN株式会社
製本所 —— 加藤製本株式会社

ISBN978-4-06-537372-9　N.D.C.913 296p 19cm　Printed in Japan

ラインナップ

『ジョーカー　旧約探偵神話　新装版』

清涼院流水

すべてのミステリの総決算！

究極の連続不可能犯罪を企む天才犯罪者が、陸の孤島で「幻影城殺人事件」を演出する――。

「異形の館」に集められた推理作家たちの一人が執筆する推理小説が、現実世界を侵蝕し、虚構が世界を包む。推理小説のありとあらゆる構成要素を制覇すべく犯行を続ける犯人により屍は日を追うごとに増えていく。

ひたすら「言《ことば》」が「迷」い続ける「謎《ミステリ》」の山に挑むのは、言と謎を極めた推理作家の集団、百戦錬磨の警察精鋭捜査陣、犯罪捜査のプロフェッショナルたるJDC［日本探偵俱楽部］の名探偵チーム……そして「読者」――「君」自身！

JDCシリーズ第2作品、新装復刊！　（新装版解説＝坂嶋竜）

ゼロ年代きっての〈鏡家《マスターピース》サーガ〉がいま蘇る……！

2021年
11月刊行

『フリッカー式
鏡公彦にうってつけの殺人』

本書は「ああっ、お兄ちゃーん」と云う方に最適です（嘘）。

2021年
12月刊行

『エナメルを塗った魂の比重
鏡稜子ときせかえ密室』

そんな目で本書を見ないで下さい。

"戦慄の19歳"、再び。

佐藤友哉デビュー
20周年記念復刊企画

2022年
1月刊行

『水没ピアノ
鏡創士がひきもどす犯罪』

『主な参考資料・つい最近終わった自分の青春』

2022年
2月刊行

『クリスマス・テロル
invisible×inventor』

犯人は読者です(本当)。

ラインナップ

『切断島の殺戮理論』

森晶麿

“地図にない島”で遭遇する！
異様な世界《クローズド・サークル》、異常な殺戮《ジェノサイド》、
異形な真実《アルゴリズム》！

帝旺大学人文学部文化人類学科の最強頭脳集団・桐村研が現地調査に赴いたのは、国家に隠匿された地図にない島――鳥喰島。江戸時代に囚人の流刑地とされたその孤島には、身体を切断する成人儀礼を始めとする奇習を存続させた〈鷲族〉と〈鴉族〉が存在していた。“欠落を美と見做す”彼らの閉鎖世界で発生する連続殺人……これは無計画の連鎖か、計画された虐殺か？惨劇を追認する推理の果て、異形の真実が剥き出しにされる――！

ラインナップ

『セント・アグネスの純心 花姉妹の事件簿』

宮田眞砂

Illustration／切符

少女たちの感情と絆を〈日常の謎〉が照らし出す学園ミステリの傑作！

聖花女学院の中等部に編入した神里万莉愛は、みなの憧れの高等部生・白丘雪乃と仮初めの姉妹――花姉妹《フルール》になる。学院の寄宿舎セント・アグネスには、若葉《フィーユ》と呼ばれる中等部生と成花《マフルール》と呼ばれる高等部生がルームメイトとなる、花姉妹《フルール》制度が設けられていた。深夜歩き出す聖像、入れ替わった手紙、解体されたテディベア……。万莉愛が遭遇する不思議な謎を雪乃は推理し、孤独に閉ざされた彼女の心さえ解いてゆく――

SEIKAISHA

星々の輝きのように、才能の輝きは人の心を明るく満たす。

その才能の輝きを、より鮮烈にあなたに届けていくために全力を尽くすことをお互いに誓い合い、杉原幹之助、太田克史の両名は今ここに星海社を設立します。

出版業の原点である営業一人、編集一人のタッグからスタートする僕たちの出版人としてのDNAの源流は、星海社の母体であり、創業百一年目を迎える日本最大の出版社、講談社にあります。僕たちはその講談社百一年の歴史を承け継ぎつつ、しかし全くの真っさらな第一歩から、まだ誰も見たことのない景色を見るために走り始めたいと思います。講談社の社是である「おもしろくて、ためになる」出版を踏まえた上で、「人生のカーブを切らせる」出版。それが僕たち星海社の理想とする出版です。

二十一世紀を迎えて十年が経過した今もなお、講談社の中興の祖・野間省一がかつて「二十一世紀の到来を目睫に望みながら」指摘した「人類史上かつて例を見ない巨大な転換期」は、さらに激しさを増しつつあります。

僕たちは、だからこそ、その「人類史上かつて例を見ない巨大な転換期」を畏れるだけではなく、楽しんでいきたいと願っています。未来の明るさを信じる側の人間にとって、「巨大な転換期」でない時代の存在などありえません。新しいテクノロジーの到来がもたらす時代の変革は、結果的には、僕たちに常に新しい文化を与え続けてきたことを、僕たちは決して忘れてはいけない。星海社から放たれる才能は、紙のみならず、それら新しいテクノロジーの力を得ることによって、かつてあった古い「出版」の垣根を越えて、あなたの「人生のカーブを切らせる」ために新しく飛翔する。僕たちは古い文化の重力と闘い、新しい星とともに未来の文化を立ち上げ続ける。僕たちは新しい才能が放つ新しい輝きを信じ、それら才能という名の星々が無限に広がり輝く星の海で遊び、楽しみ、闘う最前線に、あなたとともに立ち続けたい。

星海社が星の海に掲げる旗を、力の限りあなたとともに振る未来を心から願い、僕たちはたった今、「第一歩」を踏み出します。

二〇一〇年七月七日

星海社　代表取締役社長　杉原幹之助
代表取締役副社長　太田克史